KB253351

드래곤 나이트
DRAGON KNIGHT
2
박제후 판타지 장편소설
FANTASY STORY & ADVENTURE

dream books
드림북스

드래곤 나이트 2 북부의 젊은 용

초판 1쇄 인쇄 / 2011년 6월 23일
초판 1쇄 발행 / 2011년 7월 4일

지은이 / 박제후

발행인 / 오영배
편집장 / 허경란
편집 / 신동철, 문보람, 오미정, 윤상현
본문 디자인 / 신경선
펴낸 곳 / (주)삼양출판사 · 드림북스

주소 / 서울특별시 강북구 송천동 322-10호
대표 전화 / 02-980-2112 팩스 / 02-983-0660
편집부 전화 / 02-980-2116 팩스 / 02-983-8201
블로그 / blog.naver.com/dreambookss

등록번호 / 제9-00046호
등록일자 / 1999년 3월 11일

ⓒ 박제후, 2011

값 8,000원

ISBN 978-89-542-4427-5 (04810) / 978-89-542-4425-1 (세트)

* 지은이와 협의하에 인지는 생략합니다.
* 잘못된 책은 구입한 곳에서 바꾸어 드립니다.

DRAGON KNIGHT
드래곤 나이트
박제후 판타지 장편소설
2
북부의 젊은 용
FANTASYSTORY & ADVENTURE
dream books
드림북스

드래곤
나이트
DRAGON KNIGHT

CONTENTS

1장
노영주의 수완

북부에서의 연회는 식사 이상의 의미를 내포하고 있다. 다양한 요리가 나왔고 식사 사이사이에 공연(Entremets)이 이어진다. 이 일련의 과정들은 일종의 예식으로 군주의 명분이나 위엄을 드러내기 위함이다. 때때로 군주들은 이 자리에서 자신의 목표나 계획을 근엄하게 발표했는데 이건 공신력을 갖게 된다.
—로날드 더글라스 경의 『북부사』 中

아르디가는 북부의 명가로 심지어 신성 벤타케 제국에도 자신들의 영지를 가지고 있는 집안이다. 그들은 케스핀 왕의 신하인 동시에 황제의 신하이기도 했다. 그런 아르디가의 터전인 하드스톤은 오래된 성으로 무려 천 년의 시간 동안 여러 차례 증축과 개축을 반복했다. 덕분에 처음의 모습은 땅속에 묻혀 거의 남아 있지 않았다.

성의 주인도 왕국의 흥망성쇠에 따라 계속 변해왔는데 지금은 3백여 년 전부터 강력한 아르디 가문이 자리를 잡고 있었다.

지금의 하드스톤의 본성은 가문의 시조인 클로틸드 아르디가 전 주인인 페리가의 무너진 성을 재건축한 것이다. 유구한 이 땅의 역사에 비하면 상대적으로 새롭다고 할 만했다. 그럼에도 불구하고 하드스톤은 북부에서 가장 유서 깊은 고성 중 하나였다.

햇빛이 닿지 않아 늘 축축한 구역은 몇 번이나 닦아낸 이끼들 때문에 벽돌이 초록색으로 보였고 오래된 방에는 청소로도 제거하지 못하는 퀴퀴한 냄새가 났다.

반면 사람들의 발길이 닿는 곳은 달랐다. 연회장과 정원의 회랑 등, 방문객이 끊임없이 다녀가는 곳은 대가문에게서만 느낄 수 있는 위엄이 가득했다. 예를 들어 접견실은 옛날 북부 지역에서 흔히 볼 수 있던 오거의 물건들로 장식되어 있었다. 저 유명한 '오거 살해자' 본푸아 경이 아르디가의 일원이었던 것이다. 벽에 걸려 있는 약탈한 오거의 무구가 그들이 갖는 조상들에 대한 자부심을 말해줬다. 그리고 그대로 정원이 보이는 휴게실로 가면 전쟁광이었던 알타스 아르디 경이 적으로부터 탈취한 깃발들이 줄지어 걸려 있었다. 이런 것들 외에도 성 곳곳에는 아르디가가 얼마나 유서 깊은 집안인지를 말해줄 게 널려 있는 것이다.

또한 하드스톤은 하인들의 훌륭한 자질로도 널리 알려져 있었다. 영주를 위해 일하는 곡물 창고지기, 술 저장고 관리인, 제빵사, 연락병, 침실 청소부 등 각 분야의 고용인들은 대를 이어 아르디 가문을 섬겨온 경우가 대부분이었다.

덕분에 아버지와 그 아버지로부터 이어져 내려온 규칙과 비결이 그들을 북부에서 제일 숙련된 자들로 만들어 주었다.

그런데 지금 그런 그들도 애를 먹으며 땀을 뻘뻘 흘렸다. 영주 관저의 대형 응접실 안에서 수많은 사람들이 참석한 떠들썩한 연회가 이어지고 있었기 때문이었다. 이른 아침부터 집사장과 그 종복들이 부지런히 마련한 자리에는 하드스톤의 영주 스랭도르 아르디와 그의 가신들, 그리고 레이놀드와 용병 참모들이 자리를 잡고 있었다.

"받게, 젊은 영주! 내가 자네에게 진 이 빚은 갚지도 못할 만큼 큰 것이야! 크하하핫!"

스랭도르 아르디가 레이놀드의 금속큰잔(Hanap)에 하드스톤의 명물인 흑맥주를 가득 부어 주었다. 대영주는 그가 홉고블린의 옆구리를 치던 때, 부하들을 이끌고 번개같이 튀어나왔다. 그건 훌륭한 판단이었고 하드스톤군은 적을 크게 무찌르는 쾌거를 거두었다.

그는 음흉한 속을 가진 니메드 경과 다르게 호방하기 그지없는 남자였다. 금발의 머리칼을 길게 기른 그는 키가 2미터에 이를 정도로 장대한 거한이다. 백화가 진행 중인 수염이 턱 주변으로 덥수룩했고 선명한 파란빛을 가진 눈동자 주위에는 잔주름이 자글자글했다. 하지만 노쇠해 보이는 이런 인상에도 불구하고 활력이 넘쳐났다. 목소리는 크고 우렁찼으며 행동거지가 시원시원했다.

대영주는 또 그 방랑벽과 사냥 애호로 유명하다. 영지의 사무의 대부분을 유능한 가신에게 맡겨버리고 언제나 혼자, 또는 그가 여행 중에 사귄 친구들과 함께 밖으로 쏘다녔다.

스랭도르는 가신이나 기사들이 자신을 수행하는 걸 싫어했다. 경은 정처 없이 떠돌다가 밖에서 사귄 친구들과만 어울렸다. 게다가 그 야외에서의 시간들이 성에서 지내는 시간보다 많았다. 문제가 될 정도의 직무유기라 불만의 소리가 불거져 나온 적도 있었지만 그렇다고 해서 그의 권좌에 도전하는 사람은 없었다. 그가 하드스톤에 머무는 동안에는 여전히 강력하고 훌륭한 영주였다. 스랭도르 경은 사내답고 충직한 남자를 좋아한다고 했다. 레이놀드는 그런 노영주의 성격을 헤아려 공손하게 대답했다.

"아닙니다. 대영주님께서 적시에 군대를 이끌고 나오신 덕입니다. 저 혼자 어찌 그 흉악한 녀석들을 무찌를 수 있었겠습니까?"

"크하하핫! 젊은 친구가 겸손하기까지 하군. 아주 맘에 들어. 자네에게 평화가 함께하길!"

그는 연신 호탕한 웃음을 터뜨렸다. 대영주는 이미 가신들에게 하드스톤의 구원자들에 대해 한바탕 요란하게 떠든 뒤였다. 레이놀드는 민망할 정도로 박수와 찬사를 받았다. 그런데도 계속 스랭도르의 칭찬이 이어지니 정말 몸 둘 바를 모르겠다는 생각이 들었다.

둘은 한참이나 환담을 나누었고 승전 후 연회의 분위기는 떠들썩하기 그지없었다. 닥치는 대로 술을 퍼먹는 기사들 덕분에 복도는 오크통을 굴리는 젊은 하인들로 북새통을 이루었다. 주변에서 경쾌한 음악이 연주되는 동안, 성의 광대들은 여기저기서 재주를 부리며 분위기를 돋우고 다녔다.

그중 한 재주꾼이 굉장히 재밌는 공연을 보여줬는데, 한참을 웃던 레이놀드는 결국 의자와 함께 뒤로 넘어가고 말았다. 과음한 술과 달아오른 분위기에 그만 실수를 하고 만 것이다. 쾅! 소리가 나자 주위에서 무슨 일인가 고개를 돌렸다. 쓰러진 레이놀드는 민망해서 황급히 일어나려 했다.

"어라?"

그런데 그 순간 그의 두 눈에 매혹적인 광경이 펼쳐졌다. 마침 지나가던 여자의 치마 속을 훤히 보게 된 것이었다. 육감적인 허벅지와 하얀 속옷을 본 레이놀드는 황급히 고개를 돌리려 했으나 이미 늦어버린 후였다. 덕분에 여자의 옅은 갈색 눈동자와 마주쳤다. 그녀는 난처한 표정의 젊은 영주를 보고 살며시 웃음 지었다.

"어머? 그래도 체면 있는 영주님이시군요? 입을 그렇게 벌려놓고는 침은 안 흘리시는 걸 보면 말이에요. 호호호."

미처 무슨 얘기인지 알아차리기도 전에 그녀는 매혹적인 미소를 지으며 들고 있던 포도주를 그의 입안에 부어버렸다.

레이놀드가 갑자기 쏟아진 술에 사레가 들려 기침을 해대자 옆에서 지켜보던 대영주가 떠나갈 듯한 웃음소리를 냈다.

"으하하하하핫!"

스랭도르는 얼굴에 포도주를 뒤집어쓰고 누워 있는 그가 너무 재밌는지 웃음을 참지 못하고 탁자를 두드려댔다. 레이놀드는 머쓱한 표정으로 일어나는 수밖에 없었다.

'이런 젠장.'

그가 손수건으로 얼굴을 닦고 있을 때 근처에 앉아 있던 백조기사와 눈이 마주쳤다. 그녀는 레이놀드의 눈길을 황급히 피했지만, 입가는 웃음을 참느라 씰룩거리고 있었다.

'아, 하필이면……'

백조기사, 그러니깐 화이트클리프에서 그의 품에 안겨 있던 소녀는 사실 하드스톤의 대영주 스랭도르 아르디의 둘째 여식이었다.

이름은 아리엘 아르디, 올해 16살의 꽃다운 처녀였다.

그녀가 자신의 전투망치로 홉고블린을 무자비하게 두들기

는 모습을 본 사람이 아리엘을 꽃에 비유하는 데 찬성할지는 모르겠지만 말이다.

자기 아버지를 닮아 껑충하게 키가 큰 그녀의 모습은 전장에서와는 달라도 너무 달랐다. 반짝이는 물빛의 공단 드레스를 입고, 머리에는 백금으로 만든 작은 왕관 장식(Tiara)까지 한 아주 여성스러운 모습이었다. 과연 케스핀 왕국 최고의 미녀라는 소리가 아깝지 않았다. 밝은 금빛의 머리칼과 하얀 피부, 그리고 선명한 녹색 눈동자는 조화로운 아름다움을 뽐냈다.

북부인들은 보통 파란 눈을 가지고 있었다.

그런데 가끔 적은 확률로 녹색 눈을 가진 자들도 태어났는데, 사람들은 그들이 엘프의 피를 가지고 있을지도 모른다고 말했다. 그도 그럴 것이 라날리숲의 엘프 중에는 초록빛 눈을 가진 자들이 많았다.

어쩌면 북부의 조상들 중에 엘프와 혼인한 자들이 있었을지도 모르는 일이다. 신화시대만 하더라도 요정과 인간의 경계가 희미했던 시절이 있었다고 한다. 뭐 혈통적인 이야기는 차치하고서라도 왕국 전체에서 봐도 녹안은 흔하지 않아서 아리엘은 신비로운 아름다움을 풍겼다.

그때 홀 가운데서 음유시인의 노랫소리가 들려왔다. 발랄하고 즐거운 노래였는데 노래를 부르는 음유시인은 젊은 여성이었다.

노래하는 여자는 매혹적인 미모의 소유자였기에 주위 기사들의 눈이 온통 그녀에게 쏠렸다. 그런데 놀랍게도 그녀는 아까 속옷을 본 대가로 레이놀드의 입안에 술을 부어버린 그 여자였다. 누워서 허벅지를 쳐다보면서 힐끔 볼 때는 몰랐는데 짙은 암갈색 머리칼에 옅은 갈색 눈동자를 가진 매력적인 여인이었다. 주위에서 수군거리는 소리를 듣자니 브리지트란 이름인 것 같다.

그녀는 노래하다 레이놀드와 눈이 마주치자 윙크를 하며 웃어주었고 그는 아까 일이 생각나 고개를 돌려버렸다. 옆에 앉은 중년의 기사가 그 모습에 웃음을 터뜨렸다. 그는 주느비에브란 이름의 영주로 하드스톤의 가신이었다. 가신이라고 해도 레드포레스트보다 몇 배는 큰 도시를 다스리는 실력가였다.

"조심하시게 젊은 영주. 노래를 부르는 년들은 귀족 젊은이가 어수룩해 보이면 추파부터 던지곤 하니깐. 크하하핫!"

그도 자신의 주군을 닮은 듯 호탕한 사람이었다. 무례하게 들릴 수도 있는 이야기였지만 레이놀드는 웃어넘겼다. 그리고는 아리엘에 대해 물었다. 백조기사와 조신한 숙녀라는 이중적이 모습이 레이놀드의 호기심을 유발했다.

"저 망치 든 숙녀에 대해 좀 아시나요? 경."

레이놀드의 물음에 그는 크게 웃으며 맥주 거품이 잔뜩 묻은 수염을 닦았다.

"자네 저 소녀 기사 아리엘 아르디를 모르는가? 크하하하.

마치 자기가 사내인 줄 알고 있는 아르디 경의 골칫거리지. 하지만 누구도 그녀의 미모와 실력은 부정하지 못할 거야. 남자였으면 대단한 기사가 될 인재였겠지만, 여자인 이유로 그녀의 모든 행보가 화젯거리가 되곤 하지. 그런데 그녀는 자신의 망치와 방패 말고는 관심이 없는 듯해. 얼마 전에는 아르디 경이 성으로 불렀던 젊은 커스버트를 보자마자 겨루자고 했다더군. 결국 그는 팔이 부러지고 말았지. 그를 딸아이와 맺어주려고 불렀던 대영주님께서는 화가 머리끝까지 난 건 말할 필요도 없겠지. 결국 아리엘을 수녀원에 처넣어버리겠다고 했다더군."

레이놀드는 그의 말을 들으면서 아리엘을 살짝 쳐다봤다. 그녀는 묵묵히 음식을 먹다가 눈이 마주치자 가볍게 눈웃음을 지었다. 레이놀드도 마주 웃어 보였다. 주느비에브는 옆에서 계속 얘기를 이어갔다.

"진정 특이한 점은 그뿐만이 아니야. 그녀는 말이야, 방패처녀(Shield Maiden)야. 놀랍게도 말이지."

"방패처녀요?"

"음. 자네는 남부인이니 그게 뭔지 모를 수도 있겠군. 방패처녀는 옛날에 북부에 있었던 여전사들이야. 이미 5백 년도 더 된 이야기지. 아무튼 그런 여전사들이 이 땅에서 활동하던 시절도 있었는데…… 그 전통은 이제 시간에 묻혀 사라졌지. 그런데 몇 년 전 아리엘이 유적에서 고대의 방패와 전투망치를 되찾은 후로 전설이 다시 세상에 부활했다네."

그러고 보니 레이놀드도 하드스톤에 여전사가 있다는 이야기를 들어본 것 같기도 했다. 우스갯소리려니 했는데 사실이었나 보다.

"그녀는 진짜야. 놀랄지도 모르겠지만 기록으로만 남아 있는 방패처녀의 기술을 유일하게 쓸 수 있는 사람이지. 옛날 방패처녀가 유명해진 이유 중 하나가 바로 그들의 특이한 반격 기술 때문이야."

"그게 뭔데요?"

레이놀드는 그의 이야기에 푹 빠져들었다.

"바로 상대의 힘을 방패로 받아내서 몇 배로 되돌려 주는 기술이라네."

생각해보니 전투에서 폭발음과 함께 오거의 거대한 망치가 공중으로 날아가 버린 것을 보았다.

"대단하군요."

"그럼! 대단하지. 그녀가 어떻게 발견된 유물만으로 조상들의 기술을 되살렸는지 아무도 모르네. 그 기술이 어떤 원리인지도 짐작조차 못 하고. 그렇지만 한 가지 확실한 건 말일세. 아리엘이 가진 특별한 기술이 겨우 그거 하나가 아니라는 거야. 과거 방패처녀들은 여러 가지 놀랄만한 기술을 가지고 있었어. 아마 아리엘 아르디도 그것들을 할 수 있을 거야."

"와! 대단하군요."

레이놀드는 솔직하게 감탄했다. 이전의 전투에서 본 기술만
해도 그로서는 흉내도 못 낼만한 것이었다.

"하지만 덕분에 아르디 경의 걱정은 더 깊어갔지. 과거라면
모를까, 지금은 여전사가 환영받는 시절이 아니잖은가. 그래
서 그녀는 언제나 자신을 둘러싼 편견과 질타를 견뎌야만 했
지."

순수하게 감탄하던 레이놀드는 그의 말에 입을 다물었다.
그렇다. 왕국의 예절과 전통에 비춰볼 때 여자, 특히 잘 교육
받은 귀족 여자가 무기를 든다는 건 망신스러운 행동이었다.
여성의 권리는 오히려 고대보다 더 후퇴했다. 그런 상황에서
대영주의 딸이 결투를 하고 다니니 그 아비의 체면이 말이 아
닐 것이다.

"남자들은 예쁘고 말대꾸하지 않는 여자를 원해. 아무도 망
치와 방패를 들고 자신의 운명을 개척하려는 여자를 원하지
않지. 그녀의 언니인 앨리노어는 일찌감치 훌륭한 집안과 약
혼을 했지만, 아리엘은 왕국 최고의 미녀임에도 혼인에 대한
이야기가 없어. 그 불쌍한 젊은 커스버트가 그녀의 미모에 혹
했던 마지막 놈이었지."

레이놀드는 그녀에 대해 동정심이 일었다. 그리고 보니 연
회의 손님들도 그녀에게 정중하고 예의를 다하긴 했지만 그
이상 다가가지 않았다. 보통 저렇게 아름답고 집안이 좋은 여
자라면 어떻게 말 한마디 걸어볼까 하고 구혼자들이 구름같이

꼬여야 정상이다. 그런데 지금 방패처녀의 곁에는 아무도 없었다.

'저 사람 외롭지 않을까?'

고민하던 그는 용기를 내어 그녀의 곁으로 다가갔다. 특별한 감정은 없었으나 괜히 아리엘이 마음에 걸렸다.

"아가씨. 괜찮으시면 옆에 앉아도 될까요?"

"예?"

홀로 고기를 썰며 생각에 잠겨 있던 그녀는 깜짝 놀라서 그를 쳐다보았다. 그러나 곧 잘 배운 여자답게 예의 바른 태도를 보였다.

"물론이죠."

아리엘은 주변의 시선과는 다르게 상냥한데다 성격도 좋았다. 혹시나 레이놀드가 자신을 어렵게 생각하지 않을까 이것저것 먼저 말을 걸기도 했고 근처에 있는 요리를 직접 집어와 그의 곁에 놔주기도 했다. 다정다감한 사람이었다.

"고마워요. 영주님."

"무슨 말씀이신지요?"

"몰라서 물으세요? 저를 구해주셨잖아요. 진짜 그때는 얼마나 멋있으시던지!"

아리엘은 눈을 찡그리며 입꼬리를 올렸다. 근데 과거형인 게 걸렸다. 레이놀드는 불만 섞인 말투로 농담을 건넸다.

"지금은 별로 멋이 없나요?"

“……”

그녀는 입을 다물었다. 그리고는 정말로 곤란하다는 듯 딴청을 부려댔다. 그러면서도 눈을 웃고 있었다. 그 장난스러운 태도에 레이놀드도 웃어버렸다.

“죄송합니다. 하하하.”

마치 ‘곤란했지만 용서해 줄게요’라고 말하는 듯한 표정이다.

“괜찮아요. 호호호.”

둘이 그렇게 환담을 나누는 모습에 스랭도르 아르디의 눈이 놀라움으로 가득 찼다. 그는 자신의 부하와 얘기하는 것처럼 보였지만, 실은 아까부터 힐끔힐끔 레이놀드와 아리엘을 쳐다보고 있었다.

‘오호? 저것들 봐라?’

자신의 딸이 남자와 자연스럽게 이야기를 하고 있었다. 실로 오랜만에 보는 광경이다. 대책 없는 자신의 딸년은 남자를 보면 보통 망치부터 꺼내온다.

그런데 무슨 이유에선지 저 검은 머리 남부 청년에게 미소를 살살 날리고 있는 것이다. 그 낯선 광경을 보며 스랭도르의 뇌는 늙은 황금용이 부럽지 않을 정도로 번개처럼 회전하기 시작했다. 게다가 대영주는 레이놀드에 대해 오해하고 있었다.

‘잠깐. 저놈 아까 음유시인의 허벅지를 보고도 넋이 나갈

정도로 여자한테 관심이 많은 놈인데? 옳거니! 내 딸 미모에 홀렸구나! 어리석은 놈. 낄낄낄!'

　수녀원 말고는 달리 보낼 곳도 없는 자신의 골칫거리 딸이 실버레이크의 후계자이자, 레드포레스트의 영주인 제법 유망한 청년과 우호적인 분위기를 연출하고 있었다. 그때 아리엘이 손수건으로 레이놀드의 볼에 묻은 소스를 닦아주었다. 스랭도르는 딸이 손을 뻗기에 상대방을 때리려는 줄 알고 깜짝 놀랐다. 그러나 희한하게도 오늘 밤 그의 딸은 천생 여자 같았다.

　'상황이 좋다!'

　사실 그에게 아리엘은 정략결혼을 시킬 만한 대상도 아니었다.

　부디 아무나 교양 있는 기사가 딸아이를 책임져 준다면 더여한이 없을 정도였다. 부유하고 강력한 그는 사위 덕을 볼 생각도 없었다. 그녀만 조용하고 행복하게 살 수 있다면 바랄 게 없다. 그는 갑자기 조금 쓸쓸한 기분이 되었다.

　'앞으로 인간으로서 살아갈 날도 얼마 안 남았는데, 생각해보니 저 아이에게 해준 게 없군. 부족함 없이 시집이나 보낼 수 있으면 좋으련만.'

　대영주는 술을 들이켠 뒤, 복잡한 생각은 지워버리기로 했다. 그의 시선은 다시 레이놀드와 아리엘에게 쏠렸다. 그는 지금 이 상황이 자신의 오랜 숙원을 해결할 천재일후의 기회임을 깨달았다. 스랭도르의 눈은 잠깐이지만 날카로운 맹금류의 것처럼 빛이 났다.

'이것이야말로 기회!'

대영주의 뇌는 번뜩이며 모략의 불꽃을 피워냈고 곧 놀랄만한 흉계를 준비해냈다.

'그래. 분위기를 잡아서 떠넘기는 거다!'

슬슬 연회는 끝나가는 분위기였다. 그는 더 망설이지 않고 즉각 자리에서 일어났다. 갑자기 지체 높은 대영주가 일어나자 참석자들이 그를 주목했다. 스랭도르는 자신을 향하는 시선이 만족스러웠다. '넌 이제 코가 꿰었다, 레이놀드여.' 라고 속으로 중얼거린 그는 자신감 넘치는 목소리로 말했다.

"오늘 이 자리에서 우리가 이렇게 즐거운 기분으로 술을 마실 수 있게 된 것은 어느 훌륭한 젊은 영주의 도움 때문이오!"

참석한 사람들은 이제 대영주가 연회를 끝내기 전에 주인공에게 마지막 찬사를 보내려고 한다는 걸 알아챘다. 그들은 레이놀드를 향해 열렬한 환호를 한 번 더 보낸 뒤 느긋하게 연회를 마무리하면 되겠거니 생각했다.

"남부 실버레이크의 명망 있는 메이산 경의 후계자이자, 레드포레스트 주인인 레이놀드 영주가 빛나는 검술로 적들에게 둘러싸인 내 딸을 구해 무사히 성으로 데리고 왔소!"

모두가 레이놀드를 쳐다보았다. 그들은 두 손을 모아 박수칠 준비를 했고 음유시인들도 악기를 쥔 손에 힘을 줬다.

"최고의 갈채와 찬사를 보내주시오!"

기다렸던 대영주의 말에 커다란 환호가 터졌다. 모든 게 예상대로였다. 레드포레스트의 젊은 영주는 쑥스러운 듯 일어나 겸손한 태도로 답례했다.

그렇게 연회가 마무리되리라, 이제는 더 특별한 일이 없을 거라고 많은 사람들이 생각했다. 그때 갑자기 스랜도르가 큰 소리로 외쳤다.

"내 은인에 대한 보답으로 금화 대신 내 딸을 줄 생각이오!"

갑작스러운 말에 잠깐의 침묵이 흘렀다. 사람들은 그의 말에 어떻게 반응해야 할지 쉽게 결정하지 못했다. 평소 아리엘에게 된통 당한 게 많은 어떤 가신은 왜 자신의 영주가 은혜를 원수로 갚는지에 대해 고민했다. 하지만 대영주는 네놈들의 반응은 전혀 상관없다는 듯 함박웃음을 지은 채 말했다.

"열렬한 축하를 부탁하오!"

스랜도르가 환호를 유도하자 잠깐 공황에 빠졌던 사람들은 멋도 모르고 소리 높여 축하를 보냈다. 마치 우렁찬 박수 소리로 이 알 수 없는 상황을 완전히 덮어버리기라도 하려는 듯 말이다.

"아버지!"

"대영주님!"

당사자인 아리엘과 레이놀드는 갑작스러운 사태에 어쩔 줄을 모르고 있었다. 그는 일단 황급히 사태를 진압하려고 나섰다.

"대영주님. 정말 너무나 관대한 말씀에 작은 땅의 후계자인 저로서는 몸 둘 바를 모르겠습니다. 그러나 따님을 구한 일은 사례를 바라고 한 일이 아니니 신경 써 주시지 않으셔도 됩니다."

사람들은 흥미진진한 표정으로 대영주의 말을 기다렸다. 스랭도르 아르디는 그 정도 대답은 예상했다는 듯 능글맞게 대답했다.

'불쌍한 놈. 빠져나가려고 수를 쓰는군.'

노련한 대영주는 콧웃음을 쳤다.

"젊은 친구가 겸손하기까지 하군. 지참금으로 줄 하드스톤의 금화만으로 부족하다면 내 딸을 여성스럽게 만들어줄 비단 속옷을 원하는 대로 주겠네! 물론 밤에만 효과가 있겠지만!"

갑작스러운 그의 농담에 주위는 멍해졌다. 그러다 누구 하나가 웃음을 터뜨리자 삽시간에 번져 장내 전체가 웃음바다가 되었다. 레이놀드는 식은땀을 흘렸다. 이제 북부식 농담이라면 치가 떨릴 지경이다. 그러나 그가 대답도 하기 전에 두 번째 공격이 날아들었다.

"천을 아주 조금만 써서 만들어, 자네가 입김만 불어도 속옷이 다 날아가고 말 것이야!"

아르디 영주는 음담패설에 꽤나 자질이 있는 듯 그의 한 마디 한 마디에 사람들은 거의 자지러질 지경이었다. 그의 옆에서 있던 콧수염을 멋지게 기른 노가신은 뭐가 좋은지 정말 유쾌하게 웃어댔다. 좌중의 분위기와는 상반되게 묵묵히 이야기를 듣고 있던 아리엘은 얼굴이 터질 것 같이 붉게 변했다. 그녀는 결국 참지 못하고 자리에서 일어나 연회장을 나가버렸다. 그러나 대영주는 신경 쓰지 않고 레이놀드에게만 집중했다.

스랭도르는 노리는 목표물을 무너뜨리기 위해서는 거침없는 기세로 끊임없이 몰아쳐야 한다는 것을 알고 있는 자였다. 딸년의 소소한 반항 정도야 대충 윽박질러 해결할 작정이었다. 고지식하고 가부장적인 그의 사고로는 자신이 아리엘의 일탈을 필요 이상으로 관대하게 방관하고 있었고, 이제 모든 걸 바로 잡을 때가 온 것이라 믿었다.

"아니면, 자네는 내 딸의 미모가 맘에 안 드는 건가? 어? 진심인가?"

실컷 광대 흉내를 낸 주제에 돌연 위압적인 분위기를 풍기며 대답하기 힘든 질문을 해오는 대영주의 수법은 능수능란했다. 레이놀드가 당황해 우물쭈물하고 있자 대영주는 근처에 있던 가신에게 눈짓을 했다. 눈치 빠른 그는 재빨리 한몫 거들었다.

"영주님의 둘째 따님이신 아리엘 아가씨의 미모는 하드스톤의 흠모를 한껏 받고 있습니다. 젊은 영주님께서도 눈이 있다면 그분의 고상한 아름다움을 부정할 수 없을 겁니다. 아가씨의 아름다움은 비단 북부뿐만 아니라 왕국, 아니 그야말로 서대륙 최고라고 확신합니다! 거대한 신성 벤타케 제국에도 저런 절색(絶色)은 없으리라 자신 있게 말씀드릴 수 있습니다!"

그때 언젠가 아리엘의 망치에 박살 난 적이 있는 가신 하나가 '그놈의 망치가 문제지.'라고 속삭였다. 그 말에 근처에 있던 기사들도 살며시 고개를 끄덕였다. 원래 아름다운 장미에는 가시가 있는 법이다. 미모와 망치를 다 가진 그녀는 누구보다 '북부의 장미'라는 별명이 어울리는 여자였다.

"아! 물론 한 가지 주의를 드리자면, 첫날밤까지 아가씨 손에서 망치를 빼앗지 못한다면 영주님 하반신의 보물이 부서지는 수모를 겪으실 수가 있겠습니다!"

그 말에 하드스톤의 사람들은 또 한 번 뒤집어졌다. 그러자 아르디 경은 '그게 아니잖나, 멍청한 놈아!'라는 표정으로 기사를 쳐다보고는 레이놀드의 눈치를 살폈다. 북부 기사들의 틈바구니에서 외롭게 있던 남부인은 왠지 아르디 경이 상황을 계속 몰아가 둘째딸을 자기한테 떠넘기려는 듯한 인상을 강하게 받았다. 레이놀드는 일단은 위기를 모면해 보기로 결정했다. 원래 잘 굴러가는 혀가 그의 또 다른 장점이 아닌가.

"존경하는 영주님. 결혼은 평민들에게조차 큰일인데 영주님의 가문 같은 명문가와 혼인을 맺는 게 어찌 간단한 일이겠습니까? 일단 전쟁이 끝나면 가문에 연락을 해보겠습니다."

"뭐 그렇다면 한번 연락해 보게."

레이놀드의 대답에 그는 일단 만족한 표정을 지으며 고개를 끄덕였다. 레이놀드는 모르고 있었지만 대영주의 노림수는 이 정도로 끝이 아니었다.

아마도 내일이면 영지에 아르디 경의 말괄량이 둘째딸이 시집간다는 소문이 쫙 퍼질 것이고, 존경받는 가문의 제의를 블랙우드가는 거절하기 힘들게 될 것이다.

빈틈없는 아르디 경은 복잡한 표정의 레이놀드를 보더니 쓸데없이 잔머리 굴리지 말라는 듯 쐐기를 박는 한 마디를 남겼다.

"내일 기사를 자처하는 내 딸은 여기 용맹한 영주와 단둘이 차를 마시며 작전 회의를 하게 될 것이오! 그리고 전쟁 후 결혼할 것을 약속하면 야밤에 단둘이 침대에서 작전을 짜는 것도 허용하겠소!"

대영주의 농담에 귀가 떠나갈 정도의 폭소가 터졌다. 레이놀드는 스랭도르 경은 영주가 아니라 술집의 이야기꾼이 되어야 했다는 생각이 들었다.

'그나저나 내일 여자랑 단둘이 앉아 무슨 얘기를 해야 하나.'

한숨을 내쉰 레이놀드의 고민이 깊어져 갔다.

2장
당신의 충성된

케스핀 기사들에게 '젊은'이란 말은 일종의 은어로, 결혼하지
않았다는 것과 동일한 의미다. 젊은 라홀 경은 올해로 61세지만,
아직도 '젊은' 라홀 경이라고 불린다.
　　　　　　　　　　　　　　　　—로드릭 경의 『케스핀 전기』 中

다음 날 정오가 되기도 전부터 레이놀드는 머리에 기름을
바르고 좌불안석이었다.
"날씨가 좋네."
애써 아무렇지도 않은 척했지만, 짧게 깎은 턱수염을 쓰다
듬는 꼴이 초조한 심정을 대변했다.

'설마 했는데, 대영주씩이나 되는 양반이 반강제로 자기 딸이랑 식사를 하게 하다니.'

레이놀드는 내키지 않았지만 대영주의 심기를 거스르고 싶지 않아서 결국 승낙했다. 따지고 보면 왕국 최고의 미녀와 식사하는 것이니, 그냥 좋은 게 좋은 거다.

똑똑똑.

이윽고 문을 두드리는 소리가 나더니 하녀 하나가 들어왔다.

"블랙우드님. 제가 안내하겠습니다."

"알겠다."

그녀를 따라 긴 복도로 한참을 나아갔다. 하녀가 복도 끝에서 나무문을 열자 나선형의 계단이 나타났다.

저벅저벅ㅡ.

조용한 성의 통로 가득 발걸음 소리가 울려 퍼졌다. 레이놀드는 자신의 심장도 그처럼 크게 울리고 있음을 깨달았다. 이제야 그는 대부분의 시간을 싸움 연습에 보낸 자신이 명문가의 귀족 처녀를 상대하는 게 얼마나 어려운 일인지 실감했다. 남부의 기사들은 댄스와 작곡, 시에 대해서도 배운다. 하지만 이곳 북부의 기사들은 최소한의 예절만 익히면 검과 철퇴를 다루는 기술 외에는 신경 쓰지 않는다. 레이놀드는 전형적인 북부인인 제온 영주 밑에서 성장한 덕에 여자를 상대하는 법을 거의 알지 못했다.

에이드리와 연인이 된 것도 어디까지나 그녀의 적극적인 태도에 기댄 바가 컸다. 그는 이제는 볼 수 없는 그녀를 우울한 기분으로 회상했다.

아직도 가끔 에이드리가 우름포프의 창에 꿰뚫리는 악몽을 꾸곤 했다. 그렇게 식은땀에 젖어 깨어나는 밤이면 레이놀드는 언제나 복수를 다짐했다.

그의 나이 18세. 한창 여자에게 열을 올릴 때지만, 슬픔과 복수에 대한 열망이 그 자연스러운 감정들을 꺼리고 억제하게 만들었다. 누군가를 사랑하기에는 아직 상처가 컸다.

'서로 오해가 생기지 않게 잘 말하자.'

이런저런 생각을 하는 와중에 아리엘의 방에 도착했다. 처녀가 자신의 방에서 남자에게 식사를 대접하는 건 사실 평범한 일이 아니다. 그건 굉장한 호감의 표현이다. 아마 대영주가 억지로 시킨 일이리라. 하녀가 안에 기별을 넣은 후 방문을 조심스럽게 열었다. 레이놀드가 들어가자 여성스럽게 치장한 아리엘이 그를 맞이했다. 기품 있고 아름다운 모습이었다.

"어서 오세요 블랙우드님."

"초대해주셔서 감사합니다. 아가씨."

그녀는 예의 바르게 레이놀드에게 자리를 권했다. 이렇게만 보면 천생 잘 교육받은 귀족가의 영애가 틀림없어 보였다. 그런 괴리감에 레이놀드가 전쟁터와 성에서의 모습이 참 다른 것 같다고 하자 그녀는 망치를 들지 않을 때만이라도 얌전하니 다행 아니냐고 대답했다.

"적어도 블랙우드님께서는 식사하는 동안 제 망치를 구경하지 않아도 되실 것 아녜요."

"그것도 그러네요."

가벼운 농담이 어색함을 조금 씻어줬다.

그들이 있는 곳은 침실 앞에 위치한 응접실로 부유한 대영주의 딸답게 사용하는 방들이 웬만한 성 거주민들 집의 전체 면적보다 넓었다. 안은 그녀에 대한 소문이 설명해주는 것과 다르게 여성스러웠다. 사람들은 그녀가 자신의 방을 갑옷과 망치로 장식해 놓을 것이라 떠들곤 했지만 이건 어릴 적에 본 적 있는 어머니의 방보다 더 아름답게 꾸며져 있었다.

보통 귀족 여자의 방이라도 회색빛 석제 벽돌로 만든 벽면이 그대로 보이는 데 반해 그녀의 방은 하얀 빛깔의 석고를 바르고 분홍빛의 귀한 천을 이용해 벽면의 위쪽을 장식해 놓았다. 또한 작은 동물 모양이 조각된 가구와 은제 거울, 그리고 사슴과 요정이 그려진 태피스트리가 보였다.

"소문과는 다르게 사랑스러운 방이네요."

그의 솔직한 감상에 아리엘은 조금 부끄러운 표정을 지었다. 잠시 망설이더니, 입술을 살짝 깨물며 기어들어가는 소리로 대답했다.

"이상한가요……?"

그녀의 목소리에는 자신감이 없었다. 겉으로는 당당한 태도를 취해도 내심 남의 시선이 신경 쓰이는 모양이었다.

"뭐랄까…… 갑옷을 입고 돌격하던 모습도, 방을 소녀처럼 예쁘게 꾸며 놓은 모습도 다 잘 어울리시는군요. 서로 참 다른 모습인데 왜 그런 걸까요?"

레이놀드는 하드스톤 전투에서 만났던 그녀를 떠올려 보았다. 전쟁터에서 아리엘의 두 녹안은 표범처럼 날카롭게 빛나고 있었다.

그녀는 여자였지만 근사했고 그 누구보다도 전장에 잘 어울렸다.

하지만 지금 이렇게 사랑스러운 방 안에 앉아 불안한 표정으로 찻잔을 꼼지락거리는 소녀 같은 모습도 전혀 위화감이 없었다. 금발의 머리칼은 잘 빗어 풍성했고 하얀 얼굴은 조금 흥분한 듯 상기되어 있었다. 그는 어느 게 진짜 그녀의 모습일까 생각해 보았다.

"왜 그렇기는요. 둘 다 제 모습이니깐 그런 거지요."

그 말이 정답이었다. 이질적이며 희한했지만 세상에 망치와 거울을 동시에 좋아하는 숙녀가 하나쯤 있어도 괜찮지 않을까 싶었다.

레이놀드는 적어도 이 시간만큼은 편견에 쌓여 그녀를 바라보지 않기로 다짐했다. 그렇게 생각하자 조금 마음이 편해져 왔다. 그는 홍차를 조금 들이켜고는 오기 전부터 물어보고 싶었던 말을 꺼냈다.

"저 그런데, 지난번에 술집에서 그건 어떻게 하신 거예요?"

"뭐요?"

"전대장이랑 제 몸이 갑자기 뒤로 넘어가 버렸잖아요."

"아, 호호호."

그녀는 다시 생각났다는 듯 즐거운 표정이 되었다.

"그건 방패처녀가 가진 힘들 중 하나예요. 예외는 있지만, 전 뭐든 튕겨 내거나 밀어내는 능력을 가지고 있어요. 자, 봐요."

아리엘은 무언가를 하려는 듯 탁자에 손을 올려놨다. 그리고 그 순간 탁자 위에 있던 포크 하나가 튀어 올랐다.

"앗!"

레이놀드가 정말 놀란 표정을 짓자 그녀는 떠오른 포크를 낚아채고는 미소 지었다.

"방패처녀의 능력은 상대방의 힘을 튕겨내는 것이에요. 덕분에 이런 자잘한 재주도 부릴 수 있답니다."

그는 새삼 감탄했다. 이런 힘은 처음 보는 것이었다. 왕국의 유명한 기사들 중 누구도 이런 기술을 쓴다는 말을 들은 적 없었다.

"신기하네요. 정말."

"뭘요. 호호호."

둘의 만남은 아직까진 대체로 좋은 분위기였다. 다만 문제는 잘 꾸며진 방에 대해 칭찬도 하고 전부터 궁금하던 것까지

묻고 나자 레이놀드의 빈곤한 상상력이 바닥이 났다는 것이
다. 아직 그들은 만난 지 얼마 안 되는 사이다. 둘만의 이야깃
거리가 부족할 수밖에 없었다.

"……"

"……"

레이놀드와 아리엘은 결례를 범할까 싶어 난처한 기색을 최
대한 숨긴 채 억지로 미소를 지었다. 그때 마침 하인들이 소의
등심 부위로 만든 스테이크를 들고 왔다 레이놀드는 쇠고기가
그들의 모든 어색함을 해결해 줄 것처럼 열심히 썬 뒤 고기조
각을 깻가루에 듬뿍 찍어 입에 넣었다.

그렇지만 그건 깨에 갈색 소금을 섞은 것이었다. 너무 많이
찍어 눈물이 찔끔 나올 정도의 짠맛이 났다. 깜짝 놀란 그는
결국 예의를 잊고 고기를 뱉어버렸다. 그 모습을 본 아리엘이
참지 못하고 웃음소리를 냈다.

"호호호. 아, 죄송해요."

방 안을 맑게 울리는 그 소리에 레이놀드는 민망해졌다. 하
지만 그걸로 둘의 어색한 분위기도 조금은 나아졌다.

"이걸……."

아리엘은 근처에 있던 견과류와 들깨를 갈아 만든 양념을
두 손으로 공손하게 내밀며 수줍게 미소 지었다. 레이놀드는
새로 썬 고기를 들깨에 찍어 입에 넣고는 포크와 나이프를 양
볼 옆에 대고 흔들며 맛있다는 표현을 했다. 분위기를 띄우기

에는 딱 적당할 만큼의 과장을 섞어서 말이다.

“호호호, 의외로 재밌는 분이시네요.”

어색한 분위기가 풀리자 그 뒤의 식사는 즐거웠다. 그리고 후식을 먹을 때쯤, 아리엘이 고민하다 입을 열었다.

“저…… 영주님. 어젯밤 아버님의 무례는 제가 대신 사과드릴게요. 원하시지 않으시면 제가 잘 말씀 드려 볼 수도 있어요.”

레이놀드는 그녀 역시 적당히 사태를 수습하고 싶어 하는 걸 알게 됐다.

그러다 문득 한 가지가 궁금했다.

“그런데 아가씨의 뜻은 어떻습니까?”

“예?”

아리엘은 미처 생각지 못한 질문에 놀란 듯 들고 있던 포크를 살짝 내려놓더니 헛기침을 했다.

“흠. 흠.”

그녀는 정말로 당황한 표정이 되더니 사레가 들린 듯 기침을 해댔다. 무언가 할 말이 있는 것 같았지만, 아직 준비가 안 된 듯했다. 괜스레 미안해진 그는 아리엘을 위해 잠시 시간을 마련해 주기로 했다.

일단 화제를 돌려보려는 것이다.

무슨 이야기를 할까 하다 고향인 남부에 관한 자잘한 이야기를 꺼냈다. ‘실버레이크에 대해 들어 보셨어요?’ 라고 묻자 그녀는 흥미를 보였다. 만약 미로에서 헤매다 출구를 발견한 쥐가 표정을 짓는다면 지금 아리엘의 얼굴과 비슷할 것 같았다.

"실버레이크요?"

"네, 아가씨. 제 고향 땅의 이름도 실버레이크인데 바로 옆에 위치한 거대한 호수의 이름을 그대로 따온 것이지요. 그런데 그 속에 눈을 보고 속삭이면 소원을 들어주는 집채만 한 물고기가 살고 있다고 합니다."

"와! 정말로요?"

아리엘은 그들의 화제가 바뀌길 꽤나 기다려 왔는지 필요 이상으로 적극적으로 호응해왔다.

그는 속으로 웃으며 이야기를 이어나갔다.

"네. 그런데 문제가 있다면 그 물고기를 쳐다보면 눈이 먼다고 합니다."

그 말에 그녀는 다소 실망한 어투로 그렇다면 아무 소용없는 일 아니냐고 되물었다.

"그렇죠. 아무 소용이 없었습니다. 수많은 사람들이 욕심을 내서 호수 깊이 잠수해 소원을 이뤘지만 눈을 잃고 돌아왔답니다. 부자가 되고 싶다고 소원을 빌었던 사람은 얼마 지나지 않아 재산을 몽땅 도난당했죠. 또 사랑을 구했던 사람은 그걸 얻었지만 장님의 곁을 지키는 게 쉬운 일이 아니었는지 결국 다시 혼자가 되었습니다. 아무튼 결과적으로 뒤가 안 좋아서 더 이상 소원을 비는 이가 없어졌어요. 모두 함정처럼 위장된 저주라는 생각을 하게 되었죠."

"저런……."

"그런데 말이죠. 딱 한 사람, 소원을 이룬 뒤 행복해진 사람이 있답니다."

"정말이요?"

"네. 그분은 호숫가에 사는 평범한 젊은 어부였는데 어느 날 간절한 소원이 생겼고, 연인의 눈물 어린 만류에도 불구하고 호수 깊이 잠수해 들어갔죠. 잔뜩 긴장한 채로 내려간 그는 깊은 곳에 있는 거대한 형체를 발견했습니다."

"헤? 그래서요?"

어느새 아리엘은 아이처럼 이야기 속으로 빠져들었다.

"그분이 쓴 방법은 한쪽 손으로 왼쪽 눈을 가려버리는 거였어요. 단순하지만 아무도 생각 못했던 진짜 영리한 방법이었지요. 그는 자신의 소망을 빈 뒤 다른 사람과 마찬가지로 눈이 멀었지만 앞은 여전히 볼 수 있었습니다. 그 남자는 할 수만 있었다면 물속에서 휘파람이라도 불었을 겁니다."

"우와! 정말 영리하신데요."

미소를 짓는 그녀의 녹색 눈은 한낮 태양에 비치는 에메랄드처럼 반짝였다. 레이놀드는 발랄한 그녀의 모습에 '제가 영리한 건 아닙니다만.' 이라고 말한 뒤 어색하게 웃으며 이야기를 이어갔다.

"문제는 그의 아름다운 연인이 귀족이었다는 거죠. 실버레이크 옆에 있는 땅을 다스리는 라울 아술린이란 영주의 딸로, 이름은 카트린 아술린이었답니다. 카트린은 아버지의 욕심으로 인정머리 없고 야심만만한 남자에게 시집을 가야만 했어요 그런데 당시 제법 힘을 쓰던 라울 경이 민간 상인 조합에 대한 불법적인 사찰로 조정에서 실각하자, 그 남자는 지체 없이 카트린과 이혼했죠. 그 뒤 헌신적이었던 그녀를 고향 호숫가로 쫓아냈습니다."

"저런! 진짜 나쁜 놈이네요."

"그러니까요. 아무튼, 버림받아 상심한 카트린은 매일같이 호숫가를 떠돌아다녔습니다. 그러던 어느 날 정이 많고 착한 알베르라는 젊은 어부와 친구가 되었습니다. 천생연분인 두 남녀가 서로에게 반하는 데는 얼마 걸리지 않았어요. 둘은 호수가 보이는 그의 작은 집에서 매일 사랑을 나눴습니다."

"오……."

갑자기 그녀의 얼굴이 붉게 물들었다.

"귀족 아가씨가 분별없이 재혼을 하기도 전에 그런…… 역시 경험이 있으면 다른 걸까……."

혼자 중얼거리던 그녀의 목소리는 점점 작아져 갔다.

"그런데 문제는 둘의 사랑이 애초 이뤄지기 불가능했다는 거죠. 라울은 새로 좋은 정략결혼 처를 잡았고 재차 딸을 시집 보내려 했습니다. 새 혼처는 영락한 그가 다시 조정의 관료로 진출할 좋은 기회였죠."

"우리 영주님도 절 수녀원에 보내려고 하는 것만 빼면 정말 좋은 분인데."

그녀의 혼잣말에 레이놀드는 호탕한 아르디 경을 떠올리며 어색하게 웃었다.

"용기를 낸 알베르가 영주에게 그간의 관계를 털어놓자, 진노한 그는 어부를 두들겨 팬 후 지하 감옥에 가둬버립니다. 하지만 카트린이 그를 몰래 빼냈죠. 그리고 비장한 목소리로 함께 도망가자고 했습니다. 달빛이 일렁이는 물결 위에서 춤을 추며, 풀벌레 소리가 물안개 안을 맴돌던 아름다운 밤에 말이죠. 그날 밤은 요정들도 사랑에 빠질 것 같은 분위기였습니다."

"두 사람의 사랑만큼 아름다운 밤이었겠죠. 와, 도망이라니……."

도망이라는 말에 반짝이는 아리엘의 눈빛을 보며 그는 이 귀족 여인이 주위를 둘러싼 현실에 대해 답답함을 느끼고 있단 걸 알게 되었다.

아리엘은 진취적인 여자였다. 하지만 지금 시대에 그녀의 용기는 결점일 뿐이다. 계몽의 횃불이 타오르려면 아직도 수백 년의 세월이 남아 있었다.

"그녀의 말에 남자는 도주 후에 사랑하는 여자가 겪을 고통을 생각해 거절합니다. 카트린은 눈물을 흘리며 원망했지만 알베르는 단호하게 뒤돌아서죠. 그때 마을에 내려오던 오래된 전설을 생각해냈습니다. 잠시 고민한 그는 카트린에게 자신의 결심을 이야기합니다."

"놀랐죠? 그녀는?"

이야기에 빠진 아리엘은 마치 레이놀드가 그 상황을 모조리 본 사람인 것처럼 물었다.

"그럼요. 울면서 소리를 질렀죠. '우리가 맺어지지 않아도 좋으니 그런 위험한 일은 제발 하지 말아요!' 라고요. 그녀로서는 이별을 하면 했지, 그가 눈이 멀거나 물에 빠져 죽는 꼴을 볼 수 없었죠. 평생 귀족이라는 이름의 좁은 울타리 안에서 살아온 그녀에게 알베르는 유일한 한줄기 사랑이자 빛인 남자였으니까요."

"저런……."

한숨에 그녀가 느끼는 안타까움이 묻어났다. 이야기는 벌써 절정을 향해가고 있었다.

"그렇지만 야속하게도 알베르는 카트린의 손을 뿌리치고 수면 위의 달빛 속으로 들어갔습니다. 결국 홀로 남겨진 여자는 주저앉아 울고, 울고 또 울었답니다. 그렇게 초조함에 기절할 지경이 되었을 때, 한쪽 눈을 감은 채 웃고 있는 자기 남자를 발견했습니다."

"그는 무슨 소원을 빌었죠?"

"글쎄요. 그건 잘 알려져 있지 않은데요. 그는 갑자기 귀족이 되었어요. 아술린 영주가 다스리는 곳 옆의 황량한 땅에 하룻밤 만에 갑자기 성이 들어서고, 개간된 밭과 마을이 세워졌습니다. 소문을 듣고 깜짝 놀란 영주가 가서 살펴보고 있는데 화려한 성에서 건장한 젊은이가 백마를 타와 그를 맞이하더랍니다. 편견에 가득 차 있던 라울 경은 자신이 두들겨 팬 보잘것없는 어부와 이 젊은 영주가 동일인일 것이라고는 조금도 생각하지 못했습니다."

"헤헤헤."

그녀는 결말을 예감한 듯 즐거운 미소를 지었다. 이야기꾼은 이제 '모두가 행복했습니다.'라는 끝맺음을 할 때가 온 것을 알아챘다. 그는 성공적인 마무리를 위해 포도주를 한 모금 살짝 들이켰다.

"예를 갖춰 인사를 한 그 젊은 영주가 카트린 아술린과 결혼하고 싶다고 말했습니다. 그러자 늙은 영주는 위험과 모략이 파도치는 조정으로 나아가느니, 차라리 옆에 이렇게 든든하고 멋진 사위를 두는 게 좋겠다고 생각했습니다. 흔쾌히 결혼을 승낙했고 둘은 5월의 화창하고 따뜻한 봄날, 모두의 축하를 받으며 멋진 결혼을 했답니다."

"우와!"

그녀는 입을 벌리며 감탄했다.

"신랑도 멋지고 신부도 아름다웠겠죠?"

"그럼요. 세상에서 제일 멋진 연인이었습니다."

레이놀드는 그녀의 분홍빛 입술이 만들어 내는 부드러운 곡
선을 보며 이야기꾼으로서의 보람을 느꼈다.

"남자는 자신의 땅에 많이 자라는 흑송을 보고는 스스로의
성을 블랙우드라고 짓죠. 그리고 카트린 블랙우드와 슬하에
아홉 자녀를 두고 금술 좋게 살아가다 함께 그 땅에 묻혔습니
다."

"블랙우드라고요?"

놀란 그녀의 눈이 토끼 같이 커졌다. 그것도 그냥 토끼가 아
니라 눈앞에 예쁜 당근이 부서지는 꼴을 본 아주 놀란 토끼 눈
정도로.

"예. 하하하. 이 이야기는 블랙우드가의 시조인 알베르 블
랙우드와 카트린 블랙우드의 사랑 이야기이자, 가문에 내려오
는 오래된 설화죠. 어디까지 진짜인지는 모르겠지만, 영지의
오래된 성당 지하 납골당에는 아직도 그 두 분의 묘가 있습니
다. 거기에는 이런 글귀가 적혀 있어요. '둘의 다정함이 영지
의 이야깃거리로 알베르와 카트린은 계속 사랑했고 함께였
다.' 라고요."

"와! 그럼 지금 제 눈앞에 있는 분이 그 용감한 알베르의 자
손분이시군요!"

"뭐, 그렇다면 그런 거지요. 하하."

아리엘은 설화가 마음에 들었는지 몇 번이고 다시 이야기했
다. 레이놀드는 미소를 지으며 맞장구를 쳐주었다. 여자를 어

떻게 대해야 할지는 잘 몰랐지만 에이드리의 경우에는 웃으며 고개를 끄덕여주는 게 가장 효과적이었다. 레이놀드는 그녀가 즐거워하는 걸 보고 자신이 잘하고 있음을 알 수 있었다.

슬슬 자리에서 일어나야 할 무렵 아리엘이 마음속의 생각을 털어놓았다.

"좋으신 분 같아요. 영주님은."

"레이놀드라고 불러주십쇼. 아리엘 아가씨."

"알았어요. 레이놀드님."

그녀는 잠시 망설였다. 진심을 꺼낼 듯했다.

"전 약혼을 하고 싶지 않아요."

익히 예상한 대답이라 그는 담담하게 받아들였다.

"알겠습니다."

짧게 대답한 레이놀드는 왜 그런지 이유를 물어봐야 한다고 생각했다. 에이드리의 경우는 그냥 납득해 버리면 기분 나빠했다. 아마 그녀도 에이드리처럼 잘 설명할 기회를 줘야 할 것 같았다.

"실례가 안 된다면 왜 그러신지 알 수 있을까요? 아가씨."

그러자 아리엘은 곤란하지만 특별히 너한테만 설명해 주겠다는 표정을 지었다. 레이놀드는 이날까지 '곤란한데 특별히 너에게 설명해 주겠다는 표정'이 무엇인지 짐작도 못했지만, 지금은 확실히 알 수 있었다. 그는 속으로 웃음이 나왔고 그녀가 무척이나 재밌다는 생각이 들었다. 알아갈수록 표정이

다양한 여자였다.

"저는 여자가 자기 인생의 중요한 부분에 대해 스스로 결정할 수 있어야 한다고 생각해요. 하지만 시집을 가면 그의 소유가 돼버려요. 아내의 미덕이 남편에게 순종하는 것이라는데, 그럼 스스로 결정할 수 없잖아요."

"네. 그렇죠."

레이놀드도 부정하지 않았다. 케스핀 왕국의 여자들은 언제나 남자의 보호를 받고 살아갔다. 어려서는 아버지의 품에서 지내고, 시집을 가면 남편의 보호를 받으며, 남편이 죽으면 아들의 의견을 따라야 했다.

어딘가에는 남녀가 평등한 나라도 있었고 여자가 상위인 나라도 있을 것이다. 그러나 대륙의 서쪽 끝에 위치한 케스핀 왕국은 아직 아니었다.

"아가씨께서는 남자로 태어나셨으면 좋으셨을 것을."

레이놀드는 안타까운 마음으로 중얼거렸다. 분명히 그녀는 훌륭한 기사가 될 수 있었을 것이다. 그러나 그녀는 고개를 저었다.

"방 안을 보세요, 레이놀드 님. 그리고 제가 걸친 드레스와 귀금속을 보시구요. 이렇게 여성스럽게 꾸미고 싶어 하는 것도 저랍니다. 스스로를 예쁘게 치장하는 것과 아름답고 귀여운 물건들이 제게 기쁨을 준답니다. 저는 남자가 될 생각은 조금도 없어요. 이런 저를 이해하실 수 있나요?"

레이놀드는 곰곰이 생각에 빠졌다. 남들이 뭐라 하든 그는
아리엘의 태도를 조금은 이해할 수 있었다. 그 이중성이야말
로 그녀의 본모습 같았다.

"그럼요. 이해합니다, 아가씨."

"고마워요."

"그래도 욕심쟁이란 생각은 드는군요. 좋은 것만 다 가지려
고 하는 건 나빠요."

"부정하지 않을게요. 그렇지만 전 의무를 저버릴 생각은 없
어요. 언젠가 사랑하는 사람이 생기면 그를 위해 요리를 하고
아이를 가질 거예요. 아, 그냥 지금 생각난 건데 남편이 영주
면 좋겠네요. 그럼 기사로서, 아내로서의 의무를 다할 수 있을
테니."

자신의 생각이 마음에 든 듯 그녀는 미소 지었다.

"아가씨의 소망이 이뤄지길 기원합니다."

그는 솔직히 그게 가능성 없는 꿈이라 생각했지만 그래도
응원은 하고 싶었다.

"그런데, 제가 한 가지 부탁을 드려도 될까요?"

아리엘의 물음에 그는 고개를 끄덕였다.

레이놀드는 가능하면 아리엘을 돕고 싶었다. 그 이유가 무
언지는 정확히 알 수 없었지만 편견과 싸우는 그 용기에 이끌
리는 것 같았다. 그는 그녀가 원하면 기꺼이 좋은 친구이자 지
원자가 되어 주리라 다짐했다.

"말씀해 보세요. 아가씨."

아리엘은 조금 망설이다 입을 열었다.

"그렇다면 저를 당신의 부대에서 복무하게 해주세요!"

"네?"

젊은 영주는 잠깐이지만 충격을 느꼈다. 그가 미처 혼란을 수습하기도 전에 아리엘이 일어나 자신의 침실로 들어갔다.

"뭐, 뭐지?"

갑작스러운 행동에 그가 갈팡질팡할 때 그녀가 방에서 망치와 방패를 들고 다시 나타났다.

'진짜 침실에 망치를 뒀던 거냐!'

레이놀드가 속으로 비명을 지를 때 그녀는 망치를 젊은 영주의 발치에 놓고는 한쪽 무릎을 꿇었다. 그건 마치 주군에게 충성을 맹세하는 기사와 같은 모습이었다. 아리엘은 힘 있게 말했다.

"소집군주님의 충성된 종자가 되고 싶어요!"

3장
평범하지 않다는 건

나는 때때로 여자들이 부리는 고집에 희한함을 느끼고는 했다. 선천적으로 상대방의 심리를 알아내는 데 민감한 이 종족은, 상대가 싫어하는 것이 무엇인가를 금세 알아채는 것이다. 그래서 그런 것일까? 그녀들은 자신의 기분이 안 좋을 때마다 상대방이 뻔히 싫어할 만한 일을 하겠다며 고집을 부려댔다.

—연애 소설가 빌립,
『화난 여자에게서 어떻게 도망칠 것인가?』 中

북부의 6월은 짧은 여름이 시작되는 시간이다. 여름이라고는 해도 이미 본격적인 더위가 찾아온 남부와 다르게 이곳은 봄처럼 따스했고, 저녁에는 차가운 바람이 불었다.

　레이놀드는 하드스톤의 앞마당에서 벌어진 전투 이후 도망간 홉고블린을 쫓아 북진할 꿈에 부풀었지만 일은 뜻대로 흘러가지 않았다. 여태 소극적이던 화이트클리프군이 갑자기 참전을 선언했기 때문이었다.

　들리는 바에 의하면 니메드 경도 적들이 하드스톤까지 내려왔다는 데 충격을 받은 듯했다. 잘못하다가는 화이트클리프가 전화에 휩싸일 수도 있는 일이었다. 내 집에서는 안 되고 남의 집에서는 된다는 그의 원칙상 부랴부랴 군대를 일으켜 하드스톤으로 오겠다고 통보해왔다.

　게다가 적의 예봉이 이미 한 차례 꺾인 뒤였다. 니메드 경은 이제 북부군에게는 어려운 시절이 다 갔고 승리만이 남았다고 판단한 모양이었다.

　대영주의 생각대로 일이 잘 진행된다면 레드포레스트에서부터 아란빌, 론베이, 그랄스까지 이어진 적들의 점령지를 수복하는 건 시간문제일뿐더러 그 과정에서 취할 이득 역시 막대할 것이다. 벌써부터 대영주가 론베이의 채석 광산이나 그랄스 오래된 구리 광산의 권리를 노린다는 소문이 돌고 있었다. 하지만 소문의 진위 여부와는 무관하게도 빼앗긴 도시의 영주들은 해방군이란 이름의 또 다른 점령군에게 그 대가를 치르지 않고는 못 배길 것이다.

　스랭도르 경은 금세 돈 냄새를 맡고 출병한 화이트클리프의 대영주를 욕했으나 결국 그의 병력을 기다리기로 했다. 아마도 다음 회전은 북부의 적들을 몰아낼 마지막 싸움이 될 것이다. 그는 욕심 많은 이웃과 함께하더라도 최대한 안전한 수를 써야겠다고 가신들에게 말했다.

그런 까닭에 레이놀드는 6월의 중반이 되도록 하드스톤에 눌러앉아 있어야 했다. 그는 전투의 적시를 놓치는 게 아닌가 염려스러웠다. 천시(天時)냐 인력(人力)이냐 그것이 문제였다. 하지만 그는 감히 스랭도르에게 따지러 갈 엄두는 내지 못했다. 잘못하다가는 아리엘과의 진도에 대해 대대적인 추궁이 이어질 게 틀림없었기 때문이었다.

"휴우……."

아리엘에 대한 생각이 떠오르자 레이놀드의 시름이 깊어졌다. 그는 지난번 식사에서 그녀의 놀라운 요청을 단번에 거절해버렸다. 귀족 여자를 종자로 삼다니! 그건 고귀한 왕족 남자를 어느 귀부인의 하인으로 만들어 버리는 것만큼 충격적인 일이다. 게다가 자신은 아직 기사도 아니었다.

하지만 실망한 아리엘의 표정을 보고는 마음이 약해졌다. 결국 그는 자신이 그녀의 꿈을 존중하며, 우습게 여기지도 비웃지도 않는다는 말로 열심히 달래야만 했다. 그런데 그게 그녀에게 희망을 줬는지 아리엘은 당장 힘들다면 나중에 젊은 영주가 기사가 됐을 때 종자로 삼아달라며 떼를 썼다.

그 뒤로 계속 레이놀드의 뒤를 졸졸 쫓아다니고 있었던 것이다. 그가 본 그녀는 현숙하고 남을 배려할 줄 아는 여성이었다. 그런데 왜 이 일에 대해선 아무것도 모르는 어린아이처럼 졸라대는지 이해하기 힘들었다. 간절함이 지나치면 판단력이 흐려지는 건가 싶기도 했다.

아무튼 그런 이유로 그는 한 달째 북부가 자랑하는 아름다운 장미이자, 하드스톤의 미운 오리인 아리엘과 붙어 다니게 되었다. 자연히 그런 모습은 오해를 불러일으켜 이제 성 사람들은 둘의 혼례를 기정사실로 생각했다. 젊은 영주는 밀려오는 현기증에 관자놀이를 짚었다.

내심 레이놀드도 그녀를 돕고 싶다는 마음은 있었다. 그녀는 높은 신분과 아름다운 미모 덕에 사람들에게 무시는 당하지 않았지만 언제나 주변을 겉돌았고 갖은 선입견을 견뎌야 했다.

쉽게 말해 불쌍한 여자였다. 그게 그의 동정심을 유발했다. 마치 한 송이의 아름다운 장미가 전혀 어울리지 않는 곳에 피어나 사람들의 관심을 받지 못하는 것과도 비슷했다.

레이놀드는 아마 그녀가 재기발랄하고 보석같이 뛰어난 사람일 거라 생각했다. 그러나 가치가 매겨지지 않는 보석은 통용되지 않는 화폐처럼 쓸모가 없다. 슬프게도 세상은 더 이상 방패처녀에 대해 경외심을 갖지 않았다.

'그녀는 나를 원망하면 안 돼. 자신이 태어난 시대와, 이룰 수 없는 꿈을 가진 스스로를 한탄해야지.'

만약 그런 그녀를 레이놀드가 돕는다면 부대에서 복무하게 할 수도 있을 것이고 언젠가는 기사로 임명하게 될지도 모르는 일이다. 물론 문제는 그런 선례가 없다는 것이겠지만.

적어도 지금의 왕국에 무기를 든 숙녀란 없다.

따라서 그녀를 받아들이면 레이놀드는 여자를 싸움터에서 굴리고, 또 기사로 임명한 최초의 군주가 된다. 솔직한 심정으로 그는 그 일에 대해 쏟아질 시선을 감당할 생각도, 자신도 없었다. 아리엘은 대단한 전사이긴 하나 전쟁은 혼자 하는 게 아니다.

답답한 마음에 성벽 위에 오른 레이놀드는 한숨을 내쉬며 고개를 저었다.

'확실하게 거절하자.'

생각을 굳히자 마음이 조금 편해져왔다. 그러나 실망할 그녀의 얼굴은 여전히 걱정거리였다.

요 근래 필요 이상으로 그녀에게 마음을 쓰고 있었다. 갖기로 결정한 여자가 아니라면 신경 끄는 게 현명한 행동이다. 그는 레드포레스트가 불타지 않고 기사가 되어 고향으로 가는 길에 아리엘을 만났더라면 지금과는 좀 다른 관계가 아니었을까 하는 생각을 해보았다. 그러다 자신이 왜 그런 경우의 수까지 생각해보는지 의아해하며 급히 망상을 지워버렸다. 게다가 그의 복수에 대한 열의 앞에 그녀에 대한 동정은 한없이 가벼웠다. 젊은 영주는 곁에 있던 부관을 불렀다.

"아리엘 아가씨를 불러오게."

그는 주군의 명에 긍정의 대답을 하려다 앞을 가리켰다.

"소집군주님!"

"뭔가?"

그는 정중하게 대답 대신 앞을 가리켰다. 레이놀드가 고개를 돌려 성벽 너머를 쳐다보자 지평선에 일고 있는 먼지와 개미처럼 작은 점들이 보였다.

젊은 영주의 얼굴에 흥분이 어렸다.

"왔군. 왔어!"

6월 12일, 마침내 화이트클리프군이 무려 1만의 병력을 이끌고 참전했다.

*　　*　　*

하드스톤의 회의장은 소란스러움으로 가득 찼다. 지금 이곳에는 북부의 명망 있는 영주들이 대부분 모여 있다고 해도 과언이 아니었다.

대영주 니메드 경과 스랭도르 경을 필두로 그들의 가신 가문, 자유시의 시장, 기사령에서 온 기사들까지 모인 덕에 널찍한 하드스톤의 군사 회의장이 비좁게만 느껴졌다. 여러 의견들이 참석자들 사이에서 오갔는데, 처음 예상과 다르게 의견이 갈려 점차 언성이 높아졌다. 그 이유는 하드스톤의 정찰대원들이 가져온 첩보 때문이었다. 그들은 적들이 레드포레스트 근처의 라날리숲까지 본대를 퇴각시켰다고 전해왔다. 아란빌, 론베이, 그랄스 등의 점령지에는 수백 단위의 방어 병력만 남겨 놓고 있다는 것이었다.

이에 스랭도르 경은 차근차근 성들을 수복해 나가면서 레드포레스트에서 회전을 치르는 것을 주장했고, 니메드 경은 점령지를 무시한 채 바로 회전에 들어가 적의 본대를 궤멸시켜야 한다고 우겼다.

두 작전 다 나름대로 설득력이 있어서 결국 회의장은 반으로 쪼개져 당장 라날리숲으로 가네, 못가네, 시끄러운 싸움이 계속되는 것이다.

"당장 적들을 몰아칩시다. 모조리 박살을 내놔야 다신 북부에 얼씬도 하지 못할 것이오! 나머지 성들은 내려오면서 차근차근 수복하면 되오. 성에 발이 달린 것도 아니고."

대영주 니메드 경은 주먹 쥔 오른손을 치켜들고는 자신감 넘치는 목소리로 말했다. 하지만 또 다른 대영주 스랭도르 경은 쉽게 물러나지 않았다.

"회전은 한 번에 모든 걸 끝낼 수도 있지만, 한 번에 모든 게 끝날 수도 있소! 차근히 성을 수복하면서 올라가는 안전한 길이 있는데 왜 굳이 위험을 자처하자는 게요!"

그의 반론에 니메드는 바로 콧방귀를 뀌었다.

"흥! 대영주께서는 홉고블린에게 좀 시달리더니 그새 겁쟁이가 되신 것이오?"

 "아니, 뭐라고 그랬소! 대영주께서 화이트클리프의 안전한 성 안에서 뭉개고 있을 때 직접 칼을 들고 싸운 나요!"

 험상궂은 말이 오가자 단번에 분위기가 살벌해졌다. 이 두 영주는 사이가 별로 좋지 않기로 유명했다. 비단 대영주들 사이만이 아니라 화이트클리프와 하드스톤은 사람들은 서로를 좋게 생각하지 않는다.

 그 모든 원인은 수십 년 전 있었던 북부의 전쟁 때문이었다. 자세한 내막은 당사자인 그들만이 알겠지만, 그 불화의 시작은 어떤 아름다운 여자에서 비롯된다고 전해진다. 그건 아주 길고 복잡한 이야기로 이 둘 뿐 아니라 지금의 국왕인 로에드릭 도를레앙 왕까지 관련이 있었다.

 옛날 가히 경국지색이라 할 만한 에이레네라는 여자가 있었는데 젊고 고귀한 그들 셋이 그녀에게 동시에 구혼하면서 일이 복잡해졌다. 결국 아름다운 그녀를 차지한 건 스랭도르였다. 그 뒤로 에이레네가 페데르브, 엘리노어, 아리엘이란 세 남매를 낳자 그 복잡했던 사각관계는 젊은 시절의 추억으로만 남는 듯했다.

 그러던 중 그들 사이에 정치적 마찰이 생기면서 해묵은 원한이 다시 드러나 전쟁으로까지 발전한다. 그 갈등의 결과는 비참했다. 국왕군이 조약을 깨고 하드스톤으로 쳐들어와 당시 대영주였던 스랭도르 경의 부친을 살해한 것이다.

　이때 젊은 나이에 대영주가 되었던 니메드 경은 북부의 맹약에도 불구하고 국왕군의 행동을 방조했다. 그 뒤 하드스톤 시가지에서 벌어진 전투에서 스랭도르는 거의 죽을 뻔했으나 기적적으로 소생했다. 하지만 불행히도 전란의 충격으로 그의 부인은 쓰러졌고 다시 일어나지 못했다.

　그 뒤, 하드스톤의 항복으로 전쟁은 끝이 났다. 그런데 이상한 건 승자인 로에드릭 국왕이 전쟁 후로 모든 의욕을 잃어버린 것이다. 표면적인 명분이야 어떠했든 그 시점이 에이레네의 죽음과 절묘하게 맞아떨어진 탓에 갖은 추측이 호사가들의 입방아에 오르내리기도 했다.

　결국 예상과 다르게 하드스톤에 전쟁 보상금만 물리고는 신속하게 정전 협정이 맺어졌다. 그 후 셋은 서로를 애써 무시하며 오랜 세월을 보내왔다. 물론 스랭도르 경은 원한을 품었겠지만 왕국은 안정되었고 그 혼자 반란을 일으키기엔 무리가 있었다. 덕분에 사람들은 모두 그가 복수를 포기했다고 생각했다. 대영주가 그렇게 사냥과 방랑으로 성 밖을 떠도는 건 사무치는 마음을 달래기 위해서라고 말하는 사람도 있었다.

　이처럼 양측의 얽히고설킨 원한은 오랜 사연을 갖고 있었다. 안 그래도 서로를 경원하는 분위기인데 작전 회의에서 의견이 대립되니 분위기는 걷잡을 수 없이 악화 일로를 걷고 있었다. 덕분에 아직 중립에 있는 군소 영주들은 둘의 눈치만 봐야 했다. 그때 니메드 경과 레이놀드의 눈이 마주쳤다. 레이놀드는 아차 싶었지만 대영주는 지체 없이 이 젊은 영웅에게 말을 걸었다.

"용맹한 레드포레스트의 영주, 그대의 생각은 어떠한가?"

좌중의 시선이 모조리 그에게 쏠렸다. 원래대로라면 몰락한 레드포레스트의 영주인 그는 회의의 말석에나 앉아 있어야 적당했겠지만 빛나는 전공을 세운 덕에 그 대우가 남달랐다.

처음에는 대접받는 것 같아 좋았지만 이런 상황에 처하게 되자 자신이 어리석었음을 자인하지 않을 수 없었다.

침묵이 길어지자 대영주가 재촉했다.

"어려워하지 말고 말해보게."

니메드는 그가 편을 들어주면 자신의 주장에 더 설득력이 실리리라 생각했다. 어쨌거나 레이놀드는 하드스톤의 구원자였다. 따지고 보면 스랭도르에게는 은인인 셈인데, 그가 회전을 주장하면 하드스톤의 주인이 쉽게 무시할 수는 없으리라 판단한 것이다.

니메드는 그가 어떤 작전을 더 맘에 들어 하는지는 몰랐지만, 적어도 에든버러 성을 무상으로 지원한 자신의 말에 반하지 않으리라 확신했다.

하지만 레이놀드는 스랭도르의 작전이 훨씬 안정적이라 생각했다. 홉고블린들에게는 여전히 석연치 않은 구석이 있었고 단 한 번의 패배로도 북부의 인간 사회는 심대한 위협을 받을 수 있었기 때문이다. 그는 잠시 고민했다. 혹시라도 니메드 경과 문제가 생길까 걱정스러웠지만 지금은 복수가 지상과제였다. 설령 거물과 반목하게 되더라도 일단은 안전한 길로 가야만 하는 것이다.

"전 스랭도르 대영주님 의견이 더 합당하다고 생각합니다. 한 번의 전투에 모든 것을 걸기에는 위험성이 너무 큽니다. 차곡차곡 전선을 위로 올려가는 게 우선이라고 생각합니다."

젊은 영주의 주장에 니메드가 노호성을 터뜨렸다.

"아니, 자네 그게 무슨 소린가! 지금 다른 땅도 아니고 자네 땅을 찾으러 가자고 얘기하고 있는 거네!"

대영주는 레이놀드에게 배신감을 느꼈다. 그는 자신이 사람을 잘못 봤다고 생각했다. 제법 통이 큰 녀석이라고 생각했는데 저 음흉한 아르디 놈이랑 별 차이가 없을 줄이야. 그는 혀를 차고는 빈정거렸다.

"선물로 받은 아르디의 딸에게 정신을 다 팔렸나? 왕국에서 제일 예쁘기만 하면 망치를 들고 천방지축으로 뛰어다녀도 상관없다 그건가? 마치 젊은 날의 누구와 비슷한 꼴이군!"

그 무례한 말에 레이놀드가 반응하기 전에 스랭도르가 폭발했다.

"지금 말 다했소!"

곰이 포효하듯 쩌렁쩌렁 울려 퍼지는 노성에도 니메드 경은 꿈쩍도 안 했다. 스랭도르 경이 곰이라면 그는 사자였다. 둘 다 그야말로 거물이었고 누군가 먼저 한 발자국 물러날 생각은 추호도 없는 듯했다.

"내가 뭐 틀린 말했소? 애비가 어떻게 가르쳤기에 딸년이
그러오?"

결국 양측에서 욕설이 오갔다. 아직 검을 뽑은 자는 없었지
만 의자를 걷어차고 일어난 기사가 벌써 여럿이었다. 레이놀
드도 마음속에서부터 분노가 치미는 것을 느꼈다. 아리엘은
선물하고 말고 할 수 있는 물건이 아니었다. 그는 그녀와 나눈
대화가 많지는 않았지만 그 귀족 소녀가 가진 용기와 신념의
일부를 보았다.

'그녀가 이 이야기를 들었다면 얼마나 상처받았을까.'

마음속에 알 수 없는 안타까움이 스쳤다. 그러나 상황을 현
실적으로 판단해야 한다. 니메드는 북부의 반을 다스리는 위
대한 영주다.

이미 그의 눈 밖에 났다고는 해도 적이 되어서야 득 될 게
없는 노릇이다. 주변의 소란이 조금 가라앉았을 때 레이놀드
는 그와 눈을 마주치고는 송구스럽다는 표정으로 살짝 고개를
숙였다. 그러나 니메드는 고개를 돌려 젊은 영주의 사과를 무
시했다. 기분 나쁜 태도였다. 아마도 그는 자신의 숙소로 돌아
가 레이놀드의 배은망덕에 대해 한참을 성토하겠지만 그 이상
최악의 상태에 이르진 않을 것이다. 기껏해야 주둔지에서 철
수하라는 명이나 내릴 것 같았다.

그 뒤로 회의는 오래 이어졌는데 결국 니메드 경의 의견이

채택됐다. 하드스톤과 그의 가신들은 이미 홉고블린에게 된서리를 맞은 상태였고 막 참전한 니메드의 연합군은 그들보다 숫자가 많았다.

3일 뒤 아침에 그들 모두가 라날리숲 외곽으로 진격하기로 결정했다. 북부 연합의 지휘는 니메드 경과 스랭도르 경이 공동으로 맡기로 했다.

늦은 밤, 회의를 마치고 나왔을 때 밖에는 부슬비가 내리고 있었다. 레이놀드는 밀려드는 피로에 목을 움직이며 몸을 풀었다. 옛말에 괴물은 쫓아내면 그만이지만 피곤이란 놈은 계속 찾아온다 했다. 녀석과의 매일 있을 싸움을 위해 이만 쉬지 않으면 안 된다.

"휴우. 이것도 정말 힘들군."

어둠을 배경으로 하드스톤은 조용히 비에 젖어갔다.

*　　*　　*

여러 가지 불협화음이 있었지만, 결국 군대는 정해진 날짜에 출발할 준비를 갖췄다. 레이놀드는 아직도 차가운 바람이 부는 6월의 아침에 하드스톤 가신 속에 껴 스랭도르 경의 작전 계획을 듣고 있었다.

전날 밤, 라센이 그를 찾아와 정식으로 아버지에게 사과하고 화이트클리프의 무리에 섞여 북상할 것을 권유했다. 물론 자신의 아버지가 베푼 은혜를 잊고 경쟁 파벌로 들어간 그의 태도를 힐책하는 것도 잊지 않았다.

레이놀드는 연신 그에게 사과했는데, 결국 그가 아리엘에 대해 나쁘게 말하자 화가 폭발했다. 예쁜 여자가 그렇게 좋으면 금화를 가지고 갈보집에 가보라는 라센의 말에 도저히 참을 수가 없었던 것이다.

그녀에 대해 편협하고 고정된 시각을 가진 건 젊은 그도 별반 다를 바가 없었다. 레이놀드도 물론 아름다운데다 귀엽고, 말 잘 듣는 여자가 좋았다. 하지만 망치를 든 숙녀가 왜 이렇게까지 비난받아야 하는지 이해하기 어려웠다.

라센은 그가 화이트클리프의 연합을 이탈한 이유를 정치적인 측면에서 찾아보려 노력하겠지만, 실은 전략에 대한 동조 그 이상도 이하도 아니었다.

"모두 전력을 다해주기 바란다."

그때 상념을 뚫고 대영주 스랭도르 경의 목소리가 들려왔다. 그는 입을 벌린 곰 모양의 정교한 철제 투구를 쓰고 어깨 뒤로는 곰 가죽을 걸치고 있었다.

가뜩이나 별명이 '울부짖는 곰'인 그가 그런 복장을 하고 있으니 진짜 곰 같았다. 어쩌면 일부러 저렇게 갑옷을 맞춘 것일지도 몰랐다.

그때 그가 레이놀드에게 다가와 말을 걸었다. 젊은 영주는 그의 눈빛에서 사위를 보는 장인의 표정을 읽고는 그게 자신의 착각이길 빌었다.

"아리엘은 어떻게 하고 있나? 내 듣기로는 이번 전쟁에도 따라나서고 싶다고 했던 것 같은데 말이야. 설마 그런 일은 없겠지? 아무리 위기였네만, 지난번 녀석이 백조갑옷을 입고 성 밖으로 뛰쳐나간 걸 생각하면 아직도 머리가 아프군."

"예, 잘 말해놨습니다."

레이놀드는 미리 곤란하다는 입장을 그녀에게 밝혔다. 그러자 아리엘은 그럼 '다소의 도움'은 줘도 되냐고 물었다. 그는 그게 어느 정도를 의미하는 건지 알 수 없었으나 그렇게 하라고 승낙해버렸다.

크게 무리한 요구는 없을 거라 생각했기 때문이었다. 그러나 곧 그게 실수임을 깨달을 수 있었다. 막 출발하기 직전 아리엘이 갑옷을 입고 그들 앞에 나타난 것이었다.

"안녕하세요. 대영주님."

그녀가 자신의 아버지이자, 대영주인 스랭도르에게 공손하게 인사했다. 그는 화가 치밀어 오르는지 얼굴이 붉으락푸르락해졌고 얼마 가지 않아 폭발하고 말았다.

"네가 어째서 여기에 있는 거냐!"

아리엘도 각오를 하고 온 듯 그의 분노에도 불구하고 침착해 보였다.

"저도 하드스톤을 위해 싸우고 싶어요."

대영주는 쉽사리 노기를 억누르지 못하는 듯했으나, 일단 주위에 보는 눈이 있어서 그런지 그녀를 달래려고 했다.

"전투는 여자가 할 일이 아니다! 성을 관리하는 것도 중요한 일이니 네가 맡아다오."

"그런 일이라면 언니가 있잖아요. 저는 대영주님 곁에 있고 싶어요."

결국 그의 성질이 폭발했다.

"너는 언제까지 철없이 아비 속을 썩일 거냐!"

그 노호성에 아리엘은 슬픈 표정을 지었다. 부모의 속을 상하게 하는 일이 유쾌하지는 않으리라. 그때 로날드라는 기사가 끼어들어 그녀를 은근히 비꼬았다.

"아가씨께서 그러시니 아직 혼처를 못 잡은 겁니다. 덕분에 대영주님의 근심이 오늘날까지 계속되는 것이고요."

그 무례한 말에 아리엘은 입술을 깨물었다. 그는 언젠가 아리엘과의 대결에서 패배한 적이 있는 기사였다. 가벼운 마음으로 나섰다가 모두의 앞에서 얼마나 창피를 당했는지 모른다. 그 일이 계기가 되어 마음속 깊이 미움을 간직하고 있었던 모양이다. 대영주는 자신의 기사가 아끼는 딸에게 너무 무례하다고 생각해 제지하려고 했다.

그때 아리엘이 기사를 향해 입을 열었다.

"그런 소갈머리니 여자한테 개망신을 당하는 거지요."

"뭐요? 아무리 아가씨라도 그렇게 말씀하시는 건……."

말리려던 대영주도 분통을 터뜨렸다. 그는 믿을 수 없었다.

애지중지 기른 딸이 어느 날부터 방패와 망치를 들더니, 이제 신하들 앞에서 숙녀로서는 상상도 못할 말을 하고 있는 것이다.

"이 녀석! 그게 무슨 말버릇이냐! 이제 누가 널 귀족가의 여식이라고 생각하겠나!"

점점 분위기가 안 좋아졌다. 레이놀드로서도 구경만 하고 있을 순 없는 상황이었다.

"아가씨. 일단 대영주님의 말씀대로 하시는 게 좋겠습니다."

"아니요!"

일순간, 너무나 단호하게 거절하는 그녀의 태도에 레이놀드도 당황하고 말았다. 왜 그녀는 그렇게 물러나지 않으려는 것일까. 그는 단순히 치기나 고집만으로 그녀가 이러는 건 아니리라 생각했다.

"듣기 싫다! 꺼져버려! 가서 네 방에서 바느질이나 하며 이 아비의 무운을 빌란 말이다! 다른 집 딸들은 다 그렇게 하는데 넌 왜 이러는 거야!"

곰 같은 그의 목소리가 사방으로 울려 퍼졌다. 가신들은 그 서슬 퍼런 기세에 질려 아무 말도 못 하고 있었는데, 늙은 기사 하나가 조심스럽게 나서 대영주를 달랬다.

"주위에 눈이 많습니다. 주군, 이 정도로 하시는 게 좋겠습니다."

하지만 화가 머리끝까지 난 대영주는 계속 소리를 질러댔다. 레이놀드는 아리엘이 크게 상처받았음을 어렴풋이나마 짐작할 수 있었다.

부모나 가족에게 받은 상처는 훨씬 오래간다. 레이놀드도 아버지이자, 실버레이크의 영주인 메이산 경에게 상처를 받아 봐서 잘 안다. 그는 언젠가 잘 기억 안 나는 한 번을 제외하고는 늘 냉정한 스승이었다. 어린 시절 아버지에게 지나치리만큼 당한 기억을 그는 여전히 잊지 못했다.

레이놀드는 아리엘이 자신과 같은 상처를 받지 않았으면 했다. 차라리 스랭도르 경을 대신해 자신이 상처를 주는 게 나을 것 같았다.

약혼 같은 어처구니없는 소리가 나오긴 했지만 그는 이방인이었다. 레이놀드는 그녀의 기억에서 쉽게 잊혀질 것이다.

'아마 재수 없던 놈쯤으로 기억되겠지.'

결심이 서자 레이놀드가 말을 몰고 가 부녀 사이에 끼어들었다.

"그만하시오. 아리엘."

그녀는 바뀐 레이놀드의 말투에 당황했다. 언제나 예의 바른 그가 갑작스레 권위적인 약혼남의 어투로 말하는 것이다. 게다가 명령조였다. 모든 여자가 그러하겠지만 그녀도 명령을 싫어했다.

"영주님께서는 빠지세요."

아리엘도 조금 뿔이 난 듯 지금까지 레이놀드라고 친근하게 부르던 명칭을 즉각 수정했다.

"아니. 지금은 여자인 당신이 빠질 때요."

그의 단호한 태도에 아리엘은 충격을 받은 듯 낯빛이 어두워졌다. 아버지와 말다툼할 때도 뭔가 도움을 요청하는 눈빛을 몇 번이나 그에게 보냈었다. 하지만 반응도 하지 않더니 뒤늦게 다가와 고압적인 말투로 명령을 내리는 것이다. 과연 자신이 알던 레이놀드가 이 사람이 맞는지 의심이 들 지경이었다.

"당장 성 안으로 돌아가시오."

결국 아리엘이 참지 못하고 화를 냈다.

"당신은 내게 그런 명령을 할 권리가 없어!"

"아니. 나에겐 그 권리가 있소. 나는 당신의 약혼자니깐!"

그 말에 아리엘은 놀란 표정을 지었다. 정작 약혼의 당사자인 본인이었지만, 제일 신경 안 쓰고 있는 사람이 그녀였다. 그러나 조금도 그 권리를 주장하고 있지 않던 상대가 난데없이 태도를 바꾸자 당황할 수밖에 없었다.

"당신은 이제 내 여자니까 내가 말한 대로 하시오! 더 이상 날 부끄럽게 만들지 말란 말이오!"

아리엘은 충격과 혼란으로 얼굴이 붉어졌다. 뭔가 알 수 없는 두근거림과 수치를 동시에 느꼈다. 심장이 빨리 뛰어 현기증이 날 정도였다. 레이놀드는 그런 그녀를 내버려두고 대영주에게 말머리를 돌렸다.

"죄송합니다. 장인어른. 제가 잘 타이른다는 게 부족했습니다."

그는 고개를 푹 숙이며 사과했다. 잠자코 지켜보던 스랭도르는 놀랍다는 표정을 지었다. 지금 이 어린 영주가 모두의 앞에서 자신의 체면을 지켜주려 노력하고 있는 것이다. 이 모든 상황을 자기 탓으로 돌리면서까지 말이다. 그가 나서주지 않았더라면 부녀간의 감정의 골은 돌이킬 수 없을 만큼 깊게 팼으리라. 스랭도르는 살짝 미소를 지으며 말했다.

"다음부터 좀 더 내 딸 관리를 잘하게. 어서 성으로 데리고 가. 오늘 저녁까지 부대를 따라오도록 허락하지."

"감사합니다."

레이놀드는 그것으로 그치지 않고 주위의 가신과 기사들에게 아리엘을 대신해 사과했다. 개중 눈치 있는 자가 나서 젊은 영주에게 약혼녀를 잘 관리하라고 살짝 꾸중했다. 이로써 아리엘의 행동은 대영주가 아니라 온전히 레이놀드의 잘못이 된 것이다.

그는 명예롭게 모든 불명예를 뒤집어썼다. 입을 다물고 있는 아리엘은 그가 아버지의 명예를 지켜 준 것을 알고 있었다. 순간 수치심이 밀려들어 얼굴이 다 화끈거렸다. 그리고 동시에 걷잡을 수 없이 화가 났다. 레이놀드는 잠깐 사이 훌륭한 기사가 되었고 자신은 생각 없는 여자가 돼버렸다. 게다가 그렇게 예의 바른 척은 다 하더니 이제 와서 고압적으로 변한 그의 태도도 화가 났다.

"아리엘, 성으로 갑시다. 에스코트해주겠소."

그 말에 방패를 든 처녀는 너무 화가 나 눈물이 찔끔 났다. 그녀는 서둘러 자신의 백조 부리 모양의 면갑을 내리고 소리쳤다. 결코 그에게 눈물을 보이기 싫었다.

"필요 없어요!"

아리엘은 뒤도 돌아보지 않고 말을 달려갔다. 면갑 틈으로 바람이 들어왔다. 흐르는 눈물이 바람을 받아 귓가로 밀려갔다.

아리엘은 배신감을 느꼈다. 그에게 커다란 기대를 한 것은 아니지만, 자신이 아버지에게 혼이 날 때 조금은 도와줄 것이라 생각했다. 하지만 젊은 영주는 재수 없게도 갖은 멋진 척은 다 하며 자신을 꾸짖었다. 이제 아리엘의 마음속에 그에 대한 호감은 대기를 떠도는 공기처럼 희미해질 정도였다.

'뭐? 약혼자라고? 웃기시네, 누가 너 같은 놈이랑 결혼한대? 그리고 약혼자면 내 편이 돼줘야지! 모두 내게 등을 돌린다 해도 적어도 약혼자만은 내 편이어야 하는 거 아니야?'

사실 그녀가 이렇게 무리를 했던 건 이미 몰릴 대로 몰린 탓이 크다. 주변의 편견과 봉건 사회에서의 여자에 대한 요구는 그녀를 반쯤 미치게 만들고 있었다. 하지만 심성이 착하고 노력가인 그녀는 자신의 남다름을 인정받기 위해 힘을 내 왔다.

방패처녀가 되거나 무력으로 기사들을 쓰러뜨리면 으레 서사
시의 영웅들이 받는 존경과 경의를 얻을 줄 알았다. 남과 달라
도 한 길을 파다 보면 언젠가는 저들도 자신을 인정해 줄 것이
라는 생각이었다. 그러나 그건 세상모르는 아가씨의 너무 순
진한 사고였다.

오히려 사람들은 수군댔고 그녀에게 진 기사들은 원한을 품
었다. 아리엘은 억울했다. 남자들끼리의 시합에서는 진 기사
가 상대방에게 고개를 숙인다.

그런데 어째서 자신에게는 미움을 가질까?

단지 그게 자신이 여자라는 이유 때문이라는 데 생각이 미
치자 그녀는 모든 게 억울했다. 건장한 성인 남자를 쓰러뜨리
기 위해 가녀린 그녀가 들인 노력과 인내는 상상도 못할 정도
였다.

그럼에도 불구하고 비난이 따랐다. 심지어 고향을 구하기
위해 홉고블린의 전열에 목숨을 걸고 뛰어들었을 때도 돌아온
건 아버지의 분노뿐이었다.

대영주는 언제나 숙녀가 그렇게 행동하면 안 된다고 했다.
그런 행동은 가문의 격을 떨어뜨리고 혼삿길을 막을 뿐이라고
강조했다.

때때로 아리엘은 궁금했다.

결혼이란 게 그렇게 중요한 걸까.

여자의 인생에서 혼인이 그렇게 대단한 문제인 걸까.

그 생각의 끝에는 항상 혼란이 따랐다.

자신은 물론이거니와 그 누구도 답해줄 수 없는 문제였다. 편견이라는 건 모두의 머릿속에 너무나 뿌리 깊고 단단하게 박힌 고정관념이다. 편견의 기원과 비논리성에 대한 질문은 '원래 그러니까' 라는 대답을 끌어낼 뿐이다. 어째서, 어째서 자신 안에 전쟁과 기사에 대한 갈망이 동시에 있는지 몸서리 쳐지게 속상했다.

신을 원망한 적도 여러 차례였다.

왜 남들과 다른 아이로 태어나게 했는지 말이다.

사실 그런 남다른 구석에도 불구하고 그녀도 여성스러웠다. 또래 사춘기 소녀의 발랄함도 간직하고 있었고 귀여운 동물이나 작은 아기에게 열광하는 면도 있었다. 그리고 언젠가 자신을 데리러 올 이상형의 남자에 대해서도 오래 생각하곤 했다.

조숙한 아리엘은 더한 상상도 했다.

사랑하는 남자가 자신의 몸을 쓰다듬는 건 어떤 느낌일까.

사랑하는 사람의 품에 밤새 안겨 있는 것은 어떤 느낌일까.

낮에는 철통 같은 기사인 그가 밤에는 자신의 가슴에 얼굴을 비비며 아기처럼 어리광을 부릴지도 모른다. 왜냐하면 남편은 자신만을 믿고 사랑할 테니까.

가끔 하는 그런 상상들은 그녀를 즐겁게 했다. 그 모습들은 평범하다면 평범했다.

하지만 그것 역시 그녀가 갖고 있는 이중적인 측면의 하나에 불과했다. 사랑하는 남자를 떠올리는 아리엘과 기사의 열망을 품은 아리엘, 둘 모두 부정할 수 없는 자기 자신이었다.

그런데 시대는 그녀의 반쪽만을 인정했다. 그리고 그 반절만 안고서 조용히 살아가라고 종용하는 것이다.

아르엘 아르디는 절대 그럴 수 없었다.

그녀는 그 모든 부당한 대우에 더는 견딜 수 없었다. 그래서 북부의 마지막 싸움이 될 이번 전투에 참가해 빛나는 전공을 세우는 게 최후의 기회라고 생각했다. 언제 또 전쟁이 터질지 알 수 없는 것이다.

그녀는 지금까지의 일에도 불구하고 미련스럽게도 자신이 아버지와 기사들에게 인정받을 수 있을지도 모른다고 생각했다. 어쩌면 그녀도 니심 그게 불가능하리란 걸 짐작하고 있을 것이다. 그런 경솔한 믿음은 대안을 못 찾았을 때 오는 자기기만과 아집일 수도 있다.

하지만, 자신의 꿈에 대한 동경으로 가득 찬 아리엘은 절박하고 간절한 기분으로 아버지에게 나아갔다. 그리고 그 결과는 바보가 된 자신이었다. 자신의 꿈에 솔직한 이 소녀는 아직 세상을 몰랐고 미숙했다. 게다가 쉽게 상처받았다.

그녀는 눈물을 흘리며 평소 말을 몰고 잘 달리던 하드스톤의 뒤쪽 구릉지로 향했다. 한창 정신없이 말을 달리던 그녀는 애마 펠리온이 지쳐 속도가 느려질 때쯤, 자신의 뒤쪽에서 나는 말발굽 소리를 들었다.

놀란 그녀가 뒤를 돌아보자 그곳에는 파란 망토를 휘날리며 달려오는 레이놀드가 보였다. 어린 시절 아리엘은 언제나 자신의 왕자님이 망토를 휘날리며 말을 달려 자신에게 올 것이라 상상했다.

그 장면은 그녀의 상상에 딱 들어맞는 모습이었지만, 지금이 방패처녀에게는 분노만 일으켰다. 그녀의 눈에서 격정의 불꽃이 피어올랐다.

아리엘은 곧장 말안장에 매달린 방패와 망치를 빼들었다.

＊　　　＊　　　＊

홉고블린들의 4군단인 얼음귀신군단은 현재 레드포레스트에서 서쪽으로 50킬로미터 이상 떨어진 라날리숲 외곽에 자리를 잡고 있었다.

모여 있는 군세가 언뜻 봐도 상당했다. 지난번 하드스톤에서 패주했던 때보다 규모가 커 보였다. 주둔지 곳곳에서 홉고블린들이 부산하게 움직이며 땅을 파고 있었다.

참호라도 파는 것일까?

정확한 이유는 그들의 교활한 지휘관들만이 알 것이다. 지휘관들이 드나드는 군단 사령부는 병영 한가운데 있는 거대한 천막에 위치해 있었다.

겉면을 거대 흰곰의 털로 덮은 그 구조물은 한눈에도 주위의 것들보다 고급스러워 보였다. 천막 주위에는 임시로 사람 키 높이까지 돌을 쌓아올려 방어막을 만들었고 특별히 건장한 홉고블린 병사들이 지키고 있었다.

그들은 중요한 인물들만 안으로 들여보냈는데, 검은이빨연대의 지휘관인 우름포프도 그중 하나였다. 그는 자신의 번개창을 위병에게 맡기고 안으로 들어갔다. 연대장의 어깨에 매달린 작은 번개용 아스트라페는 뭔가 마음에 안 드는 듯 계속해서 울부짖었다.

끼엑―.

우름포프는 조용히 미소 지으며 용의 머리를 쓰다듬었다. 그제야 조금 마음이 풀렸는지 아스트라페는 얌전해졌다. 안으로 들어가자 추운 북부 날씨에도 불구하고 따뜻한 기운이 가득했다.

구석에서는 하급 장교가 난방 장치에 불을 피우고 있었고 이미 도착한 간부들이 거대한 탁자에 빙 둘러앉아 있었다. 특히 군단전술장교인 이자나곤과 강력한 무력을 가진 장군 불발릭이 눈에 띄었다. 그때 우름포프의 귀에 그가 싫어하는 목소리가 들려왔다.

"이제 오셨군요. 언제나 느긋하십니다, 그려."

정찰대장인 발라드였다. 직위는 우름포프보다 낮았지만, 이 무례한 정찰대장은 그것을 무시했다. 그 둘은 군대 내에서도 앙숙으로 유명했다.

　이미 둘 사이의 증오를 아는 다른 장교들은 발라도의 무례한 언행을 모른 척했다. 처음에는 꾸짖고 징계도 내렸지만 그것도 한두 번이지 이제는 그 다툼에 끼어들기도 싫어했다. 정확한 이야기는 그들만이 알겠지만 들리는 바에 의하면 언젠가 있었던 대결에서 우름포프의 번개창이 발라도의 검은 흉갑 밑에 커다란 상처를 만들었다고 한다. 왜 둘이 그렇게 다퉜는지는 모르지만 그날 이후, 두 장교는 서로에 대한 원한을 간직한 채로 살아왔다.

　일견 주로 도발하는 쪽은 발라도고 우름포프는 애써 무시하고 있는 것으로 보이나, 홉고블린들은 우름포프가 기회만 된다면 발라도의 입을 찢어 버릴 것이라고 소곤거렸다. 떠도는 소문으로 우름포프가 대결에서 이기긴 했지만 그도 소중한 걸 잃었다고 한다.

　"자네의 무례한 언사는 여전하군. 화이트클리프 근처로 정찰을 갔다가 인간한테 당해 쫓겨 오면서 겸손을 좀 배운 줄 알았는데 말이야."

　당장 정찰대장이 발끈했다.

　"연대장님께서 그 인간의 힘을 못 보셔서 그렇습니다. 함부로 말하지 마시죠. 그러는 검은이빨연대의 통솔자님께서는 이번 하드스톤 앞마당에서 있었던 싸움에서 쫓겨 오시지 않았습니까?"

　"그건 계획된 패배였다."

"계획된 패배치고는 부하들이 너무 많이 죽어나갔던데요? 다 지휘관이 부덕해서 그런 거 아닙니까."

"말을 조심해라, 정찰대장. 갑자기 인간의 지원군이 나타날지 누가 알았나."

아직은 침착하게 대꾸하는 우름포프였지만 말투가 대단히 싸늘해졌다. 하지만 노려보는 발라도 역시 눈에서 불꽃을 튀기고 있었다. 보다 못한 이자나곤이 둘을 말리려 할 때 한 장교가 알려왔다.

"군단장과 주술사님이 오십니다."

그의 말에 지금껏 편한 자세로 있던 그들이 모두 자리에서 기립했다. 곧 대단한 기백이 느껴지는 홉고블린과 마법지팡이를 든 홉고블린이 막사 안으로 들어왔다.

군단장은 키가 2미터가 넘을 정도로 건장했다. 머리는 깨끗이 밀었고 약간의 수염만 기르고 있었다. 특히 뺨을 가로지는 기다란 흉터가 인상적이었다. 악마를 연상시키는 부정한 적흑빛 갑옷을 입은 그는 등 뒤로 대단히 두꺼운 도끼검(Sickle Sword)을 걸치고 있었다.

또한 군단장은 어깨에 우름포프처럼 작은 용을 데리고 있었는데, 그 녀석은 적색 몸통에 검은 줄이 있어 온통 푸른빛이 가득한 우름포프의 아스트라페와 확연히 대조되었다.

그 붉고 작은 녀석은 우름포프의 용을 보자마자 날아올랐다. 둘은 구석에 내려앉아 서로를 쪼는 등 장난을 치며 울어댔다.

홉고블린들은 그런 모습이 익숙한 듯 더 신경 쓰지 않고 군단장에게 주목했다. 그 강인해 보이는 군단장의 이름은 쿠룩토스로, 홉고블린들의 나라 전체에서도 손꼽힐 만큼 강한 전사였다. 쿠룩토스는 이번 원정의 전권을 위임받은 총사령관이었다.

그는 작은 악마용 스드바불의 주인이자, 용의 혈통을 가진 자만이 사용한다는 드래고닉 오러의 사용자이기도 했다. 그런 그는 현재 북부가 일으키고 있는 모든 두통의 원인이었다.

옆에 있는 주술사는 레드포레스트를 향해 푸른 불덩이를 날렸던 강력한 마법 사용자로 얼굴에는 산양의 해골로 만든 가면을 뒤집어쓰고 있었다.

그 역시 특별한 힘을 타고난 자로 이름은 스르굴이다. 본명은 따로 있는 것 같았지만, 주술사에게 그걸 물어볼 정도로 담이 센 홉고블린은 없었다. 홉고블린 주술사들은 다른 주술사들로부터 영혼을 지키기 위해 자신의 본명을 감추는 게 보통이다.

그 둘이 제4군단인 얼음귀신군단의 핵심 인물들이었다. 미끄러지듯 움직이는 스르굴이 자리에 앉자 쿠룩토스가 테이블을 손바닥으로 내리쳤다.

쾅!

"전사들! 우리의 정찰대장 발라도의 보고에 의하면 며칠 전

하드스톤에서 대규모 인간 연합군이 우리를 향해 출발했다고
한다. 숫자는 우리와 비슷한 2만여 명이다."

모인 장교들은 쿠룩토스의 말에 군기 있는 자세로 귀를 기
울이고 있었다. 그 모습만 봐도 홉고블린들이 그들의 총사령
관을 얼마나 존경하는지 알 것 같았다.

무례하기로 유명한 발라도조차 군단장 앞에서는 공손한 태
도를 취했다. 쿠룩토스는 그런 좌중을 훑어보고는 계속 말을
이어갔다.

"그래서 존경하는 주술사님과 함께 이 공격에 대비한 작전
을 수립했다. 지금 우리의 전사들이 밖에서 하고 있는 작업이
그 일환인 것이다."

쿠룩토스의 눈은 알 수 없는 강한 빛으로 반짝였다. 그는 심
호흡을 하면서 소리치듯 외쳤다.

"전사들!"

"네, 총사령관님!"

장교들은 한목소리로 대답했다. 기합이 잔뜩 들어 천막이
쩌렁쩌렁 울릴 정도다.

"우리는 며칠 뒤, 북부의 인간들을 완전히 섬멸한다! 그것
만이 우리의 위대한 신(神)인 고르굴락의 사명을 완수하는 길
이다! 적의 절멸이야말로 군단이 이 낯선 땅에서 목숨을 거는
이유다! 알겠나!"

"알겠습니다!"

　우렁차게 대답하는 장교들의 목소리에서 호승심이 가득 묻어났다. 총사령관은 기합이 잔뜩 들어간 그들의 모습에 만족한 듯 옅은 미소를 흘렸다.
　"그럼 자세한 이야기는 주술사님께서 해줄 것이다."
　그가 자리에 앉자마자 주술사가 일어나 음험한목소리로 앞으로 있을 전투에 대해 설명해 나갔다. 스르굴이 마법지팡이를 탁자 위에 대고 휘두르자 인간군과 홉고블린 군대의 작은 환영들이 하나둘씩 떠올랐다.

4장
처음 찬사를 보내준 사람

홉고블린 왕조의 부대는 8개의 군단과 3개의 예비대로 구성
되어 있다고 합니다. 그 중 4군단인 얼음귀신군단은 그간 쌓아
온 드높은 명예로 유명합니다. 그중 가장 빛나는 전공은 강력한
오크족장 고룩이 이끄는 부족 연합군을 대파한 일일 겁니다. 얼
음귀신군단 대부분은 훈련받은 홉고블린 군단병들로 구성돼 있
고 일부의 오거 중갑보병과 고블린 정찰대원들, 그리고 적은 숫
자의 코볼트 주술사를 용병으로 고용하고 있습니다.

—루더렉 경의 『북방보고서』中

쾅!

레이놀드는 간신히 머리 위로 떨어진 아리엘의 전투망치를
막아냈다. 그건 검이 부러지는 게 아닐까 싶을 정도로 강력한
일격이라 손목이 저릿저릿 아려올 정도였다. 망치의 강철 머
리에 부딪힌 칼날의 일부가 뭉개져버렸다. 모양을 보니 숙련
된 대장장이가 정성껏 두들겨 펴도 원래대로 돌아가지 못할
것 같았다. 그는 대영주의 앞에서와 다르게 공손한 말투로 말
했다.
　"아리엘 아가씨! 그만 두십쇼!"
　하지만, 대답 대신 또 한 차례 공격이 날아들었다.
　"윽!"
　무릎을 굽힌 그는 겨우 그 일격을 머리 위로 지나 보냈다.
더 이상은 전투를 피할 수 없을 것 같았다. 젊은 영주는 칼을
머리 위로 올리고 상단(High) 자세를 잡은 채 소리쳤다.
　"아가씨의 분노는 이해합니다."
　"흥! 당신이 나에 대해 뭘 안다고!"
　달래려던 말이었는데, 따지고 들자 할 말이 없어졌다.
　"그래요! 아는 건 없습니다. 하지만 지금 당신을 무시하지
는 않겠습니다!"
　그는 그녀와의 대결을 피하면 안 된다는 걸 직감적으로 알
수 있었다. 만약 자신은 여자와 싸우지 않는다고 말하면 그녀
는 지독하게 상처받을 것 같았다.
　레이놀드는 숙녀와 싸우는 건 처음이었지만 물러나지 않기

로 했다. 잠깐의 대치 중 틈이 나자 그는 재빨리 달려들었다. 레이놀드가 치켜들었던 검이 빠른 속도로 그녀를 향해 떨어졌다.

캉!

아리엘은 오른손에 든 망치로 검을 급하게 막았으나 힘에 밀렸다. 칼날은 그대로 내려가 그녀의 갑옷 어깨 부위를 강타했다.

사방으로 날카로운 쇳소리가 울렸다.

칼날은 단단한 철판에 상처를 내긴 했지만 뚫고 들어가기에는 무리였다. 그래도 그는 여자를 공격했다는 생각에 죄의식에 사로잡혔고 심장이 두근두근거렸다.

쾅쾅! 캉!

곧바로 사정없는 일격이 몇 차례나 더 펼쳐졌다. 레이놀드는 그때마다 다급하게 아리엘의 공격을 막았다. 그럼에도 아직 은연중에 그녀를 얕보고 있었다. 아리엘이 훌륭한 전사인 건 알고 있었지만 남자인 자신보다 강할까 싶었다. 그러나 그건 고대부터 내려온 힘을 갖게 된 방패처녀를 두고 할 생각이 아니었다. 그녀들은 특별한 힘으로 역사의 한 면을 장식한 자들이었던 것이다.

레이놀드의 또 다른 일격이 아리엘을 향했을 때 그녀의 방패가 칼날을 막아냈다. 순간 눈앞에서 빛이 번쩍였다.

"음?"

그다음 귓가에 폭발음이 들린다 싶었는데, 정신을 차리고 보니 아리엘의 6미터 정도 앞에서 엎어져 구르고 있는 자신을 발견했다. 충격에 아주 짧은 사이 의식을 잃어버릴 정도였다.

"어?"

어리둥절함이 통증보다 앞서 왔다. 엎드려 팔꿈치에 몸을 기댄 채 앞을 바라보던 그는 대체 자신에게 무슨 일이 일어난 것인가 싶어 의아했다.

그제야 하드스톤 전투에서 봤던 그녀의 신비로운 힘을 떠올렸다. 그건 상대의 공격을 그대로 모아 몇 배의 위력으로 돌려주는 기술이었다.

"저런저런. 우리 기사님께서 제 요구를 들어주셔야 하겠는데요?"

앞에서 아리엘이 빈정거리는 소리가 들려왔다. 화가 난 그는 뭐라고 대답이라도 해줄 요량이었지만 온몸을 뒤집는 통증에 숨을 헐떡였다.

처음에는 일이 이렇게 꼬일 줄 몰랐다. 레이놀드가 쫓아와 성으로 돌아가자고 설득하자 그녀는 망치를 들더니 자신을 쓰러뜨리면 그렇게 하겠다고 말했다. 대신 그가 쓰러지면 자신의 요구를 들어달라고 말했다. 레이놀드는 요구니 뭐니 하는 건 명분일 뿐이고 지금 그녀가 원하는 것은 싸움 자체라는 느낌을 받았다. 남자들은 괴로움이 극에 달할 때 아무생각 없이 주먹질을 하고 싶을 때가 있다. 여자인 그녀의 지금 심정이 그것과 닮아 있는 것 같아 놀랍긴 했지만 이해는 됐다.

그는 실컷 그녀와 싸우다 한풀 꺾이면 성으로 데려갈 생각이었다. 하지만 이게 웬걸, 이 방패처녀의 실력이 상상 이상이었다.

'오거를 때려잡았을 때 진작 예상했어야 했는데……. 방심했다. 잘못하다가는 큰 경을 치르겠군.'

그는 간신히 일어나 검을 다잡았다. 아무리 상대가 방패처녀라지만 여자한테 진다는 건 자신으로선 너무 자존심 상하는 일이 아니겠는가. 그녀의 발치에 쓰러져 있을 자신을 떠올려 보면 아찔하기만 했다.

'음, 이거 왠지 모순적인 것 아닌가?'

한 가지 생각이 머릿속을 스치고 지나갔다. 아리엘은 망치를 든 그 순간만큼은 전사이고 싶어 했다. 그 일념 하나로 그 모든 시선과 편견을 견뎌왔다. 그런데 조금 전 그녀를 이해한다고 말했던 자신이 여자에겐 절대 질 수 없다고 생각하고 있는 것이다. 스스로 나름대로 깨어 있다고 믿으면서 말이다.

그 자기 모순적 사고에 젊은 영주는 부끄러움을 느꼈다. 그래서 공방이 재개되었을 때 그는 아리엘을 순수한 한 명의 전사로 대하기로 작심했다. 게다가 그렇게 하지 않으면 그녀를 이기기도 힘들 것 같았다.

레이놀드는 집중해서 자신이 가진 최고의 검술을 펼쳤다. 대체로 공격은 그가 했고 그녀는 이따금씩 섬뜩할 정도로 무서운 반격을 날렸다. 아리엘의 전투망치는 공기를 가르는 소리를 내며 레이놀드의 머리 옆으로 지나가곤 했는데, 그때마다 그는 식은땀을 흘려야 했다. 뭣보다 답답한 건 저 방패를 뚫을 방법이 없다는 것이었다. 자칫 잘못하다가는 힘을 튕겨내는 그 기술에 말려 다시 한 번 굴욕적으로 흙바닥을 굴러야 할지 몰랐다.

그는 새삼 왜 아리엘을 싫어하는 기사들이 그렇게 많은지 알 것도 같았다. 뒤로 튕겨 나가 바닥에 널브러지는 자신의 꼬락서니가 썩 유쾌하지만은 않았던 것이다.

그러다 생각한 방법이 튕길 수 있을 힘 이상을 쏟아 부어보자는 거였다. 아무리 방어의 기술이 탁월하다 해도 분명히 한계가 존재하리라고 판단한 것이다. 젊은 영주는 이제 제법 자유롭게 꺼낼 수 있게 된 자신의 힘을 발현했다.

심장에 담긴 강력한 마력이 손을 타고 내려가 검날에 맺혔다. 그의 검이 오렌지빛의 오러로 휩싸이자 아리엘은 싸우는 것도 잊고 감탄했다.

"와아! 뭐죠, 그건?"

"드래고닉 오러입니다."

"드래고닉 오러요?"

"네, 블랙우드가의 자손이 용의 아이들이라고 불리는 이유죠. 한 번 받아 보시겠습니까?"

레이놀드는 단번에 내리치려 상단으로 자세를 잡았다. 어차피 최후의 방법까지 꺼낸 이상 잔기술 따위는 무의미하다. 아리엘의 방패를 뚫으면 자신이 이기는 것이고, 못 뚫으면 그녀의 승리다.

승패는 한순간에 갈릴 것이다. 젊은 영주는 또 흙바닥에 구르지 않기 위해 집중했다.

"좋아요. 제 방어를 한 번 뚫어보세요."

아리엘은 눈을 번뜩이며 방패를 단단하게 치켜들었다. 서서히 방패에 하늘색 빛무리가 생기기 시작했다. 방패처녀 역시 자신의 힘을 최대로 끌어내고 있는 것이다. 이쪽을 노려보고 있는 두 눈동자는 마치 표범 같았다. 레이놀드는 실제로 표범을 본 적 없지만 그녀 같은 맑은 녹색 눈동자를 하고 있다고 들었다. 그 매서운 기세에 그는 마음을 다진 후 힘차게 달려들었다.

"이야압!"

쾅!

두 기운이 부딪치자 폭음에 가까운 소리가 주변을 울렸다. 그리고 '앗!' 하는 짧은소리와 함께 아리엘이 주저앉았다. 고통에 겨운 듯 표정이 좋지 않았다.

결국 그녀가 레이놀드의 힘을 이기지 못하고 밀려난 것이다. 게다가 타격의 순간 그녀의 쇠방패가 폭발에 의해 부서져버렸다. 아리엘은 반절밖에 안 남은 자신의 방패를 보고 슬픈 표정을 지었다.

"제가 졌군요……."

방패처녀들이 가진 비전의 기술은 상대방의 공격을 배로 반사하는 것이다. 그렇지만 거기에는 분명 한계가 있다. 옛 전설에 '눈의 숙녀'라고 불렸던 방패처녀인 이그월그는 지옥의 왕자가 날린 혼신의 일격을 받아쳐 그를 더러운 고향으로 추방했다고 한다. 그들 중 최고라고 불린 자는 그 정도의 힘을 낸다.

반면, 아리엘은 아직 고대의 힘을 계승한 지 몇 해 되지 않은 상태다. 강력한 붉은용의 정수를 갖고 있는 레이놀드를 상대하기 버거웠을 것이다. 그는 조각난 방패를 보며 걱정스럽게 물었다.

"이 방패, 부서졌는데 괜찮을까요?"

그건 아리엘이 고대 유적에서 자신의 망치와 함께 발굴한 것이었다. 만약 그게 방패처녀의 힘과 관련이 있다면 그녀는 이제 그 힘을 쓰지 못할지도 모른다.

하지만 다행히도 그건 아니었다.

"아뇨. 이건 귀중한 유물이긴 하지만 제 힘과는 상관없어요. 힘을 깨워주긴 했지만, 능력을 쓰는 데는 어떤 방패라도 상관없답니다."

말을 마친 그는 고개를 숙였다. 아무래도 상심이 큰 것 같았다. 비록 그녀가 울고 있는 않았지만 고개를 살짝 숙인 모습이 무척이나 처연해 보였다.

“이제 어쩌실 건가요? 젊은 영주님. 제게 원하는 게 뭔가
요? 당신이 굳이 날 갖겠다면 그렇게 하세요. 부러진 방패와
함께 제 긍지도 조각난 것 같네요.”

아리엘은 이제 아무래도 상관없다는 듯 힘없이 말했다. 그
런 그녀를 바라보는 레이놀드의 표정에 순간 장난기가 서렸
다.

“아가씨께서는 스스로에게 꽤 자신이 있으신가 보군요? 제
가 당신을 갖고 싶어 할 이유라도 있다고 보시는 겁니까?”

레이놀드의 말에 그녀는 깜짝 놀랐다. 모두의 앞에서 아리
엘을 자신의 여자라고 선언해 버린 건 젊은 영주였다. 그래서
별생각 없이 말한 건데 지적하자 민망해졌다. 여자로서 수치
심이 밀려왔다.

“꼭 그렇게 말할 것까지야…… 그래요! 누가 좋아할까요.
이런 여자를.”

눈앞의 남자가 자신을 쓰러뜨린 후 무례한 언사까지 내뱉자
아리엘은 죽고 싶은 기분이 되어버렸다. 레이놀드는 그걸 아
는지 모르는지 살며시 웃음을 흘렸다.

“농담이에요. 아가씨, 제가 당신을 갖고 싶어도 가질 수 없
으니깐 그렇게 말한 것입니다.”

“그건 또 무슨 소리예요?”

고개를 숙이고 있던 아리엘은 상대방의 목소리에 다분히 장
난기가 섞여 있자 의아해하며 머리를 들었다. 올려다보니 레

이놀드는 웃고 있었다.

이 남자가 왜 이러는 것일까? 아리엘은 언뜻 이해하기 힘들었다. 괜찮은 사람이라고 생각했는데 사실 정신의 어디가 이상한 건 아닐까 싶었다. 그녀의 눈빛에 의심의 빛이 깊어지자 레이놀드는 서둘러 설명했다.

"아가씨. 제가 이기면 당신을 성으로 데려가 그 약혼자의 권리를 행사했을지도 모릅니다만, 저는 이기지 않았습니다."

"네? 지금 절 놀리시나요?"

그는 대답 대신 똑바로 들고 있던 검을 그녀 쪽으로 내밀었다.

"살짝 건드려 보세요."

그녀가 눈앞의 검을 무심결에 손가락으로 건드리자 칼날이 부러져 풀밭으로 떨어져 내렸다. 놀라움에 절로 탄성이 터졌다.

"아!"

"저흰 비겼습니다. 결론적으로 아가씨께서는 제게 이기지도 않으셨지만, 지시지도 않으셨습니다."

아리엘은 그 상황에 당황한 듯 잠시 멍한 표정을 짓고 있었다. 그러다 그냥 웃어버렸다.

"아하하하하."

그녀의 마음속에서 이해할 수 없는 기쁨이 피어올랐다. 저 젊은 영주는 언뜻 보기에도 굉장한 힘을 가지고 있었다. 그런데 그 일격을 막아내고 검까지 부러뜨리다니, 순수한 전사로서의 기쁨을 느끼는 것이다.

"아가씨. 제가 입에 발린 소리를 하려는 게 아닙니다만, 정말 훌륭한 솜씨셨습니다. 경의를 표합니다."

이어진 그의 솔직한 칭찬이 그녀를 한층 더 기쁘게 만들었다. 아리엘에겐 낯선 존경이었다. 비난과 조롱에 익숙한 그녀가 처음으로 자신을 인정해준 남자를 만난 것이다. 부러진 방패를 든 처녀는 들뜬 목소리로 물었다.

"정말로 괜찮았나요? 제가 잘했나요?"

레이놀드는 딱딱하기 그지없는 북부인과는 다르게 제법 유연한 사고를 지닌 남부 사람이었다. 물론 그곳에도 무기를 든 숙녀는 없었지만 이곳 북부처럼 보수적이고 엄격하지 않았다. 게다가 그 자신도 보기 드물게 사고가 깨어 있는 사람인 탓에 아리엘의 모습에 순수하게 감탄했다.

"네. 정말 훌륭한 솜씨셨습니다. 전사로서 충분히 존경받을 만한 기량을 가지고 계십니다.."

그녀는 미소를 억누른 채 심호흡을 했다. 폭발적으로 요동치는 자신의 감정을 애써 억누르려는 것 같았다. 한동안 말이 없던 그녀가 실소를 흘렸다.

"오늘은 정말 엉망진창이에요."

"죄송합니다. 그 혼돈에 한몫해서."

"정말, 말이나 못하면! 그나저나 영주님, 숙녀를 언제까지

바닥에 앉아 있게 할 거예요?”

한숨을 내쉰 그녀는 한쪽 손을 그에게 내밀었다. 젊은 영주는 그녀를 조심스럽게 일으켜 주었다. 아리엘은 일어나자마자 충동적으로 투구를 벗었다. 갑자기 서늘한 바람이 불어와 목덜미에 소름이 돋았다. 얼굴을 잔뜩 적신 땀에 그녀의 풍성한 머리칼이 달라붙어 있었다.

레이놀드는 무심결에 그 머리칼을 떼어주다 자신의 행동에 놀라서 멈칫했다. 에이드리가 산과 들을 쏘다니고 오면 조금 타박한 뒤에 머리칼을 정리해 주던 기억이 나서 그랬던 것이다.

아리엘도 당황한 듯 얼굴이 붉어졌다.

“죄송합니다.”

“아니에요…… 남자가 머리칼을 만지는 게 처음이라서.”

그녀의 목소리가 아주 작아졌다. 레이놀드는 황급히 화제를 돌렸다.

“저, 아가씨. 서로 비겼으니 승자의 요구를 들어주기로 하는 약속은 어떻게 되는 건가요?”

“아, 그거요.”

아리엘은 잠시 생각에 빠졌다.

“우린 비겼으니까 서로 하나씩 요구를 들어주는 게 어떨까요? 영주님께서는 제가 성으로 바로 돌아가길 바라셨죠?”

“그것 좋네요. 그런데 전 제 요구를 바꾸겠습니다.”

“네? 왜요?”

그가 씩 웃자 지체 높은 숙녀께서는 불안해졌다.

“지금 보니 아가씨께서는 제가 말하지 않아도 성으로 돌아가실 것 같네요.”

사실이었다. 그녀가 마땅히 갈 곳이 있을 리 만무했다. 아리엘은 바로 뾰로통한 표정이 되었다.

“이런 변덕쟁이!”

“칭찬으로 생각하겠습니다.”

“……뭘 원하시나요?”

아리엘은 가슴이 떨려오는 것을 느껴야만 했다. 뭘 원하느냐고 묻다니, 만약 그가 원하는 게 자신이라면 어떻게 대답해야 할까? 그녀의 심장이 가쁘게 뛰었다.

“아. 그것 말이죠.”

그는 살짝 떨고 있는 숙녀를 놔두고 자기 말 쪽으로 달려갔다. 아리엘은 ‘뭐야?’라고 속으로 생각하며 이맛살을 찌푸렸다. 잠깐이지만 긴장한 자신이 우스워졌다.

‘저 남자, 확실히 날 바보로 만드는 재주가 탁월하네.’

그는 자신의 말 엉덩이 쪽에 매달아 놓은 군장을 푼 뒤, 아리엘에게 와보라며 손짓을 했다.

“뭔데요?”

그녀가 다가가자 그는 조심스럽게 주위를 둘러보더니 두 손으로 무언가를 내밀었다. 그게 무엇인가 호기심 어린 눈빛으로 쳐다본 그녀는 놀라지 않을 수 없었다.

"와아!"

그가 내민 것은 한 손에 쏙 들어오는 오색빛 보석이었는데 그 모양이나 크기가 달걀과 같았다. 그녀는 그런 희한하고 놀라운 보석은 처음 보았다.

"정말 이게 뭐예요?"

게다가 보석은 한 가지 색깔이 아니었고 오색빛을 가지고 있었다. 아리엘은 아무리 봐도 왜 보석이 그렇게 빛나는지 알 수가 없었다.

"저도 정확히는 잘 모릅니다. 하지만 대단히 귀중한 것이고 제가 가진 비밀 중의 하나입니다. 절대 다른 사람에게 보여준 적이 없죠."

"그런데 이걸 왜 저에게?"

"둘 곳이 적당치 않아서 전쟁터에 가지고 갈 계획이었습니다만, 아리엘 아가씨에게 맡기면 좋겠다는 생각이 들었습니다. 아가씨는 믿을 수 있을 것 같습니다."

아리엘은 입을 삐쭉 내밀고는 휘파람을 불었다.

"과연 믿을 수 있을까요? 돌아오시면 보석은 없어지고 어디선가 얻은 금으로 새로 장만한 마법방패를 든 저를 볼 수 있을 텐데요?"

"하하하핫. 그래도 제 생각에는 드래고닉 오러를 막을 정도로 실력이 뛰어난 숙녀분은 믿을 만하다고 생각합니다만."

이번에는 다분히 입에 발린 소리였다. 이를 눈치채지 못할 아리엘은 아니었지만 기분은 좋았다. 그녀는 결국 살짝 어이없기도 해서 웃고 말았다.

"진짜 이유가 뭔데요?"

"따지고 보면 별 이유는 없어요. 하지만 정말로 아가씨는 신뢰할 수 있을 것 같다는 생각이 들어요. 참고로 거절할 권리는 없으십니다. 그냥 제가 돌아올 때까지 얌전하게 보관하고 있으세요."

그의 말대로 아리엘은 거절할 권리가 없었다. 그녀는 결국 고개를 끄덕이며 보석을 받아 들었다. 잠깐이지만, 자신의 선택권을 송두리째 앗아간 그의 태도가 놀랍기도 했고 또 설레는 기분이 들기도 했다.

"자, 그럼 아가씨께서는 제가 무엇을 요구하실 건가요?"

레이놀드는 참전하겠다는 소리만 아니었다면 좋겠다고 생각했는데, 다행히 그녀는 그런 것을 요구하지 않았다.

"뭐, 갑자기 생각해 보니깐 별로 생각이 안 나네요. 그냥 영주님이 돌아올 때까지 남겨두죠. 그때 요구하겠어요."

"와, 치사하다. 얼마나 대단한 걸 말씀하시려고요?"

"시끄러워요. 변덕쟁이."

"하하하. 뭐, 아무튼 좋습니다. 꼭 돌아와 그 요구 들어 드리죠."

"네."

아리엘은 뭔가 할 말이 있는 듯 잠시 망설였다. 살짝 입술을 깨물더니 덧붙였다.

"꼭 무사히 돌아오세요."

입가에 괜히 미소가 번진다.

"네. 이제는 제가 좀 맘에 드시나 봐요?"

젊은 영주의 능글맞은 말투에 아리엘은 버럭 성질을 냈다.

"누가 걱정돼서 그러나요? 안 그러면 보석을 처리하지 못하니까, 단지 좀 귀찮아서일 뿐이라고요!"

그녀는 실실 웃는 젊은 영주 때문에 부끄러움과 불쾌감을 동시에 느꼈다.

"저기요."

"왜요!"

"저 이제 출전하러 가봐야 하는데 정표라도 주시지 않을래요?"

"제가 왜요! 우리가 무슨 연인인가요?"

"아니 뭐, 그런 건 아닌데. 달리 받을 데도 없고……."

레이놀드가 불쌍한 표정을 짓자 아리엘은 '정말 기가 막혀서…….'라고 나지막이 속삭였다. 그러나 그 순간 눈앞의 남자가 조금 귀엽다는 생각이 들어 머리를 세차게 흔들었다. 단지 자신이 미쳐서 그런 거다, 그렇게 넘어가기로 했다. 그런 복잡한 심경을 아는지 모르는지 레이놀드는 이대로 보내서야 되겠느냐며 아리엘을 졸라댔다. 결국 마음이 약해진 그녀는 허리에서 단검을 하나 풀어 건넸다.

"자요."

"이게 뭔데요? 아가씨."

"정표요. 정표 달라면서요?"

레이놀드는 얼떨결에 받아 들긴 했지만, 입에서는 '세상에 단검을 정표로 주는 경우가 어디 있어.'라는 말이 새어 나오는 것을 피할 수 없었다.

아리엘은 즉시 발끈했다.

"뭐예요? 그럼 돌려주세요. 저한테는 소중한 거라고요!"

"아, 아닙니다!"

마음에 드는 정표는 아니었지만 왠지 빼앗기긴 싫어서 그는 뒤로 몇 걸음이나 물러났다. 아리엘은 그 모습을 쏘아보고는 기분 나쁘다는 듯 성큼성큼 걸어 자신의 말이 있는 곳으로 가 버렸다. 그리고 안장의 주머니에 보석을 조심스럽게 담은 후 레이놀드를 기다리지도 않고 말을 출발했다.

"이랴!"

몰아치는 바람에 그녀의 머리칼이 흩날렸다. 왠지 상쾌한 기분이었다. 아리엘은 말을 탈 때면 복잡한 자신의 문제를 잊을 수 있어서 좋았다. 귓가를 간질이는 북부의 차가운 공기가 오늘 하루 동안 일어난 짜증을 잊게 만들어 줬다.

꿈틀-.

"응?"

　그때 보석을 넣어둔 주머니가 살짝 움직인 것 같았다. 그러나 눈의 착각이겠거니 싶어 별달리 신경 쓰지 않고 말을 몰아나갔다. 영문은 알 수 없었지만 뒤에서 열심히 쫓아오는 젊은 영주를 멀리 떨어뜨리고 싶었기 때문이다. 자신의 그런 심경이 오늘의 패배에 대한 사소한 심술일 거라 그렇게 믿으며.

*　　*　　*

　아리엘에게 작별 인사를 건넨 레이놀드는 바로 말을 달려 부대에 합류했다. 그의 군대는 유능한 라 파뇰이 잘 통솔하고 있었다.

　그는 소집군주에게 파시가 이따금씩 일으키는 분란과 자부심 높은 마운튼해머의 비협조에 대해 토로하긴 했지만, 별다른 문제는 없다고 보고했다.

　그렇게 그들은 라날리숲에 있다는 홉고블린들의 주둔지까지 이동했다. 연합군의 사기는 드높아 곳곳에서 힘찬 군가와 환성이 울려 퍼졌다.

　사람들 사이에서는 이 한 번의 전투로 북부는 다시 평화로워질 것이라는 기대가 가득 차올랐다. 들뜬 그들은 벌써 전쟁 후를 생각하는 것 같았다.

　병사와 용병들은 자신에게 떨어질 황금에 대해 계산했고, 영주들은 혼돈기에 벌어질 여러 이권 사업에 관해 고민했다.

그렇게 군대가 하드스톤을 떠난 지 열흘이 됐을 무렵, 마침내 적의 진영으로부터 몇 시간 정도 떨어진 곳에 도달할 수 있었다.

정찰병들이 적정을 살피고 돌아왔다. 그들의 보고에 의하면 적들의 규모는 7천이고 모두 지친 기색이 역력하다고 했다. 승리를 낙관할 수 있는 상황이었다. 하지만 출발 전부터 있었던 내부의 분열은 적을 앞에 둔 이곳에서까지 이어졌다.

레이놀드가 가세한 하드스톤 파에서는 전통적인 방식에 따라 전방에 창병들을 배치하고 장궁병으로 적의 전력을 소모시키자고 했다. 기병들은 양익에 배치돼 적이 흔들리는 그 순간을 놓치지 않고 돌격을 감행할 것이다. 이미 흔들릴 대로 흔들린 적들은 지축을 울리는 아군의 말발굽 소리에 완전히 무너질 것이라는 게 하드스톤 파의 주장이었다. 그러나 화이트클리프 세력은 전투의 개시와 함께 기병 충돌로 적을 단번에 무너뜨린 후, 보병들이 정리하는 방식을 원했다. 특히 이 주장은 니메드 경의 기사들에게 열렬한 호응을 받았다.

"그런 멍청한 홉고블린들은 한 번에 호쾌하게 쓸어버리면 그만이오! 대영주께서는 겁이 나는 것이오?"

니메드 경이 또 다른 대영주인 스랭도르를 몰아붙였다.

"하지만 니메드 경도 아시다시피 적들의 숫자가 수상하오. 최초에 레드포레스트와 인근의 도시들을 쓸어버린 병력이 2만이었소. 아무리 하드스톤에서 대패를 했다지만 7천밖에 남아 있지 않다니, 우리가 놓친 병력이 있을지도 모른단 말이오.”

하드스톤의 대영주는 안전하고 효과적인 전투를 역설했지만 니메드와 그의 부하들은 투지에 사로잡혀 그를 용기 없는 겁쟁이라고 비난했다.

“이것 참! 대영주께서는 겁도 많으시구려! 적이 7천인 이유야 빤하지 않겠소. 지난번의 패배로 사기가 떨어져 탈영이 이어진 것이겠지. 설령 어디서 지원군이 온다 해도 북부군의 숫자는 2만을 넘어가고 있소. 뭐가 두렵단 말이오!”

격론이 계속 이어졌다. 지켜보던 레이놀드는 새삼 한 부대에 지휘관이 두 명일 때 어떤 문제점이 발생하는지 뼈저리게 느꼈다. 둘 중 하나가 총사령관이 되었더라면 이런 소모적인 논쟁은 없었을 것이다.

“스랜도르 경께서 그리 겁이 나신다면 우리 화이트클리프의 기사들만 돌격하겠소! 어차피 저런 허접한 홉고블린 따위는 우리만으로 충분하겠지! 대영주께서는 뒤에서 구경이나 하시오 그럼!”

결국 니메드 경은 결론도 내리지 않고 휘하의 기사들과 함께 퇴장해버렸다. 막사 밖에서는 '기사들 모두 준비시켜!' 라는 외침 소리가 들려왔다. 남겨진 스랜도르 아르디는 한탄했다.

“북부의 운명이 걸린 전투이거늘 어찌 저리 경솔하게 임한단 말인가!”

곁에 있던 가신들은 말없이 대영주의 결단을 기다리고 있었다.

"이렇게 된 이상 방법이 없다. 화이트클리프 사람들이 홉고블린과 싸우는데 우리가 구경만 할 수는 없지 않은가? 모두 일어서게."

결국 화이트클리프 측의 주장대로 기사들이 먼저 돌격하게 되었다. 기병에 대한 애착이 강한 레이놀드였지만 지금의 이 방법은 마음에 들지 않았다. 기병은 상대를 쉽게 혼란에 빠트릴 수 있는 유용한 병과이긴 하지만 전장의 주살해자들은 어디까지나 궁병이다.

따라서 먼저 장궁병들의 공세로 적의 기세를 꺾는 게 옳다고 봤다. 그가 지난번에 기병부터 달렸던 건 언덕이라는 지리적 이점이 있기에 가능한 일이었지만 평평한 라날리숲 근처의 싸움터에서는 한참 전부터 부대의 모습이 보일 것이다.

그들의 정직한 돌격을 홉고블린들이 작정하고 막아선다면 전황이 심각하게 꼬일 수도 있었다. 레이놀드는 조금 염려스러웠다.

그러다 걱정을 떨쳐내고 자신의 기병전대를 둘러봤다. 이제 어쩔 수 없는 일이다. 그가 손짓하자 부대기와 문장기를 든 기병이 소집군주의 뒤에 따라붙었다.

"부대 준비하라!"

젊은 영주는 초조함 속에서 승리를 염원했다.

*　　　*　　　*

한참 부산을 떤 북부군은 라날리숲으로 출발했다. 정오가 조금 넘어서였다. 몇 시간 뒤에 전투가 시작될 터였다. 팽팽한 긴장감이 그들을 사로잡았다.

이미 전방에서 산양을 타고 달리는 홉고블린의 모습이 포착되었다. 아마도 정찰병인 듯싶었다. 인간의 부대가 어디까지 도달했는지 부지런히 보고하러 가는 모양이었다.

북부군이 마침내 라날리숲에 도착하자 적들이 숲 옆 개활지에 진을 치고 있는 게 보였다. 여기저기 불을 피우고 모여 있었는데 아군보다 숫자도 적었고 행색도 패잔병들처럼 볼품없었다.

"보라! 하하하핫! 비천한 모습이 정말 잘 어울리는구나!"

한 기사가 비웃음을 흘렸다. 기사들은 모두들 승리를 확신했고 어서 빨리 적들을 헤집어 영광을 얻고 싶어 안달이 났다. 말들도 주인의 흥분을 민감하게 느끼고 연거푸 투레질을 해댔다. 게다가 적들의 뒤편에 잔뜩 쌓여 있는 물자를 보니 욕심이 동해 모두의 눈이 번뜩였다. 살림이 어려운 소영주들은 벌써부터 휘하의 기사들에게 적당한 시점에 보급품부터 확보하라고 속삭이고 다녔다. 자신들이 승리할 것이라 믿어 의심치 않는 것이다.

그때 진격의 나팔이 울려 퍼졌다.

부우우우우웅!

커다란 나팔소리에 맞추어 기병들은 낮은 언덕을 지나 홉고블린 군대를 향해 질서정연하게 진격했다. 부대는 적전 400미터에 도달했을 때 멈춰 섰다.

지근거리에 다다르자 비교적 차분하게 기다리던 적들에게서 알아들을 수 없는 고함이 터져 나왔는데, 누가 봐도 욕설이 틀림없었다. 아군도 동요해 흥분하며 고성을 지르는 자들이 보였다.

그 욕을 알아들을 리도 없었건만 녀석들은 발끈했다. 괴상한 생물의 해골을 머리에 쓴 녀석이 앞으로 나서더니 소리를 질러댔다. 그 모습을 보던 니메드 경의 보좌관 에드프리스 경은 비웃음을 머금었다.

"돌격하면 놀라서 꽁지 빠지게 숲으로 도망갈 녀석이 기세는 좋군."

주변의 영주와 기사들이 그의 말에 함께 웃었다. 이미 승리하기라도 한듯 모두의 태도에 여유가 넘쳐 흘렀다.

"신의 정의가 함께할 것이오!"

때마침 전쟁터까지 따라나온 매콜리 주교가 전열(前列)의 기사들에게 십자가를 들고 축복의 기도를 해주며 돌아다녔다. 고개를 숙인 레이놀드도 신께 침략자를 무찌르게 해달라고 간청했다. 그때 한 성질 급한 기사가 소리쳤다.

"보라! 본진에서 붉은 기가 올랐다!"

전투의 준비를 알리는 것이었다. 레이놀드는 즉시 자신의 부대기를 이용해 용병들에게 신호를 보냈다.

기병의 숫자는 레이놀드의 부대만 해도 6백 명에 북부군 전체로 따지면 3천 명이었다. 그야말로 어마어마한 공격이 될 것이다. 아무도 이 공격을 견뎌내지 못할 것 같았다. 고양되는 기분에 휩싸여 젊은 영주는 사소한 걱정 따위는 깨끗이 잊어버렸다. 그때 라 파뇰이 말을 몰고 왔다.

그는 붉은색을 칠한 소가죽갑옷(Buff Coat)에 부식기법(Etching)으로 멋을 낸 아름다운 흉갑과 긴 깃털이 달린 가재꼬리투구(Robster tales pot)를 쓰고 있었다.

"긴장되십니까?"

그 물음에 레이놀드는 어림도 없다는 듯 호기 어린 대답을 했다.

"오늘 홉고블린 피로 씻으려 세수도 안 하고 나왔습니다."

"하하하. 오늘따라 언변이 불을 뿜으시는군요."

"과찬입니다!"

"진짜 소집군주님께서는 홉고블린어를 할 줄 아셔야 했는데! 적 지휘관을 칼이 아니라 혀로 능히 죽일 인재십니다."

"전대장! 전 아름다운 아가씨가 아니라면 혀를 열심히 쓰고 싶은 생각은 없습니다."

"하하하하하!"

라 파뇰이 호쾌하게 웃었다. 이 청년 장교는 마치 전쟁이 조금도 두렵지 않다는 것처럼 행동했다. 그는 자신의 고용주가 동요하고 있지 않음을 확인하고는 보병들에게로 돌아갔다.

"기병! 이동!"

우렁찬 목소리가 뒤쪽에서 들려왔다. 그것을 시작으로 수많은 기사들이 움직였다. 말 울음소리와 철판갑옷이 절그럭거리는 소리, 그리고 용맹하게 울려 퍼지는 군가가 합쳐지자 전장은 웅장함으로 가득 찼다.

> **우리의 운명을 건 전투에서**
> **북부인은 언제나 친구였다.**

> **눈과 얼음 폭풍이 밀려온다.**
> **단결하고 연합하라 형제여.**

> **우리 도시의 이름이**
> **우리의 명예이고 자유다.**
> **그리고 우리는 맹세한다.**

> **용맹한 전사들의 결속된 품 안에서**
> **북부는 영원히 무너지지 않는 영광의 탑일 것이다.**

거친 북부 사나이들의 군가가 사방을 울렸다. 모두 한목소리로 고래로부터 내려온 노래를 부르며 전진했다. 이 순간만큼은 북부는 한 형제였다.

두두두두두두두-.

3천여 마리의 말들이 한꺼번에 움직이자 땅이 울렸다. 레이놀드의 귓전에 마상창이 규칙적으로 옆구리를 때리는 소리가 들렸다.

그는 사방의 소음에 지지 않고 소리쳤다.

"레드포레스트!"

느린 속도(Trot)로 대열을 맞춰 진격한 그들은 속력을 올려 적전 200미터까지 접근했다.

쌔앵- 쌕-.

기다렸다는 듯 적들도 투사 병기를 발사했다. 위험한 볼트들이 레이놀드의 귓가를 빠르게 지나갔다.

캉- 캉-.

근처에서 날아온 투사체들이 기병들의 갑옷을 때리는 소리가 들렸다. 마치 우박이 잔뜩 내리는 날에 성벽에서 들려오곤 하는 그것처럼 소름 끼치는 소리였다. 그들은 한층 속도를 올렸다. 그렇게 150미터 안쪽까지 접근하자 얇은 갑옷을 입은 기사 하나가 볼트에 당해 비명을 지르며 낙마했다.

"대열을 유지해!"

레이놀드는 고함을 질렀다. 이 엄청난 소음의 와중에 과연 그의 목소리를 듣는 자가 몇이나 있을지 의심스러웠지만 뭔가 하지 않고서는 견딜 수 없을 것 같았다.

"견딘다!"

적의 투사 병기 공격으로 희생이 따랐지만 대부분의 기병들은 버텨냈다. 그렇게 북부의 기사들이 적정 거리까지 접근하자 뿔나팔과 진격 명령이 내려졌다.

"전속 돌파하라! 전속으로!"

이제 그들은 군마에 박차를 가해 전력으로 질주했다.

두두두두두─.

자욱한 먼지가 일더니 적의 모습이 순식간에 가까워졌다.

"북부에 신의 축복을!"

"아란빌의 검이여!"

"론베이에 영광을!"

승리를 염원하는 전투 함성이 전장 곳곳을 가득 메운 찰나, 세워져 있던 창들이 적을 관통했다. 기병들 틈바구니에 있던 레이놀드도 앞쪽의 한 놈을 겨냥했다. 그는 격렬하게 흔들리는 말 위에서 목표에게 시야를 집중했다.

'저 지휘자 같은 녀석을 먼저 공격하고 싶긴 한데 조금 어렵겠군. 아쉽지만 아무래도 저 비리비리한 놈을 찌르는 게⋯⋯.'

짧은 순간 그는 맹렬히 머리를 굴렸다. 고민하던 그는 도끼를 든 채 당황해서 어쩔 줄 모르고 있는 홉고블린 쪽으로 향했다.

그런데 그때, 엄청난 사태가 일어났다.

북부군 누구도 예상 못 한 일이었다. 선두에서 신나게 돌격하던 기병들이 땅 밑으로 꺼져 버린 것이다.

와르르르!

소음과 함께 갑자기 지면이 무너져 내렸다. 돌격자들은 무구의 파열음과 함께 구덩이 속으로 빠져버렸다.

"부대 정지!"

기병 대장이 악을 써댔다. 그러나 홉고블린이 교활하게 파 놓은 함정 앞에서 속수무책이다. 뒤따르던 레이놀드도 기겁을 했다. 하지만 말을 멈출 수 없는 게 문제였다. 그의 뒤쪽으로도 수백의 기병들이 계속 돌격해 오고 있었기에 도저히 불가능했다.

될지 안 될지 모르지만 젊은 영주의 승마 기술을 한껏 발휘해 보는 수밖에 달리 도리가 없었다. 앞 열의 불운한 기사와 같이 어둠 속으로 빨려 들어가기 전에 그는 말고삐를 당기며 배를 걷어찼다.

히이이이잉!

영리한 그의 군마가 구덩이의 함정을 날아오르듯 뛰어넘었다, 아주 짧은 그 비행 동안 레이놀드는 심장이 허공에 뜬 것 같은 서늘함을 맛보았다.

다음 순간 충격이 느껴졌다.

입안에서는 옅은 피 맛이 났는데 떨어지면서 살짝 입술을 깨문 것 같았다. 잠깐 사이 많은 기병들의 운명이 엇갈렸다.

함정으로 떨어진 자도 있었고 운이 좋아서 구덩이 사이로 말을 달린 자도 있었으며, 레이놀드처럼 승마술을 발휘한 자도 있었다.

물론 뛰어넘으려 했으나 자신의 말이 마갑을 입고 있던 것을 뒤늦게 깨달은 기사도 있었다. 삽시간에 사방은 기사들의 비명으로 가득했다.

"돌격을 멈춰! 정지하라!"

북부군의 총기병대장을 맡은 앵그르 경이 다급하게 외쳤지만 아무런 소용이 없었다. 기습적인 적의 함정에 기병의 대열은 놀라운 속도로 무너졌다.

대략 사 분의 일 정도의 엄청난 숫자가 구멍에 빠져 버린데다 상당수는 우왕좌왕하느라 홉고블린 무리가 있는 곳에 도착하지도 못했다.

기껏 홉고블린에게 도착한 기사들은 약하게 충돌한 후에 뒤쪽의 함정으로 인해 질서정연하게 빠져나가지 못하고 무리에 엉켜갔다.

당황한 그들은 홉고블린의 창을 피해 말을 다급하게 움직이며 난전을 벌였다. 아무리 노련한 자도 그 무질서를 극복하지 못하는 것 같았다.

"이런 젠장! 보병들을 보내! 기사들을 구해야 한다!"

이미 판단 능력을 잃어버린 니메드 경이 황급히 지시했으나 애석하게도 그의 두 번째 명령 역시 오판이었다. 곤경에 빠진 기사들을 구하기 위해 뒤에 대기하고 있던 보병들이 성급하게 가세하는 바람에 라날리숲 옆의 평지는 점점 아비규환이 되었다. 그 와중에서도 레이놀드의 보병 부대만이 비교적 단단한 방진을 구성해 잘 버티고 있었다. 조르다노 파시와 라 파뇰의 용병들은 대열을 유지한 채 장궁만 쏘아댔다. 마운튼해머는 주위를 관망하다 부대를 움직였다.

"형제들, 대열을 유지한 채 따르라!"

드워프 방패보병들의 대장인 마운튼해머가 힘찬 목소리로 명령했다. 그는 독립적으로 부대를 움직여 함정을 우회해 나갔다. 곧 드워프 부대는 홉고블린들의 오른쪽을 두드릴 수 있을 것 같았다.

하지만 그런 희망적인 모습들은 극히 일부였고 대부분의 북부군은 혼란에 빠져 있었다. 지휘관들은 질서를 유지하기 위해 갖은 노력을 했지만 아무 소용없었다. 군대의 대열이 무너지는 것은 순간인 데 반해 회복하는 것은 너무나 느렸다.

"이런 젠장!"

본대에서 지켜보고 있던 스랭도르 경은 니메드 경에게 분통을 터뜨렸다.

"잘하는 짓이오! 당신 말대로 했더니 아주 꼴이 좋게 되었소! 내 직접 병력을 이끌고 우회해서 적을 타격하겠소."

"기다려 보시오, 아르디 경! 섣불리 움직이면……"

얼마 전까지 호기로웠던 대영주는 아군의 혼란에 상당히 위축된 듯했다.

"뭘 더 기다린단 말이오! 지금 병사들이 떼죽음을 당하게 생겼는데!"

그는 대답을 들을 것도 없다는 듯 하드스톤의 전사들을 데리고 거침없이 앞으로 나아갔다. 결국 니메드도 자신의 마법 걸린 거대망치(Maul) 레이징플레임을 들었다.

문득 대영주는 자신이 마지막으로 용맹하게 전쟁터를 누벼본 게 벌써 언제적 일인지 알 수 없다는 생각이 들었다. 그는 젊은 시절, 걷는 사자라고 불릴 만큼 용맹한 전사로 이름 높았다. 오죽하면 그를 사자라고 불렀을까. 그러나 어느덧 세월이 가고 대영주는 정치 세계의 음모와 모략에 빠져 너무 많은 시간을 보냈다. 덕분에 이제는 자신의 옛 시절을 사로잡던 용기와 명예에 대한 기억은 희미했다.

찌들대로 찌든 그였지만 자신의 부하들이 죽어 나자빠지는 와중에 더 이상 손 놓고 있을 수는 없었다. 자신이 예전처럼 싸울 수 있을지 알 수 없었으나 간절한 마음으로 그날의 기억을 되짚어 봤다.

"내가 무언가를 오랫동안 잊고 있지 않았나……."

대영주는 갑자기 가슴속이 뜨거워지는 것을 느꼈다. 잃어버렸다고 생각했던 젊은 시절이, 그 호기로움이 점점 마음속에 차올랐다.

그는 더 이상 세월을 탓하지 말고 이제는 망치를 들고 달려야 할 때라는 것을 깨달았다. 니메드 다르마냑은 주위의 병사들에게 큰 소리로 외치며 홉고블린에게 달려들 준비를 했다.

"부대! 나를 따르라!"

아주 오랜만에 북방의 사자가 울부짖었다.

*   *   *

한편 기병 무리에 섞여 적진 한가운데로 돌격한 레이놀드는 생사의 기로에 서 있었다. 그와 수십의 기병들이 함정을 뚫고 용감하게 돌격한 것까진 좋았는데, 그만 홉고블린 무리 안에 고립돼 버린 것이었다.

기병들은 미친 듯이 날뛰었지만 사방에서 길쭉한 창이 계속 자신들을 찔러오자 버틸 재간이 없었다. 결국 하나둘씩 죽어나갔다. 다급한 레이놀드는 자신의 병사들에게 소리쳤다.

"하마(下馬)한다! 내려서 원형진을 구성해 아군의 지원이 올 때까지 버틴다!"

그의 말에 노련한 용병들은 즉각 말에서 내려 진을 구성했다. 어떤 이들은 그새 홉고블린을 두들겨 패 장창(Pike)을 빼앗았다. 마상창이 부러지지 않은 몇몇은 그걸 장창처럼 꼬나들었다.

레이놀드의 곁에 남은 병사들은 삼십여 인. 살아남으려면 아군이 구해줄 때까지 무조건 견뎌야 한다.

"버틴다! 어떻게든 살아남는다!"

소집군주는 두려움 없는 목소리로 부대를 독려했다. 이럴 때는 지휘관의 투지가 중요한 법이다. 그의 기세가 전해졌는지 고립된 기병들은 분투를 거듭했다.

"죽어!"

"칼라드 그락신 에브호(영예로운 죽음을 위해)!"

레드포레스트군과 홉고블린들은 치열하게 공방을 펼쳤다. 하마한 기병들은 똘똘 뭉쳐 적의 공격에 격렬하게 저항했다.

이미 몇 명의 전사들이 숨을 거뒀지만 튼튼한 갑옷과 잘 짜인 원형진에 힘입어 그들은 생각보다 훌륭하게 버티고 있었다.

그중 단연 압권은 오렌지빛 칼을 과감하게 휘두르고 있는 젊은 영주로 이미 십여 명의 홉고블린 병사들의 숨통을 끊어 놨다. 혼란스러운 전장이었지만 그의 무용은 주목을 끌기 충분했다. 드워프 방패보병대의 대장인 오블란 마운튼해머는 덕분에 고립된 자신의 소집군주의 위치를 금세 파악했다.

"형제들이여! 소집군주를 구출한다!"

그는 부대를 통솔해 적들을 파쇄하며 고용주를 구출하기 위해 움직였다. 그렇게 마운튼해머가 분전하고 있을 때, 홉고블린의 사령부에서 총사령관 쿠룩토스가 젊은 영주의 모습을 흥미롭게 지켜보고 있었다.

"저건?"

그때 그의 뒤에서 인기척과 함께 말이 들려왔다.

"예. 맞는 것 같습니다. 따지고 보면 인간들 중에도 용의 혈통이 섞이지 말란 법은 없습니다만."

쿠룩토스가 뒤를 돌아보자 주술사인 스르굴이 서 있었다.

"어디 다녀오신다더니 일은 잘 처리 하셨습니까?"

"덕분에. 감사합니다, 군단장님."

둘은 흥미롭다는 듯 레이놀드에 대해 이야기했다. 쿠룩토스의 핏줄에도 용의 피가 섞여 있어 드래고닉 오러를 사용할 수 있었다. 홉고블린 왕국에는 드래고닉 오러를 다룰 줄 아는 자가 둘이었는데, 연대장 우름포프와 군단장 쿠룩토스였다.

"그런데 저 자는 군단장님처럼 자신의 정령용을 가지고 있지 않군요."

스르굴이 저 멀리서 격렬하게 싸우고 있는 레이놀드를 보며 말했다. 그의 말에 쿠룩토스는 자신의 어깨 위에 올라탄 작은 용을 쓰다듬었다.

"정령용들이 드래고닉 오러의 사용자들에게 끌리긴 하지만 인연이 없어서 못 만나면 할 수 없는 일이죠. 허허! 훌륭한 전사로 보입니다만, 자신만의 정령용이 없으면 결국 반쪽짜리인 것을……."

스르굴은 관심 있게 그 인간을 살폈다. 그러기를 잠깐, 둘은 다른 곳으로 시선을 돌렸다. 희귀한 드래고닉 오러를 다루는 인간의 전사에 관심이 동하긴 했지만 전장의 거대함과 중요성에 비하면 그건 사소한 문제였다.

총사령관은 주술사에게 지시했다.

"예정대로 진행하겠습니다. 인간들이 이제 거의 혼란을 회복한 모양입니다. 아무래도 지금 시점에서는 숫자가 많은 저들이 유리해지는군요."

"그렇다면 저도 준비를 하겠습니다."

"수고하시지요. 주술사님."

"원 별말씀을."

거대한 산양뼈투구 아래 흉흉한 두 눈을 빛내고 있는 주술사는 자신의 사령관에게 살짝 예를 표하고 뒤쪽으로 사라졌다.

"곧 시작되겠군."

쿠룩토스는 즐거운 듯 미소 지었다.

5장
비록 지금 나를 죽여도

　북부의 대영주 니메드 다르마냐이 자신의 상징과도 같은 마법망치 레이징플레임을 얻은 건 동쪽 신성 벤타케 제국에서의 모험에서였습니다. 루더렉, 앙드레, 장, 에드프리스, 프란체스코 등 신뢰했던 북부의 동료들과 떠난 그 여행에서 그는 잊혀진 고대의 유적을 발굴합니다. 그는 그곳에서 주목할 만한 보물들을 찾아냈는데, 레이징플레임은 그중 하나입니다.

　또 다른 주요 발굴 목록 중 하나는 '아르카나의 열쇠' 라는 것으로 그 용도는 철저히 비밀에 부쳐져 있습니다. 현재 그 열쇠는 화이트클리프의 주교가 성당의 지하 깊은 곳에 보관하고 있다고 합니다.

"마운튼해머!"

레이놀드는 반가운 기색을 숨기지 않았다. 그의 10미터 정도 앞쪽에 강인한 드워프 전사 오블란 마운튼해머가 홉고블린들을 때려죽이며 그에게 다가오고 있었다. 그러나 전쟁터를 뚫고 오는 일이 쉽지만은 않은 듯 숨을 헐떡였다.

"조금만 버티게!"

이미 주위의 홉고블린들은 강력한 드워프 방패보병들의 전진을 견디지 못하고 뿔뿔이 흩어졌다. 그들이 철제 방패로 땅을 두들기거나 자신의 망치나 도끼로 방패를 때리면서 전진해 오는 모습은 두려움 가득한 광경으로, 그 앞을 막을 만큼 간이 큰 자들은 별로 없었다.

소집군주는 새삼 그들이 비싼 고용료만큼 값을 한다는 생각이 들었다. 방패보병들이 없었으면 어쩌면 이곳이 그의 무덤이 될지도 몰랐을 일이었다.

번쩍이는 드래고닉 오러로 홀로 이십여 명의 홉고블린을 쓰러뜨린 레이놀드는 숨을 몰아쉬었다. 갑옷은 적들의 피와 지방, 그리고 떨어진 살점으로 온통 더럽혀져 있었다. 아직 전쟁의 소용돌이가 거셌지만 일단은 위기를 넘겼다는 데서 기쁨을 느꼈다.

그러나 라날리숲 앞에 펼쳐진 이 아비규환은 앞을 내다볼

수 없을 지경이었다. 그나마 다행인 것은 아직 북부군에게 희
망이 있다는 것이었다.

　일단 병사의 수가 적을 압도하고 있었다. 기선을 제압당하
긴 했지만 소모전으로 간다면 전세가 뒤집힐 확률이 농후했
다. 소집군주는 손가락으로 이곳저곳을 가리키며 그의 전대장
과 작전을 의논했다. 주위가 워낙 시끄러워 오블란도 입을 크
게 벌리고 고함을 질러대는 통에 흡사 둘이 심하게 다투기라
도 하는 것 같았다.

　그런데 그때 아주 커다란 소리가 들려왔다.

　뿌우우웅-.

　순간 그 날카로운 소음에 전쟁터에 있던 많은 자들이 주위
를 다급하게 둘러봤다. 갑작스레 정적이 찾아온 것 같은 느낌
마저 들었다. 그리고 그 잠깐의 순간이 끝나자마자 라날리숲
안쪽에서 고함이 터져 나왔다.

　워어어어어!

　뒤이어 숲 속에서 수많은 흡고블린들이 튀어나오기 시작했
다.

＊　　＊　　＊

　막 한 마리의 흡고블린을 쓰러뜨리고 숨을 고르고 있던 레
이놀드는 숲에서 쏟아져 나오는 적들을 보고 숨이 멎는 듯한

충격을 받았다. 전장은 기사들이 구덩이로 떨어진 후 난전 양상으로 변했지만 숫자가 많은 아군이 여전히 유리한 상황이었다.

하지만 함성과 함께 매복병들이 튀어나오자 당황한 북부군은 급속히 무너지기 시작했다. 마치 야수처럼 튀어나온 홉고블린들이 병사들의 배후를 습격했고 순식간에 일대는 아수라장이 됐다.

"대열 유지해! 무너지는 순간 끝이다!"

젊은 영주는 목청껏 외쳤지만 전장의 소음 속에 금방 묻혀 버렸다. 다들 각자의 싸움에 빠져 지휘 체계는 빠르게 무너져 갔다.

'젠장!'

그는 속으로 신음성을 냈다. 어쩐지 녀석들의 병력이 적은 게 수상했다.

'어떻게든 니메드 경의 주장을 막았어야 했는데!'

탄식이 절로 나왔다. 그러나 더 고민할 틈도 없었다. 숲에서 나온 놈들이 단체로 작은코투척창(Pilum)을 던져대는 탓에 그의 부하들이 버텨내질 못하고 있었다.

"으악!"

한 보병이 날아온 창에 맞아 외마디 비명과 함께 쓰러졌다. 힘겹게 일어난 그는 몸에 박힌 창을 질질 끌며 도망치다 누군가 던진 손도끼에 머리가 쪼개졌다.

부하들이 그렇게 하나둘 죽는 모습에 레이놀드는 마음이 터질 것 같았다.

더 이상의 전투는 아무런 의미가 없어 보였다.

이미 패배가 눈앞의 현실로 다가왔다. 최대한 병력을 보존하는 게 우선이었다. 레이놀드는 비통한 심경으로 주위의 부하들에게 명령을 내렸다.

"전원 퇴각! 물러난다!"

큰 소리였지만 싸움에 정신이 팔린 병사들은 명령을 듣지 못했다. 설상가상으로 늘 그의 옆에 있던 기수들도 보이지 않았다.

황급히 주위를 둘러보던 그는 20미터 옆쪽에 또 다른 부대기를 들고 버티고 있는 용병을 발견했다. 젊은 영주는 필사적으로 앞을 뚫고 나아갔다.

그러는 동안 화살이 계속 머리 위로 날아다녔고 인파의 물결에 몇 번이고 내동댕이쳐질 뻔했다. 그는 간신히 부대기를 든 사내에게 접근했다.

"이봐!"

"엇! 소집군주님!"

그는 갑자기 튀어나온 레이놀드는 보고 얼떨떨한 표정이 되었다. 젊은 영주는 기수의 허리춤에 있는 뿔나팔을 빼앗았다.

"퇴각 신호 보내!"

말이 끝나기 무섭게 레이놀드가 직접 나팔을 불었다.

뿌- 뿌- 뿌- 부우우우-.

짧게 불다 계속 길게 이어지는 뿔나팔 소리를 듣고 용병들은 소집군주가 퇴각 명령을 내렸음을 깨달았다. 동시에 주위에 있던 부대기들이 퇴각 신호를 보내왔다. 라 파뇰, 조르다노 파시, 오블란 마운튼해머는 각각 자신의 전대에게 후퇴를 지시했다.

레이놀드는 병사들이 후퇴하는 모습을 보고 나서야 간신히 안도의 한숨을 내쉬었다. 오늘 하루는 너무 힘들고 고통스러웠다. 그뿐만이 아니라 전 북부에 있어 최악의 날로 기록될 것이다.

"신속히 이탈하라!"

젊은 영주가 소리치며 달려가자 주위의 병사들도 결사적으로 달음박질치며 그를 따랐다. 뒤에서는 적들이 바짝 붙어 패잔병들의 등 뒤를 공격했다. 포위망을 뚫지 못하고 적 진에 고립된 병사들의 비명이 들려왔다.

"제발! 구해줘!"

"소집군주님!"

레이놀드는 뒤쪽에서 들려오는 목소리에 이를 악물었다. 낙오한 병사들이 자신을 부르고 있었다.

하지만 돌아갈 수 없다.

돌아가면 죽는다.

그는 그들의 죽음을 무시하고 계속 앞으로 달려나갔다. 하지만 탈출도 쉽지만은 않았다. 지독하리만큼 운이 따라주지 않는 날이 있다면 그게 바로 오늘이리라. 젊은 영주는 눈앞의 광경에 입을 벌린 채 제자리에 멈춰 섰다. 새로운 절망이 그들을 기다리고 있었다.

"대단하다, 대단해."

그의 앞에 보통의 사고로는 이해할 수 없는 일이 일어난 것이다. 레이놀드는 담대하기론 누구한테도 뒤지지 않는 남자였지만 이번만큼은 진짜 두려움에 사로잡혀 신음했다.

"아, 거지 같다 진짜……."

살아 있기라도 한 듯 활활 불타오르는 화염벽이 그들의 퇴로를 가로막고 나타난 것이다.

"으아아악!"

가장 먼저 달려가던 병사들이 불꽃에 휩싸여 고통스러운 비명을 지르며 굴러댔다. 하지만 불벽의 뜨거운 온도에 그들은 결국 일어나지 못한 채 한 줌의 재가 되었다.

처음에는 작은 불길이었지만 점점 폭발하듯 커져 마침내 사람 키의 두 배는 되는 높은 불벽이 병사들 앞에 우뚝 서 있었다.

모두 너무나 거대한 마법 화염벽에 당황해 우왕좌왕했다. 반면 홉고블린들은 타오르는 불길에 오히려 사기충천해서 고함을 지르며 더 날뛰었다.

이제 그들은 모두 불꽃과 홉고블린에게 둘러싸인 채 전멸의 위기에 처하게 된 것이었다. 앞쪽의 엄청난 열기를 느끼면서 레이놀드는 생각했다.

'처음부터 함정이었군. 그러고 보면 레드포레스트에서 나타났다는 주술사가 하드스톤에선 보이지 않았지……'

비통한 심경이던 레이놀드는 정신을 차리고 주위를 둘러봤다. 그는 위기의 순간일수록 머리를 기민하게 굴려야 한다는 제온 경의 말을 떠올렸다. 평야 쪽 길들은 두꺼운 포위진과 불꽃으로 막혀 있지만 매복병들이 튀어나온 숲 쪽으로 향하는 길은 상대적으로 얇아 보였다. 억지로 뚫고 들어가 산림 속에서 흩어진다면 전쟁에는 패할지라도 일부는 목숨을 구할 수 있을 것이다.

하지만 군대는 뿔뿔이 흩어질 가능성이 높았다. 전대를 재편하기 전에 분노한 홉고블린들이 도시까지 밀고 내려올 공산이 컸다.

그렇지만 지금은 그런 문제를 따질 때가 아니었다. 일단 사는 게 우선이다. 젊은 영주는 제온 경과 에이드리의 복수를 하기 전에는 결코 순순히 죽을 생각이 없었다.

"전원 포위를 뚫고 숲으로 후퇴한다!"

소집군주의 말에 주위에 어지러이 포진하고 있던 기사들은 고함을 지르며 일제히 숲 방향으로 말을 달려갔다. 보병과 궁병들도 따라갔는데 홉고블린 무리와 난전을 벌이며 뒤엉켜 있는 탓에 그의 명령을 듣지 못한 병사들도 대단히 많았다. 수백 단위로 고립된 그들이 전멸하는 건 시간문제 같았다. 닥쳐올 죽음의 그물에서 빠져나갈 수 있는 건 오로지 운이 좋은 자들로 한정될 것이다.

"오른쪽 대열이 상대적으로 약하다! 저쪽부터 뚫는다!"

그의 명에 아직 말을 잃지 않은 자들이 선봉을 맡아 온몸으로 포위망에 부딪혔고 일부 기병들은 하마해서 검을 휘둘렀다.

거기에 보병들까지 가세해 힘으로 밀어붙이며 적의 대열을 무너뜨리기 위해 노력했다. 그런데 전열의 병사들은 적과 너무 바짝 붙어 무기를 휘두를 공간도 없었다. 그들은 소리를 지르며 몸으로 상대를 밀어내려 애쓰고 있었다. 그러나 덩치 좋은 홉고블린들이 모여 하나의 벽처럼 버텼다. 그런 까닭에 적들은 좀처럼 뒤로 밀려나지 않았다.

"비켜! 비키라고, 이 쓰레기들아!"

조르다노 파시는 입 냄새가 날 정도로 바짝 붙어 있는 홉고블린 병사를 밀어젖혔다. 두려움 없는 그는 가장 먼저 포위망을 무너뜨리기 위해 달려들었다. 그때 앞에 있던 홉고블린이 알 수 없는 말로 파시에게 소리를 질러댔다.

"뭐? 뭐라고 하는 거냐. 이 자식아!"

파시는 있는 힘껏 박치기로 녀석의 얼굴을 들이받았다. 비명이 울리더니 코피가 터졌다. 열이 받은 홉고블린은 그의 얼굴을 물어뜯으려는 듯 입을 크게 벌리고 달려들었다.

“헛!”

파시는 급하게 팔꿈치로 적의 목을 밀어냈다. 그때 근처에서 병사들과 아웅다웅하던 홉고블린 두 마리가 날카로운 단검에 맞아 뒤로 쓰러졌다.

“좋아!”

둑이 무너지는 것도 작은 구멍에서 시작되듯이 그게 계기가 되었다.

“밀어붙여!”

병사들은 이를 악물고 홉고블린 두 녀석이 쓰러진 자리를 비집고 들어갔다. 짧은 단검을 사정없이 찍어대며 한참을 씨름하자 포위 대형의 일부분이 흔들렸다.

“하면 되잖아! 좋아!”

전대장 파시는 환호했다. 그 순간 앞에 있던 홉고블린의 손가락이 그의 입을 파고들었다.

“윽!”

혀에 날카로운 손톱이 닿는 느낌과 함께 피 맛이 났다. 그는 반사적으로 손가락을 깨물었다.

“키엑!”

손을 집어넣었던 녀석은 비명을 지르며 손을 빼냈고 전대장은 잘린 손가락을 거칠게 뱉었다.

“왜? 혀라도 잡아 뜯으려고 했나!”

화가 난 파시가 있는 힘껏 홉고블린을 밀자 녀석은 뒤로 주

욱 밀려났다. 조금 전까지 서로 몸을 붙인 채 꼼짝도 못했는데
이제는 공간이 생긴 것이었다.

"잘 걸렸다! 이 거지 같은 괴물 놈들아!"

선임하사가 즐겨 쓰던 날이 두꺼운 외날검(Backsword)으로
전방의 홉고블린들을 내리쳤다. 잘 갈린 그의 묵직한 칼은 위
력을 발휘했다.

덕분에 파시의 앞쪽으로 녀석들의 잘려나간 팔목 여러 개가
날아다녔다. 다급한 인간들의 물불을 가리지 않는 저돌적인
공격에 결국 비교적 얇았던 숲 쪽 포위망의 한쪽 면이 무너져
내렸다.

"더 빠르게!"

간신히 만들어진 희망의 끈을 단단히 붙잡아야만 했기에 레
이놀드는 한층 거세게 부하들을 독려했다. 평야 쪽을 포위하
고 있던 홉고블린들이 숲으로 도망가려는 인간들의 의도를 알
아채고 거세게 압박해오기 시작했던 것이다.

"와아아아아!"

그때 한쪽에서 함성이 터졌다. 마침내 적의 대형이 무너지
면서 녀석들이 반대 방향으로 몸을 튼 것이다. 동시에 병사들
과 기사들은 숲을 향해 빠르게 도망갔다. 거의 확정된 죽음에
서 살아난 그들의 환희는 말로 표현 못 할 것이었다.

"살았다! 살았어!"

"어서 뛰어!"

　지켜보던 레이놀드는 숲이 또 다른 죽음의 함정이 아니길 기원했다. 그래도 지휘관인 젊은 영주의 기민한 판단으로 레드포레스트 부흥군은 북부 연합 중 제일 먼저 후퇴할 수 있었다.

＊　　＊　　＊

　같은 시간 화이트클리프의 사령부는 무거운 분위기에 짓눌려 있었다. 그나마 레이놀드가 그랬듯 숲으로 향하는 퇴로를 확보했다는 게 다행이라면 다행이었다. 물론 그 과정에서 지불해야 했던 피는 막대했지만 말이다.

　많은 병사들이 뚫린 포위망의 틈을 통해 숲으로 간신히 도주하고 있었다. 물끄러미 회한에 찬 얼굴로 그 모습을 보던 니메드 경은 자신의 후계자를 불렀다. 그는 잠시 뜸을 들이더니 결심한 듯 무겁게 입을 열었다.

　"라센, 신속하게 숲으로 탈출해라."

　아들은 불안한 예감이 들었는지 재빨리 아버지의 말꼬리를 잡았다.

　"아버님. 아버님께서도 어서 퇴각하셔야 합니다. 한시가 급합니다."

　그러나 니메드는 단호했다.

　"나는 영주다. 부하들을 모두 보낼 때까지 가지 않겠다."

라센은 물러서지 않았다.

"살아계셔야 후일을 도모합니다!"

그의 말에 대영주는 고압적인 자세를 취했다.

"명령이다! 즉시 전장을 이탈해 화이트클리프로 복귀한 뒤 수성을 준비하라!"

"아버님!"

"안 간다는 게 아니다! 상황을 최대한 정리하고 돌아가겠다는 거야!"

그래도 라센은 대영주의 한쪽 팔을 잡아끌었다.

"그럴 시간도 없습니다. 전열의 창병들이 벌써 무너지고 있습니다."

그의 말대로 많은 병사들이 쓰러졌고 그 위로 부러진 창자루가 가득했다. 지금 부자가 실랑이를 벌이는 30미터 정도 앞에서 머리 없는 병사가 피를 뿜으며 걸어가다 털썩 쓰러지는 모습도 보였다. 적들이 바로 코앞에까지 들이닥친 것이다. 그럼에도 불구하고, 니메드는 아들의 손을 쳐냈다. 그리고 휘하의 우직한 기사 베르나르에게 아들을 숲으로 데려가도록 명했다.

"부탁이다. 라센을 무사히 화이트클리프에 데리고 가야한다."

"알겠습니다. 대영주님."

과묵한 그는 짧게 대답했다. 그러나 비통함이 묻어나는 말투었다.

베르나르와 몇몇 병사들이 라센의 양팔을 잡아끌었다. 덩치가 좋은 라센은 강하게 버텼지만 혼자 밀쳐내기에는 수가 많았다. 그는 끌려가면서 애처롭게 외쳤다.

"아버님! 이 자식들, 뭐하는 거야. 어서 놔! 놓으라고! 난 대영주의 아들이다! 내 말이 말 같지 않은 건가!"

기사들은 아무런 대답도 하지 않았다. 고개를 숙인 채 묵묵히 그를 숲으로 데리고 갔다.

"놔! 놓으라고! 아버지!"

그런 아들의 모습을 지켜보자니 대영주의 마음은 찢어지는 것 같았다. 후회가 그를 사로잡았다. 욕심에 사로잡히지만 않았다면 이런 최악의 결말은 없었을 것이다. 새삼 회전을 반대하던 레이놀드의 모습이 떠올랐다. 겁 많은 애송이라고 생각했는데 결국 늙고 고집불통인 자신보다 현명했던 셈이다.

그는 모든 게 부끄러웠다.

'미안하다, 아들아. 이 모든 게 아비의 잘못이구나.'

니메드는 그렇게 떠나는 병사들과 아들을 오래간 보고 있었다. 그렇지만 오래지 않아 돌아섰다. 이제 대영주의 곁에는 그의 오래된 가신과 병사들만이 남아 있었다.

묘한 전장이었다.

어떤 무리는 격렬한 싸움을 거듭하며 서로의 생명을 빼앗았으며 어떤 자들은 도망가느라 달리는 사슴처럼 숲을 가로지르고 있었다. 또 어떤 이들은 함께 모여 잠깐 동안 여유를 부리고 있었다.

대영주 니메드, 기병대장 루더랙, 기사 프란체스코와 에드프리스, 선임하사 앙드레, 보병행정관 장, 경비대장 가스통 등 모두 불혹을 넘긴 자들이었다. 루더랙이 조여 오는 적을 바라보며 조용히 입을 열었다.

"젊은이들은 살게 해줘야겠지요. 그들이 우리의 유지를 이을 겁니다."

경비대장 가스통이 그에게 동조하면서 한마디 했다.

"영주님과 함께 한 게 벌써 수십 년입니다. 돌아보면 좋은 시절이었죠."

그들은 짧은 시간 동안 추억에 젖었다. 니메드는 젊은 시절 프란체스코와 에드프리스, 앙드레, 장 등과 함께 동쪽의 거대한 신성 벤타케 제국을 여행했던 기억을 떠올렸다. 혈기왕성했던 그들은 거칠 게 없다는 듯 세상을 떠돌았었다. 하지만 시간은 유수와 같이 흘러 어느새 아이의 아버지가 되더니 이제는 늙어 흰머리가 희끗희끗했다.

"시간이 참 빠르군."

누군지 모르겠지만 그들 중 한 사람이 중얼거렸다. 니메드도 하늘을 바라보며 생각에 잠겼다.

대체 언제부터였을까, 자신이 빛을 잃어버린 것은.

영원할 것 같던 젊음은 도대체 어디로 갔단 말인가?

그가 눈치를 채기도 전에 세월은 니메드에게서 신념과 용기를 빼앗고 그 자리에 욕심과 탐욕을 채워 넣었다. 그리고 대영주가 자신의 잘못을 깨닫고 후회하자마자 죽음이 바로 근처까지 찾아와 어슬렁거리고 있었다.

야속했다.

자신도, 세월도.

'진정으로 어리석었다. 하지만 죽는 순간까지 어리석을 순 없다.'

그는 가벼운 한숨을 내쉬었다.

"그날도 이렇게 우중충한 하늘이었지……."

푸르렀던 하늘에 어느새 먹구름이 몰려들고 있었다. 그는 퍼뜩 정신을 차리고 주위를 둘러보았다. 후회하던 노인의 모습은 사라지고 사자 같은 기세가 피어올랐다.

"부대 정렬!"

니메드가 레이징플레임을 쳐들고 소리치자 노련한 전사들이 저마다 움직이며 대열을 맞추었다. 그렇게 마지막 일전을 위해 모인 수백의 노병들이 빠져나가는 젊은 병사들을 위한 방패가 되어주었다.

니메드 경은 큰 목소리로 그들을 독려했다.

"우리는 비록 이곳에 묻히겠지만 우리의 아들과 동생들이 가족을 지키기 위해 지금 이곳을 빠져나가고 있다! 그러므로 마지막 일인까지 시간을 번다!"

니메드 경의 말에 병사들은 용감한 함성으로 답했다.

"함께 하겠습니다. 대영주님!"

얼굴에 주름이 가득한 늙은 오스버트도 용감하게 대답했다. 그는 마치 젊은 시절로 돌아간 것 같은 모습이었다.

"함께 죽겠습니다!"

얼마 전 아들을 잃어버린 보드민의 목소리가 들렸다. 주위에 있던 노병들도 이에 질세라 한 마디씩을 거들었다. 오래간 성실히 일했던 사무서기 니콜라스, 예배에 참석하지 않는 기사들을 걷어차곤 했던 열정적인 매콜리 주교, 종군 내내 반쯤 술에 취해 있었던 주류관리인 티어맨, 얼마 전 바람을 피우다 걸린 보급소 관리인 맨데빌 등, 그들 모두 지금 이 자리에서 죽기로 각오한 자들이었다. 그런 그들을 바라보는 대영주의 눈가는 촉촉해졌다.

"수십 년간 화이트클리프의 용감한 전사들과 함께해서 대단히 영광이었다. 화이트클리프의 병사들! 오늘 우리는 여기서 최후를 맞이한다!"

"와아아아아아! 화이트클리프!"

"화이트클리프를 위하여!"

북부군은 이제 죽은 자와 숲으로 후퇴한 병사들을 제외하니 노병 2백 정도뿐이었다. 이미 상당수의 홉고블린들이 숲까지 들어가 도주하는 병사들을 쫓고 있었지만 더 이상 통과시키지는 않으리라. 적들의 파도 속에 외로이 섬처럼 버티고 있는 그들은 충분히 시간을 끌 것이었다.

니메드 다르마냑은 자신의 거대한 전투망치를 하늘 높이 치켜들었다.

"북부여 영원 하라!"

"와아아아아!"

병사들의 함성이 가득한 그때, 눈앞에 잘 만들어진 갑옷을 입은 유난히 큰 홉고블린이 거대 산양을 탄 채 부하들을 뚫고 나타났다.

도끼처럼 휜 큰 칼을 들고 악마 모양의 갑옷을 입은 홉고블린이었다. 그는 바로 얼음귀신군단의 군단장인 쿠룩토스였다. 옆에는 군단전술장교인 이자나곤이 있었다.

"죽기에 좋은 날이오."

니메드는 금세 그가 적들의 우두머리임을 알 수 있었다. 그는 군단장의 기세에 눌리지 않고 호기롭게 대답했다.

"그렇소이다. 이 좋은 날, 그대가 하늘을 보고 드러누울 수 있도록 해주겠소."

"크하하핫!"

대영주의 입담에 홉고블린의 총사령관이 크게 웃었다. 하지만 그의 옆에 있는 이자나곤의 눈빛이 매섭게 변했다. 앙드레와 장, 가스통은 무기를 빼들고 대영주의 옆에 바짝 다가갔다.

시끄러운 전쟁터가 갑자기 폭풍 전야와도 같은 긴장에 휩싸였다. 에드프리스는 침을 삼키며 방패 뒤에 숨겨놓은 투척용

단검의 개수를 확인했다. 그때 어디선가 땅을 울리는 소리가
들렸다.

쿵!

니메드 경이 어깨에 걸치고 있던 전투망치 레이징플레임으
로 땅을 내리찍었다. 5킬로그램 정도의 무게였지만 주위에 있
던 자들을 놀라게 하기에는 충분한 진동이었다. 대영주는 앞
을 노려보며 선언했다.

"이제 한 걸음도 더 나갈 수 없소."

대단한 무게가 느껴지는 그의 선언에 주위에는 잠깐의 침묵
이 흘렀다. 곧 북부군에서 함성이 터져 나왔다.

"와아아아아아아!"

"이 땅에서 꺼져버려!"

노병들이 기세를 올리고 있는 모습에 쿠룩토스는 손가락을
까딱거려 이자나곤을 불렀다.

"말씀하시죠. 사령관님."

"분위기가 좋은 것 같아 미안하지만 쓸어버려."

"네."

살며시 고개를 끄덕인 이자나곤은 두 주먹이 쾅! 쾅! 소리가
나도록 두들겼다.

"다 죽여 버려!"

쿠룩토스의 등장으로 잠시 멈췄던 싸움이 재개되었다. 노병
들은 불과 2백여 명이었지만 홉고블린들의 수는 끝도 없는 것

같았다.

"덤벼! 덤비라고!"

늙은 오스버트는 마치 젊은 용사처럼 홉고블린의 머리를 도끼로 부숴댔다. 평소 그를 아는 자가 본다면 무기력한 마을 영감의 놀라운 분전에 입을 다물지 못할 것이다. 이윽고 홉고블린과 다투다 도끼를 빼앗기자 대신 상대방의 단창을 빼앗았다.

"이얍!"

기합과 함께 홉고블린의 배때기에 창을 깊게 박아 넣었다. 그는 상대방의 어깨너머로 보이는 튀어나온 창날을 보고 만족해하며 녀석을 뒤로 밀어버렸다.

"으하하핫! 덤벼……."

픽!

그 순간 날아온 투창이 오스버트의 목을 관통했다. 창대가 흔들리자 그의 몸도 휘청거렸다.

"욱!"

입으로 피가 흘러나왔다. 그렇지만 선혈을 잔뜩 묻힌 그의 입술은 웃고 있었다.

"킥킥!"

연이어 두 자루의 창이 오스버트의 배를 파고들었다. 그래도 그는 쓰러지지 않았다. 또다시 창이 복부를 헤집었지만 두 다리로 북부를 자유롭게 걷던 젊은 시절의 모습처럼 굳건히 버텨냈다.

결국 도끼가 오스버트의 오른쪽 다리를 잘라내고서야 옆으로 무너져 내렸다. 쓰러져가던 그는 이제 자신의 모든 삶과 시간이 끝났음을 깨달았다.

'인생이란 게 한여름 밤의 꿈같구나.'

쿵!

축축한 흙과 숲 언저리의 들풀이 그의 얼굴에 닿았지만 풀 위에 맺힌 차가운 이슬의 감촉조차 느껴지지 않았다. 쓰러진 그는 칼에 맞아 쓰러진 티어맨과 온몸을 던져 그를 보호하고 있는 매콜리 주교가 보였다. 희미해지는 의식 속에서 오스버트는 혀를 찼다.

'저런. 매콜리 저 양반, 일요일만 되면 교회에 안 나온 녀석들을 찾아내 발길질을 해대곤 했었지만…… 정작 싸움이라곤 하나도 못하는 영감인데……'

도끼를 휘두르던 홉고블린이 가차 없이 주교의 머리를 내리쳤다. 오스버트는 그 광경을 모두 지켜보고 있었지만 슬프지는 않았다. 눈꺼풀이 서서히 무거워졌다. 어차피 저승에서 만날 사람, 기도는 조금 있다 해도 되지 않겠는가. 주교는 용감하고 성직자답게 죽었다. 아마 젊은 시절 나쁜 짓을 좀 했던 자신과는 다르게 천당으로 갈지도 모른다. 북부의 다른 주교들이 흔히 그러듯 사생아와 애인을 숨겨두지 않았다면 말이다.

오스버트는 진흙 위에 누워, 자신의 목으로 뿜어져 나오는 피의 열기 속에서 세상에 마지막으로 속삭일 단어를 골라 입을 열었다.

"하…… 하…… 이…… 트크리……."

그는 힘겹게 고향의 이름을 말해보려 했지만 잠자코 그의 모습을 지켜보고 있던 죽음이 그것을 허락하지 않았다. 늙은 오스버트의 눈동자는 이제 완전히 빛을 잃었다.

"으아악!"

평생 행정 업무만 처리했던 성실한 니콜라스는 망치에 머리가 깨졌다. 맨데빌은 죽어가며 아내에게 사과했다.

"물러서지 마라!"

니메드 경의 고함 소리가 쩌렁쩌렁 울린다.

하나둘씩 노병들이 쓰러지는 와중에도 망치를 든 늙은 전사는 힘을 냈다. 그는 마치 사자처럼 싸우고 있었다. 사자처럼 포효하며 사자처럼 적을 박살냈다. 하지만 누가 보더라도 그건 생의 마지막 불꽃이었다.

"하합!"

불타오르고 있는 마법망치 레이징플레임이 홉고블린 대대 통제관 이자나곤의 방패를 때렸다.

쾅!

방패의 강철 테가 찌그러지고 나무에는 불이 붙었다.

"이런 젠장!"

이자나곤은 방패에 붙은 불을 황급히 진흙에 비벼서 껐다.

"하하핫! 제법이십니다. 대영주님. 인간들은 싸움으로 영주를 뽑습니까?"

니메드는 대답 대신 이자나곤의 머리를 향해 레이징플레임을 휘둘렀다.

"크헉!"

홉고블린은 양손으로 방패를 받쳐 올려 막았지만 강렬한 충격까지 어찌할 수는 없었다. 방패의 나무에 금이 갔고 강철 테가 찌그러졌다. 그리고 마법이 일으킨 불꽃이 그의 투구 위의 붉은 솔을 태웠다.

하지만 정작 그것보다 이자나곤을 화나게 한 건 한쪽 무릎에 느껴지는 축축함이었다. 아래를 내려다보니 그의 무릎이 젖은 진흙에 닿아 있었다. 그 모습에 군단전술장교의 어깨가 살짝 떨려왔다.

"자네 조아리는 데 취미라도 있나?"

니메드의 빈정거림까지 더해지자 이자나곤은 빠드득 소리가 날 정도로 이를 갈았다.

"네가 지금 전사에게 무슨 짓을 한 건지 알고는……."

그때였다. 그들의 머리 위로 희미한 빗줄기가 떨어지기 시작한 건.

팅– 팅–.

강철갑옷 위에 제일 먼저 떨어진 성질 급한 물방울이 묵직한 전장이 싫은 듯 경쾌한 소리를 내며 허공으로 튀었다.

니메드는 목덜미를 타고 흘러들어오는 늦가을의 차가운 비를 느끼며 신께 감사했다. 전쟁이 끝나면 내년 봄에는 축축하고 좋은 땅이 농부들을 기다릴 것이다.

그는 라센이 모두가 모인 앞에서 밭을 갈며 풍작을 기원하는 의식을 치르는 모습을 그려봤다. 아들은 좋은 영주가 될 것이다. 그러기 위해서 지금 눈앞의 녀석을 박살내는 게 아버지로서 해줄 수 있는 최후의 의무였다.

"모르겠다. 다만 내가 네 위에 있다는 것은 알고 있다."

대영주는 한쪽 입꼬리를 올리며 비웃었다.

"뭐라고!"

"게다가 무릎을 꿇은 자세로 전사라고 주장하는 것도 좀 웃기지 않나?"

"이 자식! 죽여 버리겠다!"

언제나 능글능글하게 상대를 화나게 하는 걸 즐기는 이자나곤이 오히려 먼저 이성을 잃고 니메드에게 달려들었다. 그 성급한 공격에 대영주는 승리를 확신했다.

쾅!

한때 북부의 사자라고 칭송이 자자했던 늙은 영주가 힘껏 레이징플레임을 휘둘렀다. 망치가 찔러 들어오는 칼날방패의 날을 향해 날아갔다.

콰앙!

망치는 방패를 부순 걸로 모자라 녀석의 손까지 뭉개버렸다.

"으아아악!"

설상가상으로 꺾어지고 터진 흡고블린의 팔에는 불꽃까지 옮겨붙었다. 엄청난 고통에 그는 반쯤 쓰러져 한쪽 팔을 부여잡고 소리를 질러댔다.

쫘아아아아.

한두 방울을 떨어뜨리며 간을 보던 먹구름이 더는 참지 못하고 빗줄기를 쏟아 부었다. 하지만 한 번 붙은 마법의 불은 쉽사리 꺼지지 않았다.

레이징플레임의 머리 위에서 이글거리던 불길도 쏟아지는 비에 흥분한 듯 춤을 추었다. 대영주가 이자나곤의 숨통을 끊으려 할 때 갑자기 손도끼가 날아왔다. 그는 황급히 망치로 투척 무기를 쳐냈다.

깡!

그가 눈앞에 있는 망치 머리를 치우고 앞을 보자 적의 사령관이 어느새 거대 산양에서 내려와 있었다. 아마 녀석이 손도끼를 던진 것 같았다. 어깨 위에 추악하게 생긴 작은 용이 시끄럽게 울어댔다.

"미안하오, 대영주. 우리 전술장교는 할 일이 많은 인물이라. 내가 대신 겨루겠소."

군단장이 손짓하자 그는 비틀거리며 총사령관에게 다가갔다. 이자나곤은 말없이 대영주를 한 번 노려보고는 무리 속으로 사라졌다. 부하를 보내고 쿠룩토스는 여유로운 모습으로 작은 용은 하늘 위로 날려 보냈다. 그 모습에 보고만 있던 프란체스코 경이 화가 나 쿠룩토스에게 소리쳤다.

"이 자식! 결투에 끼어들다니, 명예를 알아라!"

분노한 그는 도끼를 들고 앞으로 달려들었다.

"안 돼!"

니메드가 다급히 만류해봤지만 달려든 노기사 프란체스코의 손이 순식간에 쿠룩토스의 칼에 잘려나갔다.

"으악!"

기사가 비명을 지르며 땅에 뒹굴었다. 팔에서 뿜어져 나오는 피가 바닥에 흥건히 고인 빗물을 붉게 물들였다. 쿠룩토스는 쓰러진 프란체스코를 붙잡아 일으켜 세우더니 니메드 경에게 밀었다.

"목을 자를 수도 있었습니다만, 조금 전 결례에 사과하는 의미로 팔만 잘랐소."

대영주는 팔이 잘린 기사를 부축하면서 이를 갈았다. 동맥이 잘려 피를 뿜어내고 있었다. 얼굴이 완전 시퍼렇게 질려 있었다. 얕게 숨을 쉬고 있었지만 그게 얼마 남지 않았음은 너무나 자명했다.

사방은 비와 홉고블린, 그리고 북부군의 시체로 가득했다. 마음이 너무 답답했다.

그는 참지 못하고 자신의 면갑을 들어 올렸다. 빗물에 금세 그의 수염이 젖어들었다. 옆에 있는 프란체스코는 얼굴이 파래진 채 계속 신음을 하고 있었다.

"미안하네. 프란체스코."

"크윽. 아…… 아닙니다. 대영……."

니메드는 자신의 오랜 친구의 무릎을 한차례 두들겨 주고는 망치를 고쳐 쥐고 앞으로 나섰다. 심호흡을 하며 마지막이 될 북부의 신선하고 차가운 공기를 들이마셨다.

"핫!"

니메드는 조금도 망설이지 않고 튕기듯 앞으로 나아가 해머를 휘둘렀다.

쾅!

쿠룩토스는 두꺼운 날을 가진 검으로 방어해낸 후 곧바로 대영주의 목을 노리고 칼을 휘둘렀다. 니메드는 뒤로 물러나며 피해냈지만 커다란 검이 일으킨 바람에 날린 빗방울들이 그의 얼굴을 때렸다.

거센 선풍만 보더라도 총사령관의 베기는 그의 갑옷으로도 도저히 견뎌줄 수 없을 정도의 위력임이 분명했다. 바짝 긴장한 그를 향해 또 한 차례 검이 날아왔다.

캉!

이번에 니메드는 망치의 머리를 이용해 막아냈다. 마법이 걸린 레이징플레임은 녀석이 휘두르는 거대한 검의 위력을 잘 견뎌냈다.

“제법이시오. 대영주.”

투구 밑으로 보이는 쿠룩토스의 적갈색 눈빛이 빛나고 있었다. 그는 그 빛깔이 보기 싫어 대답 대신 망치 머리를 낮게 휘둘렀다. 일단 상대의 다리를 봉쇄해보려는 시도였다.

“어림없지!”

녀석은 재빨리 피해낸 후 살짝 뛰어올라 거대한 검을 니메드의 머리를 향해 내리쳤다.

“큭.”

대영주는 망치자루로 일격을 막아냈다. 쿠룩토스의 공격은 대단히 묵직해 덩치 좋은 그도 무릎이 휘청거릴 정도였다. 그럼에도 니메드는 기죽지 않고 곧바로 자루 끝으로 총사령관의 투구를 후려쳤다.

캉!

그의 얼굴이 살짝 돌아갔지만 별다른 타격은 받지 않은 것 같았다. 쿠룩토스는 검자루를 잡고 있던 왼손을 니메드 경의 가슴팍을 향해 휘둘렀다. 강력한 충격과 함께 쇠장갑에 붙어 있던 가시가 그의 갑옷을 뚫고 파고들었다.

“커헉!”

살을 파고드는 그 느낌이 얼음보다 차가웠다. 니메드는 고통으로 신음하며 정신을 차리기 위해 애를 썼다. 하지만 전신이 얼어붙기라도 하는 듯, 몸의 떨림을 막을 길은 없었다.

‘이대로 쓰러지는 건가.’

　그러다 문득 영주가 된 라센의 모습을 떠올리며 이를 악물었다. 니메드는 라센이 결혼을 하고 아이를 낳고 영지를 시찰하는 모습을 보고 싶었다. 허리가 휘고 얼굴이 쭈글쭈글해져도 미소를 지으며 아들을 지켜볼 생각이었다. 하지만 늦가을 차가운 비와 함께 내려온 홉고블린의 무리가 그의 오랜 꿈들을 박살냈다. 그들은 이제 그가 평생 보내온 고향이자 아들과 그 아들이 살아갈 땅을 불태우려 하고 있었다.

　"나는!"

　상처 입은 맹수가 마지막 반격을 준비하듯, 그는 주체할 수 없이 흔들리는 몸을 사력을 다해 일으켜 세웠다. 신음하는 그의 입가로 한 줄기 선혈이 흘러내리고 있었다.

　"내 아들이 살아갈 땅을…… 지켜낼 것이다!"

　고함 소리와 함께 뻗어 나간 니메드 경의 주먹이 쿠룩토스의 얼굴을 강타했다.

　퍽!

　단단한 쇠로 만들어진 투구가 찌그러졌다. 충격이 강했는지 쿠룩토스는 숨구멍 사이로 피를 흘리며 뒤로 물러났다. 적의 대장이 처음으로 신음을 터뜨렸다.

　"총사령관. 난 주먹이라면 지지 않소."

　니메드는 갑옷에 난 구멍을 내려다 본 뒤 레이징플레임을 고쳐 쥐었다. 쿠룩투스는 더 이상 말이 없었다. 이제 오로지 망치와 검만으로 대화를 나눌 시간이었다.

쾅! 캉! 콰강!

한순간의 실수가 죽음으로 이어질 그 격렬한 공방전 중에 니메드는 망치 머리가 검에 걸리자 주저 없이 끌어당겼다. 단단히 검을 쥔 군단장이 같이 딸려왔고 그는 강하게 머리를 들이받았다. 쾅! 하는 소리와 함께 쇠끼리 부딪히는 날카로운 소음이 공기 속에 울렸다.

그때 대영주는 조금 전까지만 해도 소란스럽던 북부군의 함성이 더 이상 들리지 않는 것을 깨달았다. 그러나 날아오는 검은 그에게 주위를 둘러볼 틈도 허용하지 않았다.

"에드프리스!"

"장!"

"앙드레! 가스통!"

필사적인 공방이 오고 가는 와중에도 그는 친구이자 가신인 그들의 이름을 불러보았다.

"루더렉!"

"오스버트!"

"프란체스코!"

그 순간 거대한 검날이 그의 단단한 견갑을 부수고 들어왔다. 내리는 비 사이로 뜨거운 피가 튀어 올랐다. 고통이 대영주를 사로잡았지만, 그는 부하들을 부르는 일을 멈추지 않았다.

"니콜라스!"

"티어맨!"

"맨데빌!"

대답하는 자는 아무도 없었다. 어깨를 벤 쿠룩토스가 잠시
검을 멈추자 그는 재빨리 주위를 둘러봤다. 하지만 이 순간 대
영주를 바라보는 건 홉고블린의 차가운 시선뿐이었다. 팔이
잘린 채 쓰러져 움직이지 않는 프란체스코의 모습에 그는 말
할 수 없는 고통을 느꼈다. 노기사는 흥건하게 고인 피의 웅덩
이 위에 앉아 눈을 뜨고 있었지만 아무것도 보고 있지 않았다.

"형제들이여……."

어깨의 상처에서 흐른 피가 왼손을 축축하게 적셨다. 니메
드가 쇠장갑을 벗자 안에 고여 있던 피가 한꺼번에 쏟아져 내
렸다. 그가 다루는 레이징플레임은 양손으로 다뤄야 할 만큼
묵직한 녀석이라 한 손으로 힘겹게 망치를 든 모습이 위태로
워 보였다. 아니나 다를까. 쇠가 부딪히는 소리가 나더니 쿠룩
토스가 니메드가 들고 있던 거대망치를 쳐냈다.

불타는 망치가 떼굴떼굴 굴러가 물웅덩이에 처박혔다.

치익-.

물이 끓어오르고 연기가 났지만 주인의 손길을 떠난 마법망
치는 곧 불꽃을 잃어버렸다.

"헉…… 헉……."

한쪽 어깨가 베이고 망치까지 놓쳐버린 대영주는 숨을 헐떡
였다. 그래도 의지만은 아직 꺾이지 않았다. 그때 커다란 검이

복부를 찔러 들어왔고 대영주는 잽싸게 옆으로 피한 다음, 달려들어 주먹을 쿠룩토스의 얼굴에 강하게 꽂아 넣었다.

쾅!

쇠의 충돌이 또 요란한 소리를 냈다. 혼신의 일격에 그는 상당한 타격을 받은 듯 고개가 뒤로 꺾여 주춤거리고 있었다. 그 틈을 놓치지 않고 니메드는 검을 쥔 총사령관의 손을 걷어차 버린 후 거듭 안면에 펀치를 먹였다. 그 일격에 확실히 데미지가 들어갔는지 그는 더욱 크게 휘청거렸다.

"이 땅에!"

경은 이제 숨도 쉬지 않고 주먹을 휘둘러댔다. 총사령관이 쓴 투구의 숨구멍 사이로 피가 흘러내렸다.

"침략자들을 위한 것은!"

니메드의 무쇠장갑이 쿠룩토스의 가슴팍을 강타했다. 총사령관의 흉갑에 그의 주먹 자국이 선명하게 남았다.

대영주는 이를 악물고 이번에는 상대의 복부를 때렸다. 그 순간 기다렸다는 듯 쿠룩토스의 반격이 날아왔다. 하지만 니메드는 얻어맞지 않고 고개를 숙여 그의 주먹을 피해냈다. 허리를 굽힌 그의 머리 위로 총사령관의 주먹이 지나갔다. 대영주는 힘 있게 몸을 일으켜 올려치기를 날렸다.

"모래 한 줌조차 없다!"

쾅!

혼신의 힘을 담은 일격이 깨끗하게 쿠룩토스의 턱을 강타했다. 순간 그의 투구가 맑은소리를 내며 깨져 날아올랐다. 얻어맞은 홉고블린의 총사령관은 대지가 울리는 커다란 진동과 함께 큰 대자 모양으로 진흙탕 위에 쓰러졌다.

니메드 다르마냑은 사자처럼 포효했다.

"네놈들 대장이란 자의 실력이 이 정도인가!"

당황과 경악이 그를 포위하고 있는 무리에게 번져갔다.

"위대한 이 땅에 칼을 들이대는 자가 너희 같은 애송이들이란 말이냐!"

대영주가 땅에 떨어진 손도끼를 주워 던지자 순식간에 홉고블린 하나가 머리에서 피를 뿜으며 쓰러졌다. 그 모습을 본 주위의 녀석들이 놀라 황급히 물러났다.

"겁쟁이들! 너희는 겁쟁이들일 뿐이다! 덤벼! 또 누가 나와 싸우겠나!"

대영주의 분전을 지켜보던 홉고블린들은 전율을 느꼈다. 다른 종족의 수장이었지만, 그 모든 걸 떠나 존경심이 피어올랐다. 그러나 니메드는 더 이상 소리를 지를 수 없었다.

쓰러졌던 홉고블린 총사령관이 다시 일어난 것이다. 그가 좌우로 목을 움직이니 부서진 투구가 땅바닥으로 떨어졌다. 그의 입가에는 피가 흐르고 있었지만, 큰 충격을 받은 것 같지는 않았다.

"적이지만 대영주님께 경의를 표하겠소. 오랜만에 이렇게 맞아보는 것도 나쁘지 않군. 큭큭큭."

“…….”

대영주는 이를 악물었다. 눈앞의 적에게서 조금 전까지만
해도 느낄 수 없었던 기세가 느껴졌던 것이다.

‘이렇게 강한 자였나.’

“이제 모든 걸 끝내야겠소. 경의를 담아 그대에게 내 진짜
힘의 일부를 보여주지.”

그렇게 말한 총사령관의 도끼검에서 오렌지빛 오러가 피어올
랐다. 그걸 본 니메드의 두 눈이 커졌다. 저 신기한 힘은 얼마
전 그의 성에서 블랙우드가의 젊은이가 보여준 것과 같았다.

“드래고닉 오러인가?”

“오, 이 힘을 알고 있나 보군?”

니메드는 더 이상 그를 이길 수 없음을 깨달았다. 자신은 레
이징플레임을 들 힘도 없었지만 상대방은 섬뜩한 오러를 발현
하고 있었다. 저 용의 혈족이 사용하는 힘에 대해 자세히는 모
르지만, 북부 최고의 검사라는 요하네스 경의 질풍검과 정면
으로 맞설 위력을 가지고 있다는 것을 알고 있었다.

전설이 맞는다면 요하네스의 힘 이상의 것을 가지고 있을
터였다. 그때 뒤에 있던 홉고블린들이 달려들어 그를 무릎 꿇
게 만들었다.

그러나 니메드는 별로 신경 쓰지 않았다. 비록 적 앞에서 무
릎을 땅에 댄 상태였지만, 그의 긍지는 조금도 고개를 숙이지
않았기 때문이다.

“우리는 최후의 일인까지…… 물러서지 않을 것이다.”

니메드가 갈라진 목소리로 말했다.

“그대의 고향 땅이 불타는 걸 보지 않고 죽는 것을 다행이라 생각하시오.”

그는 대답 대신 자신의 투구를 벗었다. 늦가을의 차갑고 축축한 공기가 그의 얼굴에 닿았다. 비는 어느새 그친 뒤였다. 그는 이제 투구를 퉁기던 시끄러운 빗방울 소리를 듣지 않게 돼서 좋았다.

“마지막으로 남길 말이 있소?”

쿠룩토스는 선명한 오러가 빛나는 도끼검을 머리 위로 들어올렸다. 그 모습에 대영주는 크게 숨을 한 번 들이켰다.

“비록 지금 나를 죽여도!”

그의 목소리가 적들을 뚫고 사자의 울음과도 같이 전장에 울렸다.

“북부는 죽지 않는다!”

니메드 다르마냐. 화이트클리프의 영주인 그는 성력 1214년 늦가을, 라날리숲 언저리에서 홉고블린 4군단장의 도끼검에 맞아 숨을 거두었다.

그의 나이 57세.

영웅의 죽음이었다.

6장
이름을 부르게 된 친구

보통 엘프들은 400에서 500세 사이의 긴 수명과 타고난 아름다움을 가지고 있다. 그들은 진지한 성격이기는 하지만 대체로 규율보다는 자유를 택한다. 특히 서정적인 담시곡(Ballad)과 14행시(Sonnet)에 뛰어난 재능을 보인다. 문화와 예술은 모든 엘프가 열광하는 주제이다. 만약 이 고고한 숲의 신사들과 친분을 맺고 싶다면 하나 이상의 예술적 재능을 계발해 보는 것이 좋을 것이다.

—킨세린, 『서대륙의 종족들』 中

라날리숲은 끝도 없이 이어지는 곳이었다. 장대한 우르반산

맥이 내려다보이는 평야 지대에 자라난 키 높은 침엽수들은 태곳적부터 경쟁하듯 자라나 대지에 뿌리를 내려왔다. 숲의 깊은 그림자 내부는 전설과 설화로 가득했으며 아직도 고대의 비밀이 살아 숨쉬고 있었다. 사람들은 낮에도 어두운 그 숲으로 들어가길 꺼려했다.

"헉. 헉."

그러나 지금 그 숲 속에서 십여 명의 도망자가 쉬지 않고 달려가고 있었다. 다들 숨이 턱까지 차올랐지만 멈춰서 쉬려는 자는 아무도 없었다.

일대는 비명과 고함으로 아비규환이었다. 수많은 북부군이 나무 사이로 도망갔고 더 많은 홉고블린들이 그들의 뒤를 쫓아 들어왔다. 그건 마치 숲 전체를 무대로 숨바꼭질이라도 벌이듯 기묘한 광경이었는데, 숨바꼭질과 다른 게 있다면 술래에게 잡힌 자는 진짜 목숨을 내놓아야 한다는 점이다. 레이놀드의 일행도 처음에는 수백여 명이었다. 하지만 몇 번의 치열한 전투를 겪고는 대부분 사방으로 흩어졌다. 이제 곁에는 십여 명뿐이다.

정신없이 달린 탓에 약초꾼과 숲지기 등이 다녔을 법한 소로를 벗어난 지 오래다. 주위는 무릎까지 오는 긴 갈색 풀들이 발밑으로 빼곡하게 덮여 있었다.

"잠시 쉬었다 간다."

말없이 달리던 레이놀드가 명령했다. 잔뜩 지친 그들이 아무런 대꾸도 없이 멈춰 서자 그는 나무 사이에 땅이 움푹 팬 곳으로 모두를 인도했다.

바닥은 낙엽으로 가득 차고 축축한데다 벌레들까지 득실득 실했다. 그러나 지금 그런 문제를 신경 쓰는 이는 아무도 없었 다. 숨기 좋으면 그만이다.

"모두 기운을 내라. 화이트클리프까지 어떻게든 돌아간다."

젊은 영주는 주위의 용병들을 독려했지만 그들의 사정은 좋 지 않았다. 온몸이 비와 땀으로 차갑게 젖어 추위가 밀려들었 다. 고단했지만 추위를 피하려면 부지런히 움직이는 수밖에 없었다. 멀리서 보면 라날리숲은 단순히 평평한 숲으로 보이 지만 안에서 살펴보면 다채로운 자연의 모습으로 가득했다. 오르막길, 내리막길, 골짜기와 작은 개울, 연못이 있었고 때때 로 쓰러진 거대한 나무가 길을 막기도 했으며 미끄러운 이끼 가 수십 미터나 넓게 펼쳐진 곳도 있었다.

나무 사이로는 옅은 안개가 가득했다. 또 하늘은 먹구름으 로 덮여 있어 나무 사이로 숲을 파고드는 햇빛을 전혀 볼 수 없었다. 레이놀드는 북부와 자신들의 희망이 이런 암울한 풍 경과 같은 게 아닐까 싶어 심란한 기분이 되었다.

"앞에서 물소리가 들립니다."

한 병사가 지친 목소리로 보고했다. 잠시 후 그들은 제법 물 이 풍부한 개울가에 도착했다.

"헉헉. 천천히. 천천히."

페로라는 이름의 선임 병사가 모두에게 급하게 물을 들이켜지 말도록 주의를 줬다. 그때 어떤 이가 소리쳤다.

"피가 흘러내립니다!"

그의 손가락이 가리키는 곳을 살펴보니 개울물 위로 검붉은 기운이 보였다. 어디선가 고함 소리도 들려왔다.

"숨어!"

그들은 레이놀드의 명령에 따라 신속하게 근처에 있는 바위 뒤로 달려갔다. 마침 거대한 나무가 바위 앞에 쓰러져 있어 숨기에는 안성맞춤이었다. 나무 둥치에 바짝 붙은 레이놀드의 뺨에 쓰러진 나무의 잔뿌리가 닿았지만 신경 쓰지 않았다. 그는 흙이 잔뜩 묻은 뿌리를 손가락으로 살짝 젖히고 개울가에 시선을 집중했다.

"우르 고락토스(이 녀석들을 죽여 버려)!"

"노론 하다나움(알겠습니다. 지휘관님)!"

점점 고함 소리가 커지더니 도망치는 병사들이 보였다. 다섯이었는데, 수십의 홉고블린들이 쫓고 있었다. 문장을 보니 화이트클리프의 남자들이었다. 그들은 열심히 앞으로 달려갔지만 뒤에서 날아온 홉고블린의 투창이나 도끼에 맞아 쓰러졌다.

"이 녀석들!"

지켜보던 한 사내가 분을 못 참고 검을 뽑으려 하자 주위에서 제지했다.

"모두 십자궁으로 무장한 것 같네. 당해내지 못할 거야."

"하지만!"

"그만두게. 지금은 돌아가는 것만 생각해야 해!"

레이놀드는 숨을 죽인 채로 다른 병사 둘이 더 쓰러지는 모습을 보았다.

원통하고 분했다.

다른 인간들이 이렇게 죽어가고 있는데 자신은 숨어서 지켜볼 수밖에 없는 이런 현실이 못내 부끄러웠다. 옆에 있는 병사는 눈을 감고 고개만 숙이고 있었다. 누구도 이런 상황을 견디는 건 쉽지 않으리라.

병사들과 젊은 영주는 오로지 생환을 위해 그 비겁함을 참아냈다. 이윽고 적들의 모습이 없어지자 레이놀드는 자리에서 일어났다.

혹시 숨어 있는 적이 있을까 주위를 둘러보던 그는 빗방울이 개울의 수면을 때리며 만드는 동심원이 더 이상 보이지 않는 것을 알아챘다.

"끝났나……."

대기는 회색빛으로 가득했지만 비는 어느새 그쳐 있었다. 왜 그런지 알 수 없었지만 갑자기 레이놀드는 말할 수 없이 슬픈 기분이 들었다. 비가 그친 북부의 하늘을 바라보기만 해도 먹먹한 기분이었다.

하지만 살아남기 위해서는 감상에 사로잡혀 있을 수만은 없었다. 그들은 탈출을 위해 빠른 속도를 냈다. 비에 젖은 허벅지를 땅에 떨어져 구르는 나뭇가지들이 세게 때렸지만 신경 쓰는 자는 없었다.

오래된 나무의 드러난 뿌리를 계단 삼아 언덕을 넘고, 서로 손을 잡아 이끼로 미끄러운 젖은 바위를 조심스럽게 내려왔다.

"잠깐!"

한 경험 많은 병사가 모두를 제지했다. 그들의 눈앞에 작은 언덕에 난 나무들 뒤로 하얀 배경이 보였다. 숲이 계속되는 동안에는 저런 풍광이 보일 리 없다.

"아마도 저 너머에 개활지가 있을 것 같습니다."

"알겠다. 모두 정신 바짝 차리도록."

일행은 허리를 숙이고 앞으로 조심스럽게 나아갔다. 고개를 숙인 채 앞을 살펴보니 과연 넓은 평지가 보였다.

외롭게 서 있는 독립수들 몇 개와 사람 키만 한 관목 지대와 듬성듬성 파인 곳이 보였다. 그러나 대체로 빼곡히 갈색으로 변한 풀이 덮여 있었다.

"상당히 위험해 보이는데요."

페로의 말에 레이놀드는 고개를 끄덕였다.

"이동하는 도중에 숨을 만한 곳이 없다는 게 걸리는군."

그때 뒤에서 홉고블린의 음성이 들려왔다. 또렷하게 들리는 걸 보니 제법 가까이 접근한 것 같았다. 목소리와 억양에는 살해된 그들의 동료를 발견한 모양인 듯 분기가 서려 있었다.

"시간이 없어. 기껏해야 100미터 정도야. 모두가 가로지르는 데 얼마 걸리지 않을 거야."

레이놀드는 초조한 기색으로 말했다. 결국 도망자들은 고개를 끄덕였다.

"갑시다."

제일 먼저 페로가 튀어 나가자 모두 따라나섰다. 하지만 땅이 생각보다 울퉁불퉁한데다 긴 풀들이 달리는 데 방해가 되어 시간이 지체되었다. 반쯤 개활지를 지나 번개를 맞아 죽은 듯한 독립수에 이르렀을 때 옆쪽에서 고성이 들렸다.

"카락토(저기다)!"

홉고블린의 목소리였다. 달리던 레이놀드가 옆을 보자 숲의 언저리에서 그들을 손가락으로 가리키며 소리를 지르는 일련의 홉고블린 무리가 보였다.

"젠장. 숲 반, 홉고블린 반이냐!"

야속하게도 녀석들은 바로 따라붙었다. 개활지 위로 도망가는 인간들과 그 뒤를 쫓는 홉고블린들의 줄이 길게 이어졌다.

피웅!

젊은 영주의 머리 옆으로 볼트 한 발이 지나갔다. 위험천만하고 위태위태한 질주가 그렇게 계속되었다. 제일 앞에서 달리던 병사가 숲으로 파고들자 줄지어 모두들 안으로 들어갔다.

그러나 안타깝게도 더 앞으로 가자 깊은 계천이 무섭게 흐르고 있었다. 도저히 그냥 건널 수준이 아니었다. 당장 추격자들이 쫓아오고 있는데 앞이 막히자, 모두 우왕좌왕했다.

물에 뛰어들어야 하나.

물길을 타고 이동해야 하나.

이대로 적을 맞아야 하나.

지휘관인 레이놀드조차 쉽게 판단이 서질 않았다. 모두들 체력이 떨어질 대로 떨어진 상태라 몇몇 병사들은 자포자기한 듯 바닥에 주저앉았다. 그중에 어떤 이는 허리춤에서 검을 뽑아들었다.

레몽이란 이름의 용감한 병사였다.

"더 도망가는 건 무립니다. 소집군주님, 여기서 명예롭게 싸웁시다."

그의 목소리는 피로에 절어 있었다. 레이놀드는 이를 악물었다. 죽음이 두렵지는 않았지만 도저히 억울해서 이렇게 죽을 수는 없었다.

아직 복수는 시작도 하기 전이 아니던가.

근처의 병사들은 레몽의 의견에 동조했는지 고개를 끄덕이고는 무기를 고쳐 잡았다. 레이놀드는 같이 검을 들면서도 그들이 홉고블린과 싸울 동안 계천을 따라 계속 도망갈 계획을 세웠다.

'나는 절대 죽을 수 없다. 홉고블린의 도시가 불타오르는

모습을 보기 전까지는!'

레이놀드에게는 증오가 명예보다 훨씬 강하고 또 중요했다. 그가 막 자리에서 벗어나려 할 때 앞쪽뿐만 아니라 양쪽 옆에서도 홉고블린의 소리가 들려왔다.

그는 큰 절망을 느끼며 고개를 숙였다.

어느새 포위되어버린 것이다.

'조금만 판단이 빨랐다면 도망갈 틈이 있었을 텐데.'

후회가 밀려왔다. 그러나 모든 게 늦었다. 이 자리에서 마지막까지 적들과 싸우다 죽는 수밖엔 달리 도리가 없는 것이다. 레이놀드는 검을 머리 위로 들어 올렸다.

"하나라도 더 죽이고 죽는다! 안 그러면 억울해서 못 죽겠다!"

그때 앞쪽의 수풀들이 흔들리더니 나무 사이로 홉고블린의 검은 윤곽이 보였다.

모두 전투를 준비했다.

피슝-.

가장 먼저 적들의 십자궁에서 쏘아진 볼트가 날아왔다. 미처 대비하지 못한 서너 명의 병사가 비명을 지르며 쓰러졌다. 레이놀드는 운이 좋게 한 발을 쳐냈지만 갑옷을 벗어버린 탓에 재차 십자궁이 발사되면 꼼짝없이 당할 것 같았다. 그런데 다행히도 홉고블린들은 화살 공격 대신 근접전을 시도하려는 생각인 듯했다. 병사들도 기세에 지지 않으려 힘껏 기합을 넣어 검을 휘둘렀다. 레이놀드는 자신의 검에 마력을 주입해 단숨에 오렌지빛의 오러를 피워냈다.

"적들에게 죽음을!"

그는 미끄러지듯 고개를 숙여 얼굴로 날아온 도끼를 피한 뒤에 바로 앞 녀석의 심장을 찔러 들어갔다.

"커헉!"

홉고블린의 비명을 들으며 그는 검을 오른쪽으로 당겼다. 날카로운 오러를 머금은 검이 적의 몸통을 베며 빠져나왔다. 여기서 멈추지 않고 오른쪽에서 달려든 녀석의 머리를 잘라냈다. 그때 허리 쪽에 섬뜩한 느낌이 전해져왔다. 생각할 겨를도 없이 손을 뻗자 무언가 딱딱한 게 잡혔다.

"윽!"

어느새 허리로 날카로운 창이 파고든 것이었다. 레이놀드는 재빨리 창대를 잡아내긴 했지만 몸속으로 날이 손가락 하나 정도 찔러 들어오고 말았다.

"으으……"

차가운 창날의 느낌에 전신의 힘이 쭉 빠지는 것 같았다. 가뜩이나 체력이 고갈된 상태에서 창을 맞자 견디기 힘들었다. 그는 비틀거렸고 자신을 찌른 녀석을 겨우겨우 쓰러뜨린 다음 뒤로 넘어졌다. 시야가 흔들리면서 나무들이 갑자기 하늘 높이까지 자라는 듯한 착각이 일었다. 앞이 거뭇하게 보였다.

'여기까지인가.'

허리에선 피가 뿜어져 나왔다. 그가 낭패한 심경으로 주위를 둘러보니 도망자들은 거의 대부분 쓰러져 있었다. 아직도 싸우는 자는 용감한 레몽과 선임병 페로였다. 하지만 그들의 최후도 머지않은 것 같았다.

"오르갈락 토므막(내장을 뽑아주마)!"

레이놀드의 앞쪽에서는 한 홉고블린이 커다란 도끼를 들고는 흉흉하게 울부짖었다. 그에게는 그 모든 광경이 느리게 보였다. 이제 죽는다고 생각하니 살아온 지난 시간 전부가 주마등처럼 지나갔다.

제온 영주 밑에서 종자로 지내던 기억.

에이드리와 같이 마을을 쏘다니던 추억.

그리고 오래돼서 희미하지만 고향인 실버레이크에서의 일들.

'고작 이런 최후를 맞으려고…… 그렇게 발버둥쳐왔던 건가'

비통하고 또 비통할 따름이었다. 그때 날카로운 파공음이 들려왔다. 바로 앞에 있던 도끼를 든 홉고블린은 어디선가 날아온 화살을 맞고 옆으로 쓰러졌다.

정신을 차린 레이놀드가 힘겹게 상체를 일으켜 주위를 살펴보니 어느새 홉고블린들의 고개가 다른 쪽을 향해 돌아가 있었다. 그들은 호전적인 태도를 유지했으나 새로 나타난 무리들을 막지 못했다.

홉고블린들을 공격한 자들은 계속 화살을 쏘면서 다가왔다. 덕분에 홉고블린들은 하나둘씩 땅에 쓰러졌다. 결국 견디다 못한 녀석들이 뒤로 돌아 도망쳤다.

하지만 화살을 든 자들은 한 놈도 놓칠 생각이 없는 듯 바로 추격해갔다. 레이놀드는 그 모든 광경을 놀란 눈으로 쳐다보았다. 왜냐하면 활을 든 자들이 말로만 듣던 엘프였기 때문이었다.

인간과 다른 복식에 징박힌가죽갑옷을 입은 그들은 날렵하고 우아했다. 그렇지만 젊은 영주가 제일 놀랐던 것은 엘프들 사이에 있는 키가 작은 전사였다.

레이놀드는 그가 마치 호크마처럼 작다고 생각했는데, 자세히 보니 엘프가 아니라 진짜 호크마였다. 게다가 그가 익히 알던 녀석과도 생김새가 비슷했다.

"설마……?"

그때 작은 전사도 그를 발견하고 놀라서 다가왔다. 그러더니 떨리는 목소리로 레이놀드에게 말을 걸었다.

"대장?"

*　　*　　*

레이놀드는 포근한 침대 위에 누워 있었다. 허리를 찌른 창이 남겨 놓은 상처 때문에 몸을 뒤트는 것조차 쉬운 일이 아니었다. 그는 고통을 피하기 위해 최대한 반듯이 미동조차 없이 있어야 했다.

그래도 다행히 엘프들에게 받은 마법적 도움과 용의 아이들이 가진 특유의 회복력으로 빠르게 좋아졌다. 그는 안도하며 자신의 행운에 대해 감사했다.

'운이 좋았지.'

레이놀드와 병사들은 위기의 순간에 다행히 하이포레스트의 그림자정찰대원들에게 도움을 받을 수 있었다. 그들뿐만이 아니라 정찰대원들은 그날 많은 북부군 병사를 구해냈다. 홉고블린들이 숲으로 들어오자 하이포레스트의 엘프 병사들이 거의 대부분 투입되어 구출과 전투가 벌어졌다고 한다. 그렇게 구해진 대부분은 엘프들의 안내로 '요정숲길'을 따라 화이트클리프까지 향했다. 다만, 레이놀드처럼 부상 입은 병사들은 엘프들의 마을 여기저기로 나뉘어 수용되었다고 한다.

'그러고 보니 그 순간 벨라를 만날 줄이야.'

그날 지칠 대로 지친 레이놀드는 더 견디지 못하고 기절했다. 며칠 후 깨어났을 때 반쯤 울먹거리고 있는 자신의 친구이자, 자칭 부하를 만날 수 있었다.

올해 18살인 젊은 영주는 자신이 언제나 스스로의 감정을 잘 다스릴 수 있는 성인이라고 생각해 왔지만 홉고블린의 먼 나라로 끌려간 줄 알았던 친구를 만나게 되자 눈물을 줄줄 흘리고 말았다.

물론 작은 호크마 친구도 죽은 줄 알았던 대장이 나타나자 뛸듯이 기뻐했다. 그는 결국 레이놀드를 껴안고 울음을 터뜨렸다. 그렇게 극적으로 해후한 둘은 그간의 이야기를 한참이나 나누었다. 벨라에게 자신의 지난날을 들려주던 레이놀드는 용의 둥지에 관한 이야기는 비밀에 부쳤다.

그는 대충 지나가던 병사들에게 도움을 받았다고 얼버무렸는데 벨라는 아무런 의심도 없이 그의 이야기를 받아들였다. 아무래도 젊은 영주가 살아 있다는 게 너무 놀라워서 다른 이야기는 머릿속에 잘 들어오지도 않는 듯했다.

벨라벨로의 사연도 흥미로웠다.

놀랍게도 이 쾌활한 호크마는 엘프 마을에 정착해버렸다. 호크마족 특유의 친화력으로 배타적인 습성의 엘프족 사이에서도 금세 즐거운 이웃이 된 것이다.

그는 자신의 주특기인 유치한 노래와 야한 농담을 숲의 주민에게 던져댔고 예상외의 대성공을 거뒀다고 한다. 이곳 럭리치의 주민들은 이제 벨라를 세상에서 가장 유쾌한 남자라고 믿었다.

게다가 더 놀라운 건 그가 그림자 정찰대라는 부대의 용병으로 일하고 있다는 것이었다. 그는 특히 비세나일 실버문이란 이름의 여성 정찰대원과 사이가 좋았다.

구조가 된 다음 날 벨라는 그녀와 같이 찾아왔는데, 레이놀드는 친구의 눈빛을 보고 벨라가 그 엘프를 좋아하는 것을 금세 알아챘다.

둘의 키 차이는 거의 두 배였다. 하지만 그런 사실은 호크마의 열정에 장애가 되지는 않는 것 같았다. 아직 일방적인 짝사랑으로 보였지만, 레이놀드는 진심으로 친구를 응원했다. 그러다 초록빛 눈을 가진 어떤 여자가 떠올랐다.

'아리엘.'

그는 왜 이런 순간, 자신의 머릿속에 그녀가 떠오르는 건지 도통 짐작이 가지 않았다. 그래도 정표로 받은 단검을 잃어버리지 않았다는 데 크게 안도했다는 건 부정할 수 없었다. 그러나 죽은 에이드리에 대한 기억이 뒤따랐고 레이놀드는 한동안 죄책감에 괴로워해야 했다.

그는 그렇게 침대에 누워 며칠이고 휴식을 취했다. 하지만 답답함을 더 이겨내지 못하고 몸을 조금 움직여 보는 중이었다.

허리의 상처가 며칠 전처럼 무시무시한 고통을 줄까 걱정스러웠으나, 생각한 정도는 아니었다. 그는 조심스럽게 이불을 걷어내고는 신발을 신었다.

아직 몸이 좋지 않았지만 무리하지 않는 한은 괜찮을 것 같았다. 문을 열고 나가자 엘프 마을의 전경이 펼쳐졌다

'와! 높은 곳에 있었구나.'

그가 묵었던 건물은 거대한 나무 위에 건설돼 있는 모양이다. 레이놀드는 오래된 책에서 엘프들의 특이한 가옥을 그려

놓은 걸 본 적이 있었지만, 실제로 보게 되니 신기한 마음을 감추기 힘들었다.

그렇지만 이렇게 높은 곳은 처음이라 살짝 공포가 일었다. 난간의 통로로 조심스럽게 이동하는 중, 세찬 바람이 불자 가슴이 털컥 내려앉는 것 같았다. 순간 바람에 날려가는 건 아닐까 움찔하면서 몸을 웅크렸다.

"호호호호."

갑자기 뒤쪽에서 웃음소리가 들려왔다. 돌아보니 아름다운 엘프 처녀가 재밌다는 듯 그를 쳐다보고 있었다. 그녀는 벨라와 친한 비세나일 실버문이었다.

"실버문 아가씨. 뭐가 그리 재밌습니까?"

"저는 아가씨가 아니에요. 실버문이라고 부르면 된답니다."

"알겠습니다. 실버문 양."

"호호. 제가 재밌었던 건요……."

"됐습니다. 말 안 하셔도 알겠습니다."

레이놀드는 방금 자신이 엉거주춤하게 꽤나 모양 빠지는 자세였던 것을 떠올리며 얼굴을 붉혔다. 그러나 고동색 눈이 매력적인 그녀의 입술이 계속해서 달싹였다. 여자가 뭔가 말하고 싶을 때 말리는 건 무리다. 잘못하다가는 삐치기 때문에 가만 듣는 편이 좋다.

"레드핑거님의 말로는 동굴사자를 잡을 정도로 용맹한 분이라던데, 난간에서 무서워하는 게 어쩐지 조금 귀여워서요."

"으……."

 이미 몇 차례나 비세나일과 대화를 해봐서 알게 된 일인데, 그녀는 확실히 인간 여성과 달랐다. 레이놀드가 아는 몇 안 되는 경우에 비춰보면 인간 사회의 귀족 여자들은 조신하며 예의 바르고 잘 교육받았다. 대신 쉽게 자신의 감정을 드러내지 않고 사회가 요구하는 분별 있는 행동들을 인형처럼 반복했다. 특히 고상한 언변은 귀족 영애에게 있어 가장 중요한 예절의 척도였다.

 그러나 이 엘프 여자는 매번 거침없이 말했다. 솔직했고 할 말이 있으면 했다. 더욱 인상적인 건 벨라에게 들은 엘프들의 사회였다. 엘프들에게는 남자와 여자의 차이가 거의 없는 것 같았다. 여자들이 만약 전사의 길을 걷기로 결정하면 남자와 똑같이 활과 창을 들고 다녔으며 같은 대우를 받았다.

 레이놀드는 아리엘이 엘프로 태어나면 좋았겠다고 생각했다. 만약 그랬다면 그녀는 아주 존경받는 전사가 되었을 것이다. 물론 레이놀드가 이런 엘프 사회의 특성을 직접 겪어본 건 아니고 벨라에게 들은 것뿐이었지만 언제나 활을 들고 당당하게 행동하는 실버문만 봐도 그 이야기가 맞는 것 같았다. 인간 세상이 익숙한 벨라도 처음에는 많이 신기했다고 한다. 그때 실버문이 그의 상념을 깼다.

 "그런데 어디를 가시려고 그러세요? 몸이 아직 회복되지 않으셨을 텐데."

"아, 그냥 답답해서 좀 걸으려고요."

"너무 무리하지 마세요. 안 그래도 며칠 뒤에 마을의 집정
관님께서 블랙우드님을 초대하시기로 했어요."

레이놀드는 조금 의아하다는 듯 되물었다.

"저를요?"

"네, 지금 저희 마을에 바깥세계의 영주 분은 블랙우드님이
유일하시거든요. 집정관님께서 할 말이 있으신가 봐요."

"무슨 일이실까요?"

"그거야 저는 모르죠. 전 그냥 정찰대원일 뿐일걸요."

그때 벨라가 나타났다.

"대장! 왜 나와 있어!"

아래쪽 계단에서 호크마가 작은 다리를 부지런히 움직이며
올라오고 있었다. 실버문은 그 모습을 보고 '귀여워.' 라고 중
얼거렸다. 아무래도 그녀가 생각하는 귀여움의 기준은 좀 남
다른 듯했다. 혹은 취향이 독특하거나. 레이놀드는 친구의 짝
사랑이 이뤄지길 빌었다.

*　　*　　*

라날리숲 안쪽의 하이포레스트 엘프령에 속한 마을인 럭리
치는 집정관 아르하덴에 의해 다스려졌다. 젊은 시절과 별다
를 바 없는 모습인 그는 올해로 400세가 넘는 존경받는 지도

자였다.

"신기하십니까?"

"아, 죄송합니다."

아르하덴은 자신의 나이를 소개하자 놀란 눈이 된 젊은 영주의 모습에 미소를 지었다.

"몸은 어떠신지요?"

"잘 돌봐 주신 덕분에 괜찮습니다."

인사치레를 마친 그는 여러 가지 숲 밖의 정황에 대해 물어 댔다. 그에게 요청할 것이 있었던 레이놀드는 가감 없이 그간의 일들에 대해 털어놓았다. 하드스톤의 전투와 라날리숲에서의 매복에 대해 듣던 그는 심각한 얼굴이 되었다.

"홉고블린들이 북부의 골칫덩이가 되었군요."

"그렇습니다."

젊은 영주는 조심스럽게 상대방의 얼굴을 살피다 자신의 용건을 꺼냈다.

"만약 북부가 홉고블린들의 손아귀에 들어간다면 라날리숲의 엘프들도 전쟁의 소용돌이에 휘말리고 말 겁니다. 저는 이곳 엘프분들께서 저희를 도와주셨으면 좋겠습니다."

아르하덴은 신중히 생각하는 표정이 되더니 대답 대신 다른 말을 꺼냈다.

"어제 하드스톤이 함락되었다고 합니다."

순간 레이놀드는 누가 머리를 때린 것 같은 충격을 받았다.

"네?"

"역시 놀라신 것 같군요. 그렇지만 사실입니다. 라날리숲에서 북부군을 궤멸시킨 그들은 다음 날 쉬지 않고 강행군에 돌입했습니다. 하드스톤에는 그제 도착해 공성을 개시했다고 합니다. 불행히도 성문은 하루 만에 열렸죠. 하드스톤은 대단한 성이긴 했습니다만 2만에 가까운 병력을 상대로 방어하기엔 수비군이 부족했다고 하더군요."

"아무리 그래도 하루 만에 성을 점령하는 게 가능할 리가……."

레이놀드의 목소리가 살며시 떨려왔다.

"엘프인 저는 공성전에 대해 잘은 모릅니다만, 그게 어려운 일인 줄은 알고 있죠. 홉고블린들 중에 대단한 주술사가 있다고 합니다."

그는 레드포레스트에서 본 파란색 화염을 기억했다. 만약 그런 무시무시한 것이 하드스톤의 성문을 때렸다면 하루 만에 함락시키는 것도 가능했을지 모른다.

그러다 그는 자신이 왜 그리 충격을 받은 건지 금세 깨달았다. 바로 아리엘 때문이었다. 혹시라도 그녀에게 끔찍한 일이 일어나지 않았을까 하는 데 생각이 미치자 도저히 가만있을 수가 없었다.

결국 젊은 영주는 참지 못하고 자리에서 벌떡 일어나 서성거렸다. 갑자기 몸에서 열이 올라 이마에 땀이 맺혔다. 왠지 등이 따끔거리는 기분이었다.

"성에 있던 사람들은 어떻게 되었습니까?"

"정찰대원들이 말에 의하면 많은 하드스톤의 주민들이 성이 함락되자, 탈출했다고 하더군요. 그런데 희한하게도 홉고블린들은 그들을 내버려 뒀다고 합니다."

"정말입니까?"

"네. 정찰대원들이 화이트클리프나 수도로 향하는 긴 피난민 행렬을 보았다고 하더군요. 충분히 약탈을 하고도 남았을 텐데 홉고블린들은 마치 신사처럼 기다렸다가 입성했다고 하더군요. 지금 북부 전체가 그들의 기행에 의문을 던지고 있습니다."

보통 홉고블린들은 인간을 잡으면 특별한 경우가 아닌 한 거의 다 죽인다. 노예로 부릴 기술자나 여자를 제외한다면 말이다.

호사가들은 그들이 미녀를 잠자리 깔개로 쓰기 위해 데려간다고 떠들어대지만 실상은 전혀 다르다. 이종족인 인간과 홉고블린의 미의 기준이 같을 수가 없다. 인간의 기준에서 아무리 아름다운 여자라도 가냘파서 일하기에 적당해 보이지 않는다면 단칼에 베어버리는 것이다.

아무튼, 그게 보통의 경우인데 이번에는 특이하게도 도망가는 인간의 무리 전부를 내버려 뒀다는 것이다. 게다가 아르하덴의 말에 의하면 성을 전혀 불태워버리지도 않았다고 한다.

점령지를 불바다로 만들어버리는 평소 홉고블린들의 습성과
는 판이하게 다른 모습을 보여준 것이다.

"뭔가 이유가 있겠군요. 그게 뭐라고 생각하십니까? 집정관
님."

"저희도 그 부분에 대해 고민이 깊습니다만, 현재로선 알
길이 없군요. 하지만 뭔가 이유가 있는 건 확실해 보입니다."

둘 사이에 잠시 침묵이 내려앉았다. 잠시 후 엘프들의 집정
관이 조심스레 입을 열었다.

"인간들은 지금 화이트클리프에 모여서 농성을 준비하고 있
습니다. 홉고블린 군단이 그쪽으로 향한다고 합니다. 그곳의
신임 영주 라센이 왕에게 구원을 요청했다고 했다는데 영주님
께서는 어쩌실 계획이십니까?"

"저도 화이트클리프로 가야…… 잠깐만요, 신임 영주 라센
이라고요?"

그가 당황해서 묻자 집정관은 한층 곤혹스러운 얼굴로 조심
스럽게 말했다.

"네. 대영주 니메드 경이 전사했다고 합니다. 더불어 또 다
른 대영주 스랜도르 경도 돌아오지 않았다는데 아마도 숲의
혼란 속에서 최후를 맞이한 것이 아닐까, 그렇게 추측하고 있
습니다……."

또 다른 충격적인 소식에 레이놀드는 입을 다물었다. 최근
삶에 깊은 영향을 주었던 두 인물에 관한 비보가 그를 당혹스

럽게 했다. 게다가 둘은 북부의 거목이다. 어려운 시기에 지도
자를 잃었으니 혼란이 자명해 보였다.

"영주님께서는 화이트클리프로 가서 농성하실 계획이십니
까?"

"네. 그렇습니다. 가서 라센을 도와야겠어요."

"음……."

아르하덴은 잠시 고민하는 기색을 보였다.

"그렇다면, 사실대로 말씀드리지요. 저희 하이포레스트의
영주님께서는 엘프들이 북부의 싸움에 휘말리지 않기를 바라
고 있으십니다. 그 방침에 따라 저희는 숲 안쪽에서의 싸움에
는 적극적으로 임하되 바깥쪽 일은 정찰이나 포로 구출 등에
한정하고 있지요."

"그렇군요."

상대방에 태도 때문에 어느 정도 예상은 했지만 레이놀드는
적잖이 실망했다. 장궁을 능숙하게 다루는 그들이 참전한다면
큰 도움이 될 터였다. 보통 숙련된 장궁병을 키우는 데만 십
년의 세월이 걸린다.

북부에서는 주목나무가 풍부해 예로부터 장궁병의 전통이
깊었다. 영주들은 자유민들로 하여금 궁술을 익힐 것을 적극
적으로 장려했다. 심지어 대영주 니메드는 성년에 이른 자유
민은 170미터 안쪽의 표적에 사격하지 못하도록 법을 정하기
도 했다. 그런데 수백 년을 산 엘프들이 익힌 궁술은 그야말로

인간과 비교가 안 된다.

인간들은 보통 전쟁터에서 전방의 적들 중 아무나 맞아라, 라는 심정으로 쏘지만 엘프들은 수백 미터 앞에 있는 적이라 할지라도 원하는 표적을 정해 정확히 활을 날린다. 그렇기에 엘프 장궁 부대와 인간 장궁 부대의 살상률이 배 이상 차이 나는 것이다.

"그렇지만 모든 엘프들이 하이포레스트 영주님과 뜻을 같이 하는 건 아닙니다. 이 전화를 끄지 못하면 홉고블린들의 칼날이 결국 숲을 향할 것은 틀림없거든요. 엘프를 향한 홉고블린들의 뿌리 깊은 증오를 우리는 잊지 않고 있습니다."

그의 말에 레이놀드는 반색했다. 그렇지만 표정을 감추고 조심스럽게 어떤 계획을 가지고 있냐고 물었다.

"저희 영주님의 명령이 있으니 참전은 못합니다만, 저희를 고용하시는 건 괜찮습니다. 용병으로서 어느 쪽의 일을 받아들일지 결정하는 건 개인의 자유니까요."

"아!"

그의 해결책에 레이놀드는 탄성을 내질렀다. 아르하덴의 말대로 하면 럭리치의 엘프들이 출병해도 그들의 영주의 당부를 저버린 것이 아니게 된다.

예산이 넘치는 레이놀드에게 용병을 좀 고용하는 것쯤은 일도 아니다. 그리고 슬픈 일이지만 급료를 받아가야 할 용감한 병사들 중 많은 수가 숲에서 목숨을 잃어버렸다. 덕분에 남은 금이 상당했다.

"그럼 럭리치의 엘프들을 고용하시겠습니까?"

집정관은 단도직입적으로 물었다. 젊은 영주는 망설이지 않고 대답했다.

"물론입니다."

* * *

럭리치는 엘프 '마을'이라고 불렸지만 실상 인간들의 기준으로 도시나 다름없는 곳이다. 반경 수십 킬로미터 안에 여러 가옥과 구조물들이 넓게 퍼져 있었다. 인구는 1만으로 북부의 웬만한 커다란 도시와 맞먹었다. 집정관의 말로는 이곳에만 해도 고용할 수 있는 엘프 병사들이 1천 명이 넘는다고 했다. 대부분 무기술을 연마하는 종족답게 인구에 비해 전문 병사들의 숫자가 높았다.

라날리숲 근처에 있었던 북부군의 주둔지가 통째로 약탈당한 탓에 상당량의 금을 잃어버리긴 했지만 레이놀드에게는 아직 에든버러 성과 화이트클리프 은행에 분산시켜둔 막대한 황금이 있었다. 엘프를 1천 명이나 고용하는 건 상당한 예산을 필요했지만 감당할 수 있는 범위 내였다.

집정관과 식사를 한 다음 날 그들은 계약을 맺었다. 아르하덴은 계약이 인간의 방식으로 이뤄지는 데 동의했다. 그는 즉시 병력을 소집했다. 재밌게도 엘프 마을의 집정관인 그가 용병사업자가 된 것이다.

엘프군의 전대장은 루시라는 이름의 경험 많은 전사가 맡았다. 그녀는 고귀한 피를 가진 귀족 계급으로 아름다운 얼굴에 도도한 기품을 동시에 가진 여성이었다. 집정관의 추천을 받은 그녀는 관습과 계약에 따라 젊은 영주에게 충성을 맹세했다.

그로부터 일주일 뒤.

레이놀드는 북부의 부상병과 새로 소집된 엘프병들을 이끌고 주둔지인 에든버러로 향할 준비를 끝냈다. 고용된 엘프 병사들은 천성이 자유로운 탓에 방만한 인상을 주기는 했지만 숙련된 기술로 레이놀드에게 충분한 만족을 줬다. 누구 할 것 없이 인간 병사들 중 어디서 화살 좀 쐈다는 자들보다 훌륭한 솜씨를 가지고 있었다.

그는 출정을 하루 앞두고 자신의 침대에서 한가롭게 휴식을 취했다. 특유의 회복력 덕분에 이제 허리의 상처는 더 이상 신경 쓸 필요가 없을 정도였다.

레이놀드는 벨라가 자신의 저녁을 가져오기를 기다리며 이런저런 생각에 빠져들었다. 제일 먼저 든 생각은 아리엘에 대한 걱정이었는데 하드스톤의 피난민들이 잘 빠져나갔다는 집정관의 말에 희망을 걸어 보기로 했다. 그러나 자신이 왜 그녀에 대해 그리 신경을 쓰는지 의아해하며 머리를 흔들었다.

'그래. 그 여자가 내 보석을 가지고 있기 때문일 거야. 그걸 돌려받아야 하니까 그녀에 대해 신경 쓰고 있는 거야 난.'

레이놀드는 스스로 사춘기 소년도 안 할 멍청한 핑계를 대고 있음을 깨달았다. 결국 심란한 마음에 근처에 있던 검을 빼들고 마당으로 나갔다. 그간 이런저런 일 때문에 어려서부터 생활이 되다시피 했던 검술 연습을 하지 못했다. 오랜만에 자신의 검을 휘두르자 기쁨이 느껴졌다. 한참 그렇게 연습을 하던 중 에든버러 성 금고에 보관해 놓은 귀중한 검술서가 떠올랐다.

'그러고 보니 지금의 나라면 검술서의 다음 장을 볼 수 있을지도 몰라.'

이제 그는 드래고닉 오러를 마음대로 발현할 수 있게 되었다. 그렇다면 봉인되어 있는 검술서를 볼 수 있을 확률이 높았다. 카엔은 뒤쪽에 자신이 개발한 독자적인 기술들을 적어 놓았다고 했다. 그것들을 볼 생각을 하자 흥분으로 갑자기 심장이 떨려왔다.

그는 에든버러 성을 가면 검술서부터 챙겨야겠다는 생각이 들었다. 앞으로는 웬만하면 직접 그 책을 들고 다니기로 결심했다.

똑. 똑. 똑.

그때 문을 두드리는 소리가 들려왔다. 아마 유쾌한 벨라가 그의 저녁을 가지고 온 것 같았다. 레이놀드는 반가운 목소리로 대답했다.

"들어와."

문이 열리는 소리가 나더니 예상대로 즐거운 얼굴이 나타났다.

"대장!"

"어서 와."

벨라는 가져온 식사를 그의 앞에 펼쳐 놓았다. 식초에 절인 근대와 꿩 구이, 허브와 야생 꽃을 기름에 버무린 요리 등이 있었다.

하얀 빵은 부드럽고 좋은 냄새가 났다. 벨라는 늘 이렇게 음식을 가지고 와 레이놀드와 같이 먹었는데 둘은 언제나 삼인 분 이상을 먹어치웠다.

호크마가 하얀 빵을 들고 말했다.

"대장. 이거 하얗고 부드러운 게 여자 가슴 같지 않아?"

"뭐? 하하하!"

젊은 영주는 친구의 말에 어이가 없어 실소했다. 벨라는 호색한이 아니었지만 이런 식의 야한 농담을 자주 던지곤 했다.

호크마들은 항상 웃음 소재를 찾아 주변을 분주히 돌아다니며 자신만이 할 수 있는 농담을 계발하곤 했다. 아마 벨라만의 특허는 야한 농담인 것 같았다.

"그것보다 벨라. 내일 우리는 에든버러 성으로 떠날 거야. 아직 거기에 못 가봤지? 내가 임시 주둔지로 사용하는 곳인데 제법 괜찮게 개조해놨어. 아마 내 용병들 중에 살아 있는 자들이 있다면 화이트클리프나 그쪽으로 모일 거라고 생각해. 적어도 5백 명 이상이었으면 좋겠는데 말이야.”

레이놀드는 친구에게 이런저런 계획을 털어놓기 시작했다. 그런데 웬일인지 벨라는 그 이야기를 듣는 내내 표정이 밝지 않았다.

한참 떠들던 레이놀드도 그 기색을 알아챘다.

“저기 혹시 무슨 일 있어?”

“아, 아니야.”

그러나 오래 본 친구의 마음을 눈치 못 챌 그가 아니었다.

“뭔데? 말해 봐.”

그는 한참 주저하더니 어렵게 입을 열었다.

“음…… 난 말이야.”

“어.”

“가지 않아. 대장.”

“뭐?”

레이놀드는 벨라가 당연히 자신을 따라나설 줄 알았기에 당황했다. 그러다 문득 실버문이라는 엘프 처녀가 생각났다.

‘아, 그랬군.’

벨라벨로는 지금 그림자정찰대에 소속된 용병으로 자리를 잡은 상태였다. 문제는 레이놀드가 이번에 고용하는 엘프 병사들 중에 그림자 정찰대는 빠져 있다는 것이다.

그들은 럭리치의 정예병으로 만에 하나 있을 적의 침공에 대비해 이 마을에 남기로 되어 있었다. 젊은 영주는 문득 너무 자기중심적으로만 생각하지 않았나 싶었다.

'당연히 따라올 것이라고 생각하다니.'

레이놀드는 미안한 표정을 짓고 있는 벨라에게 아무렇지도 않다는 듯 크게 웃어 보였다. 친구의 침울한 표정이 보기 안 좋았다. 그는 주먹으로 호크마의 옆구리를 강타했다.

"컥!"

"이 자식! 잘되면 나도 엘프 여자 친구 좀 소개해주기다! 알았지?"

옆구리를 부여잡고 있던 벨라가 황당하다는 듯 웃었다.

"뭐? 아하하하핫. 대장도 엘프들이 취향인 거야?"

"그럼! 난 하늘하늘한 귀염둥이들이 좋다고."

레이놀드의 능글맞은 태도에 호크마가 더 크게 웃어댔다. 그러다 유쾌함이 잦아들 무렵 조심스럽게 입을 열었다.

"미안해."

"아냐. 조금도 미안할 거 없어."

그는 고개를 저으며 친구의 행운을 빌어주었다. 확실히 실버문이란 처녀는 예쁘긴 했다. 살굿빛 금발 머리와 뾰족한 귀는 인간에게서 볼 수 없는 신비로운 아름다움을 간직하고 있었다.

다만 걱정스러운 것은 호크마와 엘프가 맺어질 수 있느냐하는 것이었다. 유사인간류의 결합은 생물학적으로 별문제가 없다.

'그렇지만 키 차이를 극복할 수 있을까?'

대부분의 여자들이 작은 남자를 우습게 보는 현실에서 과연 그가 잘해낼 수 있을지 걱정스러웠다.

다음 날 밤, 벨라는 잠이 오지 않아 밖을 서성였다. 하필이면 오늘 같은 날에 불침번 근무도 없었다. 꼭 야간 근무는 졸리고 피곤할 때만 순번이 돌아오는 느낌이었다. 왠지 기분이 울적해 평소 생각한 우스운 노래를 작게 중얼거렸다.

"밥 많이 먹은 거북이는 속이 거북거북. 오소리는 신기한 소리에 오! 소리라고 감탄하지."

그러나 이런 유치한 노래로도 기분은 전혀 나아지지 않았다. 결국 그는 참지 못하고 한숨을 내쉬었다.

"대장이 잘하려나."

그날 아침 레이놀드는 소집된 엘프군을 지휘해 일찌감치 에든버러 성으로 출발했다. 떠나기 전 그는 벨라에게 다 괜찮으니 잘하라며 오히려 격려를 해주고 갔다.

그럼에도 벨라는 자신이 사랑놀이 때문에 친구의 위기를 모른 척하는 것이 아닌가 싶어 양심의 가책을 느꼈다. 이미 그림자정찰대에 고용된 용병이 되었으니 따라갈 수 없는 거라고 애써 스스로를 타일러봤지만 불편한 마음은 쉽게 떨쳐지지 않았다. 그는 눈을 질끈 감고 자신의 머리를 때려댔다.

'원하면 갈 수도 있잖아!'

벨라벨로가 작성한 서류에는 기간도 정해져 있지 않았다. 무언가 느슨한 계약으로 필요하면 정찰대장에게 말하고 레이놀드를 따라나설 수 있었을 것이다.

"하아……."

"우와, 혼자 머리를 때리시더니 이제 한숨을 푹 내쉬는군요? 그게 호크마식 스트레스 해소법인가요?"

갑작스러운 목소리에 고개를 들어보니 어느새 실버문이 곁에 다가와 있었다.

"안녕하세요. 아가씨."

"레드핑거, 당신은 아직도 절 아가씨라고 부르는군요. 몇 번이고 말하지만 전 아가씨가 아니에요."

실버문은 잘 몰랐지만 벨라가 그녀를 숙녀라고 칭하는 것은 마음속 친애의 정을 표현한 것이었다. 그의 눈에는 그만큼 그녀가 고귀하고 우아하고 아름다워 보였다. '화난 여자에게서 어떻게 도망칠 것인가?'의 연애소설가 빌립은 사랑스러운 여자는 천사처럼 예쁘다고 했는데 벨라의 생각에는 그 말이 딱 맞는 것 같았다.

"네."

짧게 대답한 벨라가 입을 다물자 실버문은 곁에 다가와 앉았다. 둘은 한동안 말없이 앉아 럭리치의 밤 풍경을 바라보았다. 대화가 없어도 어색하지가 않았다. 처음 봤을 때는 생각도 못할 정도로 가까워진 둘이다.

"뭘 망설여요? 당신은 그 젊은 영주를 따라가고 싶어 하잖아요. 그런데 그렇게 하지 못해서 괴로운 거잖아요."

"……."

"계약 때문에 그래요? 전 호크마가 약속을 그렇게 소중히 여긴다는 소린 들어보지 못했는걸요. 호호호."

실버문은 살짝 농담을 해보았지만 벨라는 얼굴이 붉어진 채 말이 없었다. 순간 그녀는 자신의 말을 그가 모욕으로 받아들인 건가 싶어 황급히 사과했다.

"레드핑거, 전 그런 뜻이 아니라……."

"알아요, 괜찮아요."

다름 아니라 그는 옆에 바짝 다가온 그녀의 온기 때문에 부끄러워 얼굴이 붉어진 것이었다. 북부의 밤은 차가웠다. 아마 그녀는 별다른 의식 없이 바짝 붙은 것이겠지만 벨라는 심장이 두근거렸다. 그의 상기된 볼은 럭리치의 희미한 조명 탓에 검붉은 색으로 보였다.

"실버문, 제가 왜 친구를 따라가길 망설이는 줄 아세요?"

벨라의 목소리가 심하게 떨리기 시작했다. 작은 두 손은 덜덜 떨리고 이빨이 소리를 내며 부딪혔다. 야한 농담은 잘도 내뱉는 그였지만 실제로 여성을 사귀어 본 적은 한 번도 없었다. 호크마는 인간보다 오래 살고 인간보다 천천히 성장한다.

그는 레이놀드보다 나이가 많았지만 마음과 행동은 아직 십 대 소년이다. 그런 그가 속에 담아 둔 감정을 그녀에게 보여주려고 하니 온몸이 뻣뻣하게 굳을 정도로 긴장하게 되는 것이다.

"레드핑거, 괜찮아요?"

비세나일 실버문은 상대방의 모습에 적잖이 당황하고 있었다. 그녀 역시 이제 막 성인이 된 엘프로 남자에 대해 잘 알지 못했다. 이미 백 년의 세월을 살아왔지만 활과 숲 외에 다른 것이 그녀의 마음을 파고들어 온 적은 없었다.

그런 실버문이 그를 처음 만난 건 반년도 더 전의 일이다. 그 후로 벨라가 정찰대에 들어오고 그녀는 재주 많은 이 호크마의 사수가 되었다.

덕분에 둘은 지금까지 매일매일 붙어 다녔다. 보수적이고 마음을 쉽게 열지 못하는 그녀지만 그간 자신의 부사수가 보여준 친밀함에 끌렸었다. 이유는 모르겠으나 실버문은 그가 힘들어하자 마음이 쓰였다.

그녀는 살며시 벨라의 손을 잡았다.

"레드핑거, 무슨 까닭인지 모르겠지만 기운을 내요. 언제든지 그 문제에 대해 얘기하고 싶다면 저에게 말해줘요. 내가 도움이 되어줄게요."

벨라는 그녀의 손과 마음이 전해준 따뜻함에 큰 기쁨을 느꼈다. 동시에 두려운 감정도 일었다. 만약 자신의 마음을 밝힌다면 이 소중한 우정마저 잃게 될지도 몰랐다. 결국 그는 고백을 포기했다.

"실버문, 우린 친구지요?"

"그럼요."

"멀리 떨어져 있어도 친구겠죠? 내가 나의 대장을 따라가 몇 년이고, 또다시 몇 년이고 볼 수 없어도 당신은 나를 친구로 기억할까요? 내가 돌아왔을 때 웃으면서 날 맞아 줄까요?"

그의 말에 그녀는 잡고 있던 손에 힘을 꽉 주었다. 벨라는 깜짝 놀랐지만 애써 태연한 척했다.

"엘프는 우정을 오래 간직한답니다. 인간들처럼 세월에 소중한 걸 흘려보내지 않아요. 레드핑거, 당신은 인간 속에서 오래 살아와서 헷갈리나 본데 전 엘프예요."

다정함이 가득 묻은 말투였다.

"고마워요, 실버문."

그녀는 고개를 살짝 저었다.

"이제 비세나일이라고 부르세요."

"네?"

놀란 그의 얼굴을 보고 그녀가 밤하늘의 달처럼 부드럽게 웃었다.

"못 알아들었어요? 비. 세. 나. 일."

"어으으."

엘프들 간에 이름을 친밀하게 부르는 건 연인이나, 특별한 친구, 가족에게만 허락된 일이었다. 인간은 조금 친해지면 성이나 이름 중 편한 걸 아무거나 불러대지만 엘프의 경우에 그건 중요한 문제였다. 벨라는 자신에게 주어진 그 특혜에 몸 둘 바를 몰랐다.

"제가 실버문 아가씨를 그런 식으로. 어으으으."

허둥대는 그 모습에 그녀는 웃지 않을 수 없었다.

"그리고 말이에요. 대신 저도 벨라라고 불러도 괜찮을까요? 그 젊은 영주는 당신을 그렇게 부르곤 하더군요."

얼굴이 터질 것처럼 붉어진 그였지만 열정적으로 고개를 끄덕였다. 이쯤 되며 흔들 꼬리가 없는 게 아쉬울 정도다.

"기꺼이요."

"고마워요. 벨라."

실버문의 미소로 작고 용감한 호크마의 마음속에 기쁨과 희망이 가득 찼다.

"꼭 다시 만나요. 비세나일."

"물론이에요. 벨라."

벨라벨로는 자신보다 훨씬 키가 큰 친구에게 작별 인사를 했다. 그리고 여명이 트기 전 짐을 꾸려 에든버러 성으로 그의 대장을 따라나섰다.

7장
영웅은 어떻게 만들어지는가

가장 위에 신이라는 존재가 있다. 흔히 말하는 전지전능한, 우주와 그 너머의 모든 가치를 지배하는 창조주이자 절대자이다.. 그 아래에는 초권세가 있다. 예를 들면 성서에 나오는 대천사 미카엘라나 악마의 왕 칼론데아란 같은 존재를 말한다. 아주 먼 미래에 묵시록적 투쟁의 운명을 타고난 자들로 다중 우주 대부분을 좌지우지할 힘을 가지고 있다. 그리고 그 아래, 인간처럼 감정과 표정을 가진 신격들이 존재한다. 살아생전 불멸의 전사이거나 최고의 마법사이기도 했던 그들은 이제 우주 곳곳에서 벌어지는 선과 악의 복잡한 투쟁에 관여하고 있다.

—옥타비누 대주교의 『종교론에 입각한 우주』 中

에든버러 성으로 돌아온 레이놀드는 아주 바쁜 시간들을 보냈다. 생각지도 못한 벨라와의 만남은 젊은 영주에게 힘을 주었다. 그는 유능한 부관의 위치로 복귀해 레이놀드를 도왔다.

희생자들을 애도하는 제가 끝나자, 둘은 한동안 복귀하는 패잔병들을 소집하는 데 주력했다. 3천에 이르던 그의 병력은 대부분 라날리숲에서 뿔뿔이 흩어져 복귀한 인원은 7백여 명에 불과했다. 용감하고 강인한 드워프 방패보병들조차 숲의 악몽에 잠식당하고 만 듯 남은 숫자가 채 2백이 안됐다. 그중에 부상으로 임무 수행이 불가한 인원까지 빼고 나니 레드포레스트 부흥군은 보병 전대 기본 단위의 반절도 안 되는 4백여 명에 불과했다. 더욱이 기병은 수십에 지나지 않았다.

그는 보병들을 백 명씩 네 개의 기대(Banner)로 나눈 뒤, 주력군이 된 엘프 궁병들을 호위하도록 했다. 이제 새로 합류한 엘프병들을 포함해 젊은 영주의 병력은 총 1천4백 정도였다. 그래도 다행스러운 점은 전대장들이 모두 복귀했다는 것이다. 라 파뇰, 오블란, 마운튼해머, 조르다노 파시는 초췌한 얼굴로 사선을 뚫고 에든버러 성에 당도했다.

다만 그게 쉬운 일은 아니었던 것 같다. 라 파뇰의 머리카락 일부는 불에 그슬렸고 파시는 그의 상징과도 같은 칠흑빛 사분의삼갑옷과 두꺼운 외날검을 어디다 던져버린 채 맨몸으로 돌아왔다.

반면, 마운튼해머는 그의 무구를 지키긴 했지만 온몸에 피

칠갑을 하고 있었다. 겉으론 멀쩡해 보였지만 의사의 진단을 받고 나자 이 드워프 전대장이 당분간 싸움에 나설 수 없다는 게 확실해졌다. 결국 레이놀드는 그에게 에든버러 성에 있는 금고의 수비를 맡기기로 했다.

그렇게 불행의 연속이었지만 또 하나 다행스러운 것이 있다면 하드스톤에 눌러앉은 홉고블린들이 아직 움직이지 않고 있다는 것이었다.

첩자들의 말에 의하면 녀석들이 성 안에서 웅크린 채 꼼짝도 안 하고 있으며 왜 그러는지 알 수 없다고 했다. 북부의 인간들은 그 점을 의아해하고 있었다. 고민하던 인간들은 홉고블린 주둔지에 식료품을 팔러 가는 고블린 상인을 매수해 안을 살피게도 해봤지만 명쾌한 이유는 발견하지 못했다. 결국 사람들은 겨울이 그들의 행군을 멈춰 세웠다고 생각하게 되었다.

덕분에 화이트클리프군과 그 가신 가문의 군대는 다소나마 시간을 벌 수 있었다. 그렇게 전쟁 준비가 재개되는 동안 레이놀드는 금고에 넣어 두었던 카엔의 검술서를 꺼내 보았다. 마법으로 봉인된 뒷부분이 이제는 보이지 않을까 하는 기대를 품고.

'과연 보일까? 이제 나는 드래고닉 오러를 언제든지 꺼낼 정도에 이르렀는데 말이야.'

그는 긴장되는 마음으로 그간 보이지 않던 페이지를 펼쳐

보았다.

"아!"

가벼운 탄성이 나왔다. 여태껏 백지나 다름없었던 페이지에 글자가 나타난 것이다. 그는 놀라움으로 몸을 떨며 그걸 읽어 내려갔다.

벌레처럼 천하고 쓸모없는 네놈이 이 페이지를 보게 됐다는 사실에 경악을 금치 못하겠다. 하지만 세상에 우연이란 얼마든지 존재하는 법. 딱히 으스대지 않는 게 좋을 것이다. 어차피 너 따위는 삼류니깐. 뭐, 그래도 여기 실린 기술 두 가지를 볼 수 있게 해주마. 이 친절한 설명에도 익히지 못한다면 혀를 깨무는 게 좋을 것이다.

'변함없이 화가 나는 말투로 사람을 깔보고 있군.'

검술서에는 처음 보는 두 가지의 기술이 적혀 있었다.

하나는 '용의 손톱'이란 기술로 마치 용이 다섯 개의 손톱으로 적을 할퀴듯이 오러를 다섯 갈래로 나눠 후려치는 것이었다. 카엔이 적어 놓은 바에 의하면 광범위한 공격 범위를 가지고 있어 전쟁터에서 써먹기에 좋으며, 극에 이르면 진짜 붉은용의 앞발과 같은 위력을 보일 것이라고 했다. 다만 심장에 무리가 가기 때문에 몇 번 쓰고 나면 다시 사용하기 위해서 어느 정도 시간이 필요하다고 했다.

그리고 두 번째 기술은 '용의 분노'란 이름으로 용의 발톱과 다르게 하나의 일격에 모든 걸 거는 공격법이었다. 전자와 반대로 오러를 더욱 응축시켜 단일 목표에 커다란 타격을 주기 위한 기술이었다. 카엔은 이 기술을 적시에 사용하면 자신보다 강한 상대를 무찌를 수 있다고 적어놓았다.

그에 말에 의하면 이 두 기술이야말로 드래고닉 오러를 쓰는 검사가 익혀야 할 기본이자 기초 기술로, 만약 이것을 쓰지 못하면 드래고닉 오러라는 말도 아깝다고 했다. 물론 그건 어디까지나 그의 기준이었다. 두 기술은 카엔이 직접 만든 것이라 다른 드래고닉 오러 사용자들은 그 존재 자체를 알지 못한다.

'인격은 최악이지만 기술은 초일류군.'

레이놀드는 그의 말에 호승심이 피어올랐다. 그는 군대의 문제는 부관인 벨라와 전대장 파시에게 맡긴 뒤, 한적한 곳에서 본격적인 수련에 들어갔다. 라날리숲에서 북부군을 거의 궤멸시킨 홉고블린들에게 대항하려면 새로운 힘이 필요했다. 그는 희생자들을 생각하며 의지를 다졌다. 봄에 다시 싸움이 벌어질 때 카엔의 기술이 틀림없이 위력을 발할 것이라는 생각이 들었다.

'좋아 시작해 볼까.'

일단 용의 손톱을 익히려면 특이한 도구가 필요했다. 카엔은 다섯 개의 가지를 가진 쇠봉을 준비하라 요구했다. 레이놀드는 화이트클리프의 대장장이에게 부탁해 그 특별한 수련도 구를 만들었다.

"이것 참. 희한하게 생겼군."

그는 자신의 손에 들린 물건을 보고 쓴웃음을 지었다. 검술 서에 적힌 대로 그 봉에 오러를 불어넣자 아름다운 오렌지빛 이 쇠봉을 타고 반짝였다.

그런데 다섯 가닥의 쇠에 모두 동일한 오러를 만드는 게 생 각보다 힘이 들렀다. 언제나 하나의 날에 오러를 주입하는 데 만 익숙했던 탓에 각각의 가지에 빛나는 오러는 불균형했다.

'생각보다 어렵네.'

카엔이 각기 같은 양의 오러를 일으켜야 한다고 강조했기에 그는 오러를 다섯으로 나눠 흘려보내는 일부터 열심히 연습해 야 했다.

때때로 벨라나 파시가 나타나 구경을 하고 갔지만 레이놀드 는 수련에만 집중했다. 얼마 지나지 않아 좀 익숙해지자 안정 적인 다섯 갈래의 오러를 쇠봉 위에 어리게 하는 게 가능해졌 다.

'이걸 휘두르면 상당히 위력적이겠군.'

하지만 여기서 끝이 아니었다. 나눈 오러를 앞으로 발사하 는 것 또한 애먹는 일이었다. 그는 드래고닉 오러를 쏘아낸다 는 개념에 익숙하지 않았고 계속 실패에 실패만을 거듭했다. 며칠이 지나자 어느 정도 오러를 뿌리는 게 가능해지긴 했는데, 생각보다 위력적이지 못했다.

기운이 팔 길이 정도로 한 번 쭉 뻗어 나가고는 공중에서 흩어져 버리는 것이다. 그는 제대로 되지 않는 이유를 찾아보려 했지만 좀처럼 알 수가 없었다. 덕분에 날이 갈수록 짜증이 심해졌다.

'정말 고민스럽군.'

그러던 어느 날 벨라벨로가 경십자궁을 쏘는 모습을 보며 무언가를 떠올렸다.

'바로 뿌리는 힘이 약하다면 저 기계 장치처럼 장력을 이용하면 되지 않을까?'

레이놀드는 지푸라기라도 잡는 심정으로 고민하고 또 고민했다. 잠시 뒤 그는 어떤 결론을 내렸다. 오러를 다섯 갈래로 나눈 다음, 방출하기 전에 다시 심장으로 끌어당겼다 놓으면 자신이 원하는 반응이 올 것 같았다.

쾅! 쾅! 쾅! 쾅쾅!

결과는 기대 이상으로 성공적이었다. 요란한 폭음과 함께 오렌지빛 오러가 다섯 갈래로 나아가 돌바닥에 기다란 상처를 만든 것이다.

"대단한데!"

레이놀드는 진심으로 이 기술과 자신의 성과에 감탄하고 말았다. 만약 전쟁터에서 이것을 사용한다면 무슨 일이 일어날지 상상만 해도 무서웠다. 그는 기쁜 마음에 사방이 울리도록 환호했다. 그러나 그 즐거움도 얼마 가지 않았다.

카엔은 자신의 검술서에 다섯 개의 가지를 가진 쇠봉으로 용의 손톱을 시전할 수 있게 되면 이제 보통의 검을 가지고 똑같은 걸 연습하라고 적어놓은 것이다. 카엔은 그 수련에 대해 짤막한 소견을 덧붙여 놨다.

몇 배는 어려울 것이다. 비루한 놈아.

인정하긴 싫었지만 정말 그의 말대로 일반적인 검으로 용의 손톱을 쓰는 건 훨씬 더 어려웠다. 쇠봉은 다섯 개의 가지를 가진 덕에 쉽사리 오러를 나눌 수 있었지만 검의 검신은 하나뿐이다. 그곳에 다섯 개의 중첩된 드래고닉 오러를 만들고 방출하는 건 정말로 대담한 노력이 필요했다. 게다가 용의 분노란 기술도 익혀야 했기 때문에 레이놀드는 겨우내 꿈쩍도 못하고 카엔의 책과 씨름해야 했다.

"이런 젠장, 고생길이 훤하군."

두 기술을 익히기 위해 그는 수련의 세계에 빠져버렸다. 만약 이 기술들을 확실히 익힌다면 다가올 싸움에서 유용하게 쓰일 것이다. 레이놀드는 가끔씩 용의 손톱을 적진 한복판에 뿌리는 자신의 모습을 상상해 봤다.

'좋아. 힘내자.'

젊은 영주는 단련에 빠져 두문불출했다. 그러는 사이 레드포레스트 부흥군은 비교적 한가로운 시간을 보냈다. 겨울이 북부에 짧은 평화를 선물한 것이다. 사방이 눈에 묻혀버리자 더 이상의 전쟁은 없었다.

*　　*　　*

해가 바뀌어 성력 1215년이 되었다.

레이놀드는 이제 19살이었다. 그리고 겨울 동안의 노력이 헛되지 않았는지 용의 분노와 용의 손톱을 사용하는 법을 완전히 익히게 되었다.

빨리 그것들은 적에게 사용해 보고 싶어 몸이 근질거렸다. 그런데 마치 그런 그에게 호응이라도 하듯 봄이 되자 북부군과 홉고블린 사이에서 산발적인 소규모 교전이 일어났다. 본격적이지는 않았지만 양측 모두 개전을 위한 기지개를 켜는 것이다.

전갈을 보낸 지 오래였지만 수도에서 보내주기로 한 구원군은 감감무소식이었다. 무언가 정치적인 알력이라도 있는지 왕자가 소집한 군대는 좀처럼 북으로 출발하지 못했다.

3월 18일이 되자 레드포레스트 부흥군은 에든버러 성을 출발했고 이틀 뒤, 화이트클리프에 입성했다. 레이놀드는 곧장 라센과 만날 수 있었는데 둘은 술 한 잔을 기울이며 서로의 섭섭함을 금세 털어냈다. 호탕한 북부 사나이는 더 이상의 불편

한 감정은 남아 있지 않다는 듯 그를 친근하게 형제라고 불렀
다.

그다음으로 아리엘을 만났다.

사실 화이트클리프에 온 지 얼마 되지 않아서 그녀에 대한
소식을 들을 수 있었다. 놀랍게도 천대받던 이 북부의 숙녀는,
하드스톤이 불탄 것을 기점으로 그 처지가 완전히 반전됐다.
그녀는 이제 하드스톤의 희망이 되었다. 참으로 아이러니하게
도 북부 전체를 짓누르는 가혹한 운명이 아리엘에게 커다란
기회를 선물한 것이다.

하드스톤이 안전할 때만 해도 사람들은 그녀가 싸움터에 나
서는 걸 이상하게 생각했다. 그러나 막상 그들의 터전이 사라
지자 유능하고 강력한 전사인 그녀를 보는 시선이 달라졌다.
남자, 여자를 떠나 당장 적의 위험으로부터 자신을 보호해줄
사람이 필요해진 것이다.

게다가 아리엘은 하드스톤의 대영주가 부재하는 현시점에
서 지도자의 역할을 대행할 수 있는 유일한 자식이었다. 그는
무능하고 여린 오라비를 대신해 성 주민들의 탈출을 이끌었고
이 일은 지금까지 그녀를 보던 냉랭한 시각들을 뒤바꿔놓았
다. 성민들을 구하기 위해 망치와 방패를 든 그녀의 모습은 모
두에게 깊은 인상을 줬다.

고지식하고 좀처럼 변하지 않는 북부의 귀족들과 다르게 자
유민들은 좀 더 유연했고 옛 방패처녀의 전설을 좋아했다. 게

다가 아리엘은 진짜 방패처녀의 힘을 이어받은 자였다. 결국 이런 흐름이 사람들로 하여금 여전사를 자연스럽게 받아들이게 만들었다. 자유민들과 가신들은 대영주 스랜도르의 그림자를 아리엘에게서 찾고자 했다.

그 뒤, 자신의 방을 분홍빛 커튼으로 장식하던 그녀는 이제 전투망치와 방패를 든 군주로 거듭났다. 하드스톤의 가신 가문들은 모두 고개를 숙였고 화이트클리트에 속한 영주들은 아리엘에 대해 신경 쓰지 않았다. 존경도 하지 않았지만, 조롱은 더 이상 없었다.

레이놀드는 왠지 그녀를 만나는 게 망설여져 며칠 동안 망설이기만 했다. 괜히 민망하고 가슴이 빨리 뛰는 게 영 내키지 않았다. 그러나 결국 마음을 다잡고 아리엘이 머물고 있는 곳으로 향했다. 맡겨 놓은 물건을 찾으러 간다는 명분이 있어서 그나마 다행이었다.

그녀와 하드스톤군은 화이트클리프 성벽의 남쪽에 위치한 '보르빈'이란 성채와 그 일대의 건물에 머물렀다. 그들은 성채 근처에 있는 커다란 석조 건물을 사령부로 쓰고 있었다. 건물 앞에는 건장한 위병이 있었고 레이놀드는 그들에게 방문 목적을 전하고 잠시 기다렸다.

오래지 않아 하급 장교 한 명이 나타났다. 그의 안내를 받아 사령부 내부로 들어간 레이놀드는 앞에 차 한 잔을 둔 채로 조금 더 기다려야 했다. 찻잔이 비어갈 즈음 레이놀드를 안내했던 하급 장교가 돌아왔다.

"블랙우드님. 지금 하드스톤의 가신들과 아르디 아가씨께서 회의 중이십니다. 그런데 블랙우드님께서도 회의에 참석하셨으면 좋겠다고 하는데 어쩌시겠습니까?"

잠시 생각한 그는 고개를 끄덕였다. 그는 장교를 따라 복도를 지나 거대한 문 안으로 들어갔다. 안쪽에는 커다란 테이블 주위로 많은 기사와 영주들이 있었다. 모두 대가문인 아르디 가를 섬기는 자들이었다. 가장 상석에는 아리엘이 보였다. 레이놀드는 예전과는 사뭇 다른 분위기에 놀라움을 느꼈다.

그들은 전원 갑옷을 입고 있었다. 아직 적이 오지 않았는데도 갑옷을 입고 있는 그 모습을 통해 성을 잃은 자들의 남다른 각오를 엿볼 수 있었다.

특히 아리엘의 모습이 제일 놀라웠는데 아름다운 백조갑옷 대신 실용적인 북부식 갑옷을 입고 어깨에는 표범 가죽을 두르고 있었다. 길고 윤기나던 머리카락은 짧게 잘라버렸다.

아름다운 얼굴을 제외하면 남자라고 해도 믿을 정도였다. 눈빛은 강렬했고 표정은 냉철했다. 자신을 보면 아리엘이 미소라도 지어줄까 생각했지만 그저 담담할 따름이었다.

왠지 레이놀드는 속으로 실망하고 말았다. 그녀는 하드스톤을 대표에 레이놀드에게 인사를 건넨 뒤 한쪽의 의자를 권했다.

"앉으시죠, 블랙우드님. 지난번 전투에 관련해 여러 가지

물어볼 것이 있습니다.”

“알겠습니다, 아르디 아가씨.”

이미 주변의 분위기를 파악한 레이놀드는 예전에 스랭도르 대영주에게 하듯 공손한 태도로 대답했다. 그는 자리에 앉자마자 영주들과 기사들의 질문 공세에 시달렸다. 라날리 회전에서 하드스톤의 군대가 어땠는지, 대영주님의 모습은 보았는지, 또 기타 이름 높은 영주들의 행방에 대한 질문들이 쏟아졌다. 기대 어린 시선들이었지만 불행히도 대답할 수 있는 건 거의 없었다.

그는 패전의 혼란에 주변을 볼 여유가 없었다고 대답했다.

“살아 돌아온 것도 다행이라고 생각합니다.”

레이놀드의 한숨 섞인 말에 모두 침울한 표정이 되었다.

“적의 움직임은 어땠습니까?”

참석자들은 홉고블린 군대에 대해 이것저것을 물었고 레이놀드는 최대한 아는 대로 대답했다. 그 뒤로 그들은 보르빈 성채의 방어 작전에 대해 논의했다. 한참을 이어진 회의는 식사 시간이 지나도록 계속되었고 결국 아리엘이 나서 당일의 논의를 끝낸다고 선언했다.

“그럼 모두 내일 뵙겠습니다. 그리고 블랙우드님은 남아주세요.”

목소리는 지극히 사무적이었다. 레이놀드의 망상은 부서진 지 오래였다. 그는 보이지 않게 가벼운 한숨을 쉬며 오른손을 심장에 올린 채 몸을 살짝 숙였다. 그건 상급자에게 하는 행동이었다. 그녀가 변했다면 젊은 영주도 그에 맞게 행동할 필요가 있었다.

그러는 사이 주위로 영주와 기사들이 빠져나갔다. 잠시 뒤 탁자 끝에 있는 아리엘과 레이놀드만이 남았다. 그녀는 의자에서 일어나더니 짧게 말했다.

"따라오세요."

그리고 반대편의 작은 문을 열고 들어갔다. 레이놀드는 씁쓸한 마음으로 그녀를 따라갔다. 대충 용무만 마치고 얼른 돌아가야겠다고 생각했다. 그는 문을 조용히 닫았다.

그리고 고개를 돌려 그녀를 쳐다본 순간.

"레이놀드님."

그의 품에 아리엘이 달려들었다. 짧은 머리칼이 흔들리며 레이놀드의 코끝을 스치더니 표범 모피의 부드러운 느낌이 턱에 닿았다.

"걱정…… 했어요."

그녀의 작고 떨리는 목소리에는 많은 게 담겨 있었다. 비록 갑옷을 입고 있어 딱딱한 느낌이었지만 그녀가 내뿜는 따뜻한 감정이 그의 마음에 와 닿았다. 어느새 섭섭함은 눈 녹듯 사르르 없어졌다.

젊은 영주는 자신의 눈가가 조금 촉촉해지는 걸 느꼈다. 그건 정확히 표현하기 힘든 것이었지만 아마도 둘의 내면 깊숙한 곳에 담긴 슬픔의 공진이었으리라. 아버지 같은 스승과 십 수 년을 살아온 도시가 불타오르는 걸 지켜봐야 했던 레이놀드. 마찬가지로 아버지를 잃고 도시를 빼앗긴 아리엘. 그는 그녀의 아픔이 누구보다 절실히 이해되었다. 말할 수 없이 속상하고 안타까운 마음이 밀려왔다.

"무사하셔서서 다행입니다."

그는 아리엘을 부서질 듯 강하게 껴안았다. 자신을 휘감는 굵은 팔의 느낌에 그녀는 고개를 살짝 떨어뜨리고 말이 없었다.

둘은 오랫동안 서로를 그렇게 안고 위로했다.

"편지라도 해주시지, 어떻게 겨우내 연락 한 번 없으셨어요?"

아리엘이 원망 섞인 투로 말했다. 사실 그는 쌓인 눈을 보며 그녀를 여러 번 떠올렸다. 그러나 그때마다 목에 걸린 십자가의 감촉이 그를 제지했다.

"미안해요."

그래도 품 안에 그녀가 안겨오자 피묻은 목걸이의 차가운 감촉은 더 느껴지지 않는 것 같았다. 레이놀드는 다정하게 그녀의 머리칼을 쓸어내렸다. 그녀는 그 손길을 굳이 막지 않고 가만히 있었다.

잠시 뒤, 아리엘이 기어들어가는 목소리로 말했다.

"놔줘요. 이제."

"싫습니다."

갑자기 레이놀드가 장난을 치며 매달리자 그녀는 웃고 말았다. 그러더니 철장갑을 낀 손으로 옆구리를 때려대는 통에 결국 레이놀드는 물러날 수밖에 없었다.

"장난기 넘치는 건 여전하시군요."

"칭찬 감사합니다."

"아유, 정말 말이나 못하면!"

그녀는 웃으면서 그에게 자리를 권했고 얼마 안 있어 시종이 음식을 가져왔다. 둘은 간단히 요기를 하면서 그간의 이야기를 나누었다.

아리엘은 담담히 하드스톤이 함락된 경과를 들려줬다. 레이놀드는 겉으로는 괜찮아 보이지만 아직도 그녀의 눈가에는 슬픔이 깊이 배어 있음을 느꼈다.

저런 상처는 오직 시간으로 다스려야 한다. 그녀는 앞으로 오랜 시간 동안 아픔을 마음속에 품고 살아야 할 것이다. 그래야 그 상처는 낫는다.

안타까운 마음에 젊은 영주는 진심으로 빌었다.

'신이시여. 그녀의 머리가 다시 예전만큼 자랐을 때, 마음속 상처가 다 치유되었으면 좋겠습니다.'

식사가 끝나자 아리엘은 방구석에 있는 상자로 가서 무언가를 꺼내왔다.

"자요. 돌려 드릴게요."

그건 전에 그가 맡긴 오색빛깔의 알 모양 보석이었다. 그녀는 계란만 한 크기의 그것을 살짝 꺼내 보였다. 신비함은 조금도 바래지지 않았다. 레이놀드는 감사를 표시하며 보석을 허리의 주머니에 넣었다. 그는 어쩐지 아쉬운 기분이 되었다.

둘을 이어주는 얇은 끈이 하나 없어진 것 같았기 때문이다. 그렇다고 그녀에게 억지로 계속 보석을 가지고 있으라고 부탁할 수도 없는 노릇이다. 그때 아리엘이 손을 내밀었다.

"이제 제가 준 단검도 돌려주세요."

그녀는 쾌활하게 손을 내밀었다. 레이놀드는 즉각 반발했다.

"정표를 줬다 뺏는 게 어디 있어요?"

"……그게 정표였었나요?"

아리엘이 정말 모르겠다는 듯 눈을 동그랗게 뜨자 레이놀드는 오른쪽 허리에 매어둔 단검을 손으로 가렸다.

"안 돼! 절대 못 드립니다."

그녀는 웃으며 손사래를 쳤다. 맑은 웃음소리가 방을 울렸다.

"농담이에요."

그리고 아리엘은 아련한 표정으로 단검을 쳐다봤다.

"그거 아버지가 저에게 주신 거예요. 딸이 무기를 든 모습을 언제나 싫어하셨는데, 그건 하도 제가 졸라대서 어쩔 수 없으셨나 봐요. 아무튼, 저에게는 소중한 물건이니까 부디 잘 간직해 주세요.”

“그렇다면 돌려 드리겠습니다, 아가씨. 미처 그런 중요한 물건인 줄 몰랐습니다.”

“그러실 것 없어요. 뭐, 아버지는 레이놀드님을 좋아하셨어요. 아마 살아계셨다면 잘했다고 하실 거예요.”

그녀는 괜찮다고 했지만 왠지 남의 추억의 물건을 가로챈 것 같아 미안했다. 하지만 몇 번을 말해도 아리엘은 고개를 가로저었다. 결국 레이놀드는 소중히 간직하겠다고 약속한 후 그것을 받아들었다.

‘나도 줄 게 있는데 말이야……’

사실 그도 이 숙녀에게 전할 게 있다. 그러나 선뜻 그러지 못하고 아까부터 망설이고 있었다.

“아리엘 아가씨.”

“네?”

“유감입니다.”

그녀의 단검을 허리에 맨 레이놀드가 품에서 무언가를 조심스럽게 꺼냈다.

그건 젊은 영주가 수소문 끝에 하드스톤의 탈영병에게 많은 금화를 주고 구한 물건이었다. 작은 삼각깃발(Pennon)로 기병창 끝에 다는 것이었다.

색은 검은색이었고 금실로 하드스톤의 문양과 눈 덮인 이 땅의 고대어가 적혀 있었다. 이런 삼각깃발을 쓰는 사람은 북부에서 한 명밖에 없다.

아리엘은 금방 그것을 알아봤고 곧 울음을 터뜨렸다. 레이놀드는 말없이 그녀를 안아주었다. 성력 1215년의 봄은 이제 막 17살이 된 소녀에게는 너무 잔인했다.

*　　*　　*

두 달 뒤인 5월 26일, 마침내 하드스톤을 불태워버린 홉고블린 무리가 화이트클리프에 모습을 드러냈다. 왕국에서 내려온 증원 병력이 합류했는지 그 숫자가 무려 5만 명이 넘는 대군이었다.

사람들은 이제야 왜 홉고블린들이 지난가을부터 꼼짝 안 했는지, 그 이유를 알 수 있었다. 하늘에 치솟은 깃발이 얼마나 많은지 형형색색의 천의 바다를 보는 것 같은 느낌을 줬다.

북부인들은 그 엄청난 숫자에 경악했지만 곧 결사항전을 다짐했다. 이미 한차례 북부군의 전력 대부분이 궤멸한 탓에 성 안의 병사들은 4천여 명이 전부였다. 그래도 도시의 주민이 만 명이나 있었기에 수성의 희망은 밝은 편이었다. 제아무리 5만 대군이라도 화이트클리프 같은 거대한 성을 쉽게는 함락하지 못할 것이다.

절벽이라고 불릴 만큼 높은 성벽이 도시를 둘러싸고 있었고 각각 위대한 영웅의 이름을 딴 개별 성채들이 성벽의 중요 부위마다 세워져 있었다.

또한 화이트클리프의 지휘부는 상대적으로 약한 성문이 적의 마법에 파괴될 것을 염려해 아예 문 뒤편을 막아버렸다.

하드스톤이 제대로 대비하지 못해 성문에 마법을 얻어맞고 함락된 것을 본 까닭이다. 지휘부는 경험 많은 자들이 대부분 전사한 탓에 라센과 페데르브 같은 후계자나 레이놀드 같은 젊은 영주들이 주축을 이루었다.

*　　*　　*

적들은 처음 몇 주간은 군영을 설치하고 공성 병기를 제작하는 데 시간을 보냈다. 홉고블린들은 투사 병기 사거리 밖에서 느긋하게 준비에 들어갔기 때문에 성 안의 병사들은 손만 빨고 있을 수밖에 없었다.

6월 23일, 적들에게서 편지가 도착했다.

그 내용은 지금이라도 성을 버리고 떠나면 모든 주민들의 안전을 보장하겠다는 것이었다. 분개한 라센은 즉시 양피지 편지를 화로에 던져버리고는 사자에게 매질을 하고 쫓아냈다.

항복 권고를 거절했으므로 무력으로 성을 점령한 뒤 모든 걸 파괴하겠다는 편지가 날아왔다. 그리고 다음날인 6월 24일, 마침내 홉고블린 군대가 성을 공략하기 시작했다.

뿌우우우우우-.

막 떠오르는 찬란한 여명을 배경으로 홉고블린들의 뿔나팔이 울려 퍼졌다. 적들은 망설임 없이 진격했다. 천천히 다가오는 그들의 모습을 성벽 위에서 보고 있던 레이놀드는 무언가 심장을 조여 오는 기분에 숨이 꽉 막혀왔다.

그는 방어군 중 두 번째로 많은 병력을 가지고 있었기에 '프르봉', '빈체스'라는 두 방어 성채의 책임을 맡았다. 젊은 영주는 프르봉 성채의 책임을 엘프 전대장 루시와 제국 장교라 파눌에게 맡기고 자신은 파시와 함께 빈체스 성채를 책임지기로 했다.

"모두 마음 단단히 먹도록!"

오전 10시가 될 쯤 전투가 시작되었다.

처음에 그들은 멀리서 투석기를 쏴대기만 했다. 대략 400미터에서 500미터 사이에서 그런 짓거리를 해대는 탓에 화살로 응사하기가 불가능했다. 포격으로 인해 성 전체가 계속 울렸고 병사들은 안쪽으로 웅크리고 숨었다. 그렇게 수십 개의 투석기가 쏟아내는 폭격은 몇 시간이고 계속되었다. 성벽은 그것을 잘 견뎌내고 있었지만 레이놀드는 두려움이 병사들의 마음에 퍼지고 있는 것을 느꼈다.

곰곰이 그 문제를 타개할 방법을 고민하던 젊은 영주는 날아온 돌탄환이 성벽을 때리거나 벽 너머의 가옥으로 떨어지긴 했지만, 성벽 위 통로로 떨어지는 경우가 거의 없다는 걸 알아챘다.

그는 새로운 명령을 내렸다.

"기사들과 번쩍이는 쇠갑옷을 입은 병사들을 모아. 부대기도 여러 개 가져오고."

그의 의도를 몰라 모두들 의아해했지만 젊은 영주는 번쩍이는 갑옷을 입은 그들이 일렬로 쭉 성벽에 늘어서 깃발을 들고 미동도 하지 않도록 지시했다.

그 자신도 직접 가장 잘 보이는 곳에 서서 포탄이 떨어지는 동안 꼼짝도 하지 않았다. 가슴을 펴고 커다란 깃발을 든 그의 모습은 대단히 당당해 보였다. 탄을 쏘든 말든 아랑곳하지 않겠다는 태도였다.

"모두 움직이지 마! 절대 고개를 숙이지 마라!"

레이놀드는 큰 소리로 주위에 외쳤다. 그런데 그때 저 멀리서 포탄이 포물선을 그리며 날아오는 모습이 보였다. 딱 보니 젊은 영주 쪽이었고 까딱하다가는 지휘관이 일격에 죽게 생겼다 싶었는지 모두들 웅성거렸다. 지켜보던 조르다노 파시도 고함을 질렀다.

"위험합니다!"

그러나 레이놀드는 이를 악물고 제자리를 지켰다.

쾅!

포탄이 그의 옆을 스치고 지나가 성벽 위를 때렸다. 맞았다면 용의 아이고 뭐고 일격에 목숨을 잃을 만했다. 레이놀드는 겉으로 담담한 태도를 취하고 있었지만 수명이 십 년은 준 것 같았다. 하지만 호기로운 목소리로 여전했다.

"이딴 돌멩이에 기가 죽는 놈들은 모두 겁쟁이다!"

그의 그런 용맹한 모습은 부하들을 자극했고 결국 번쩍이는 갑옷을 입고 일렬로 늘어선 그들은 당당하게 포격 속에서 홉고블린들을 내려다보았다.

인간들의 그런 용맹한 모습은 홉고블린들에게 관찰되었고 동요를 불러왔다. 레이놀드 때를 놓치지 않고 부하들을 독려했다.

"이건 기 싸움이자 인사다! 우리가 저런 하등한 녀석들이 쏘아낸 장난감들에게 겁먹지 않는다는 것을 보여주자!"

"와아아아아아!"

그제야 기사들과 보병들은 영주의 의도를 알아채고 환성을 내질렀다. 결국 그들은 해가 질 무렵까지 포격 속에서 꿈쩍도 하지 않고 서 있었다. 덕분에 적들에게 북부군의 기백을 여실히 보여 주었다.

비록 불운한 몇이 탄환에 맞고 목숨을 잃었지만 레이놀드와 부하들이 보여준 그 용기는 적과 아군 모두에게 화제가 되었다.

그날 이후 홉고블린들은 전면전을 펼쳐왔다. 적 보병들이 새까맣게 몰려왔고 화이트클리프군은 죽을힘을 다해 싸워야 했다.

그중에서도 특히 레이놀드가 고용한 엘프 궁병들의 활약이 눈부셨다. 그들 전원이 인간들 중에 손에 꼽을 솜씨를 가진 저격수들을 능가하는 까닭에 적의 지휘관이나 하급 장교와 부사관을 골라 사살할 수 있었다.

공성추의 운반을 지휘하는 장교가 화살에 맞아 죽자 다른 장교가 그 자리를 메웠지만, 얼마 안 가 마찬가지의 운명을 맞이했다. 적들의 보병 장교들도 계속 그런 식으로 죽었다. 결국 그들의 지휘자들은 앞에 나서길 꺼려했고 그런 행동 때문에 적들의 사기는 눈에 띄게 떨어졌다.

지루하게 이어진 공성전은 7, 8월에 이르러 소강상태에 빠져들었다. 그해 여름은 유별나게 무더웠다. 양측은 전투 외의 상황에서 병력이 죽어나가는 것을 우려해 더 이상 칼을 들지 않았다. 홉고블린들은 군대를 멀리 물리고 굴을 파서 시원한 땅속에서 여름을 보냈다.

그리고 9월이 찾아왔다.

왕의 지원병은 여전히 코빼기도 보이지 않았다. 그럼에도 화이트클리프의 사기는 드높았다. 강력한 적들을 잘 막아내고 있는 까닭에 성 안은 희망이 가득했다.

하지만 9월의 첫 주가 지난 후 벌어진 전투에서 문제가 발생했다. 하드스톤과 레드포레스트를 날려버린 파란 화염이 다시 날아온 것이다.

그간 성 사람들은 강력한 주술이 안 보이는 것에 의아해했었는데, 그날로 인간들의 궁금증을 모두 풀어주기라도 할 요량인지 두 번 더 화염이 날아왔다. 인간 측의 마법사들은 그 주문이 어떤 것인지 밝혀내지는 못했지만, 아주 높은 수준의 마법이라고 했다. 흔히 대마법사라고 불리는 등급의 존재가 아니면 어림도 없다고 장담했다.

그들도 적들을 향해 폭발성 물질을 던지고 있었지만 그 효과나 범위가 제한적이었다. 그러나 파란 화염은 성을 통째로 흔드는 느낌이었다. 파괴적인 화염은 그 뒤로 매일같이 날아왔고 성벽은 점점 약해졌다.

9월 둘째 주, 평화로웠다면 찬송 소리가 가득했을 일요일의 다음 날. '세인트빅터'라고 불리는 굳건한 성채와 이어진 성벽의 일부가 무너져 내렸다. 파란 화염이 작렬해 폭이 12미터나 되는 커다란 구멍을 뚫어버린 것이다. 모처럼 찾아온 기회에 적들이 개미떼처럼 그 구멍을 향해 달려들었다.

*   *   *

폭발 마법을 성공시켜 성벽을 무너뜨린 스르굴은 지친 표정으로 물러났다. 그를 짧게 치하한 총사령관 쿠룩토스가 모여 있는 홉고블린 장교들을 둘러보며 물었다.

"누가 선봉으로 들어가겠나? 내 정예병들을 내주지."

그러자 염화와 같은 성격의 불발릭이 지원했다.

"총사령관, 내게 기회를 준다면 해보겠소."

믿음직했지만 그는 지휘해야 할 병력이 많았다. 까딱해서 잘못되면 불발릭의 부대가 난처해질 수 있다. 쿠룩토스는 정중히 반려했다.

'대부대를 지휘하는 장성급은 안 돼. 그 아래 급 중에 무력이 강한 자를 뽑아야겠는데.'

고민하던 쿠룩토스의 눈에 이름 높은 여러 장교들이 보였다. 그러나 그들 중 단연 으뜸은 연대장 우름포프와 정찰대장 발라도였다. 총사령관의 시선을 눈치챘는지 우름포프가 공손히 일어났다. 그의 노란 안구가 자신감으로 번뜩였다.

"맡겨주시면 실망시켜 드리지 않겠습니다."

그러자 앙숙인 발라도가 즉각 나섰다.

"제게 맡겨 주십시오, 총사령관님! 허약한 검은이빨연대의 연대장보다는 제가 나을 겁니다."

그의 사나운 목소리에 우름포프의 얼굴이 서늘해졌다. 쿠룩토스 또한 둘의 원한 관계를 잘 알고 있다. 총사령관은 으르렁대는 둘을 내버려 둔 채 생각에 잠겼다.

'실력만 놓고 보자면 우름포프가 한 수 위다. 하지만 패도적인 발라도가 이번 작전에는 더 어울려. 그는 부하들을 다그쳐 기대 이상의 것을 끌어낸다. 게다가 연대장은 따로 할 일이 있지.'

생각을 정리한 그는 지체 없이 명을 내렸다.

"정찰대장 발라도는 정예병 2백을 이끌고 성채를 점령하라!"

우름포프의 얼굴이 굴욕으로 구겨졌다. 자신보다 계급이 낮은 자에게 밀리니 기분이 좋을 리 없다. 반면 발라도는 기세등등해 우름포프를 조롱했다.

"그렇게 기분 상한 티를 내면 제가 죄송하잖습니까. 킥킥킥. 아까 보니 예비대에 취사병이 부족하다 그러는데 휘하의 병사들을 이끌고 한 번 가보시지 그러십니까?"

잔뜩 빈정거린 그는 총사령관에게 예를 표하고는 뒤돌아섰다. 어지간히 기분이 좋은지 간교한 웃음소리가 크게 울려 퍼졌다. 물끄러미 그 모습을 지켜보던 쿠룩토스가 우름포프의 어깨에 손을 올렸다.

"실망하지 말게. 자네는 소모품이 아니야. 나와 함께 비밀 작전을 수행한다."

*　　*　　*

"우아아아앗!"

적들의 함성이 쩌렁쩌렁하게 울려 퍼졌다. 본격적인 전투가 개시되기도 전에 성벽이 무너지는 걸 봤으니 사기가 한껏 오를 만도 했다.

인간들은 황급히 구멍 뒤에 응급 방벽을 설치하고 화살을 쏘아댔다. 우르르 몰려든 적들은 무차별적으로 쏘아진 화살에 맞아 떼죽음을 당하고 있었다. 하지만 쉽게 물러나지 않았다.

"자재 더 가져오라고 그래! 이 정도 방벽으로 어떻게 막으려고 그래!"

"네, 영주님!"

라센 다르마냑의 노성에 부관이 부복하고 달려간다.

"저 불꽃을 날린 주술사 녀석 얼굴을 꼭 보고 싶군그래. 젠장!"

세인트빅터의 책임자인 그는 이를 갈았다.

하지만 안타깝게도 그들에게는 홉고블린의 유능한 주술사 스르굴을 막을 방책이 없었다. 이미 백병전은 곳곳에서 벌어지고 있었다. 라센은 필사적으로 병사들을 독려하며 적들을 몰아내기 위해 노력했다.

이곳이 뚫리면 홉고블린들이 시내로 들어가는 걸 막을 길은 없을 것이다. 그렇게 된다면 다른 곳에서 분투하고 있는 자들의 노력이 아무 소용없게 되는 것이다.

"젠장! 빈체스와 로센 성채에 지원군을 요청해!"

얼마 뒤 로센 성채는 여력이 없어 불가하고 빈체스 성채에서 레이놀드 영주와 그의 부하 백여 명이 지원을 올 거라는 소식이 전해졌다.

드래고닉 오러를 다루는 젊은 영주가 온다는 소식에 세인트빅터의 수비병들의 사기가 다소나마 높아졌다. 전투 첫날, 그가 보여준 용기 있는 행동으로 북부인들의 존경을 한몸에 받고 있었다.

그러나 적들의 움직임이 더 빨랐다. 결사적인 방어에도 불구하고 응급 방벽을 내주고 말았다. 사기가 오른 그들은 나무로 만든 방책에 불을 붙였다. 사방에 검은 연기가 가득했다. 피비린내와 연기 덕에 숨 쉬는 것조차 불편한 느낌이었다.

"물러나라!"

화이트클리프군은 죽 밀려났다.

그러던 중 최악의 상황이 발생했다. 세인트빅터 성채의 꼭대기에 적의 깃발이 올라간 것이다.

"젠장! 저길 방어하는 기사가 누구야!"

라센의 분기 어린 목소리가 쩌렁쩌렁 울렸다. 그때 세인트빅터 성채의 방어 담당인 필보 경의 시체가 성채 3층에서 떨어져 내렸다. 신임 영주는 이를 악물었고 병사들의 사기는 급락했다.

'빌어먹을! 빨리 군기를 다시 꽂아야 해.'

전쟁터에서 깃발의 의미는 상상을 초월한다. 혼란의 와중에 지휘관의 고함이 병사들의 귀에 들릴 리 만무했다. 그래서 그들은 깃발을 중심으로 움직이고 싸움을 벌인다.

한창 적을 도륙하다가도 깃발이 물러나면 병사들 역시 물러난다. 만약 깃발이 없어지면 명령체계가 뿌리째 흔들리게 되고 해당 부대가 실질적으로 해산돼버리는 결과를 야기한다.

공성 전투에서도 이는 마찬가지라 성채 위에 올라간 병사가 설령 한 명일지라도 깃발을 올리기만 하면 그곳은 점령된 것으로 간주된다. 적도 아군도 그것을 당연히 받아들인다.

성채 위에 깃발이 올라가자 홉고블린들이 커다란 목소리로 호응했다.

"쿠아아아아아아!"

단번에 적들의 사기가 올랐다. 그 모습은 다른 성채의 병사들에게도 관측되었고 지대한 영향을 끼쳤다. 라센은 피를 토하듯 외쳤다.

"여기서 죽는 한이 있어도 성채를 수복한다! 모두 죽을 각오로 나를 따르라!"

"네!"

기사들은 결연하게 외치며 나아갔다. 하지만 이미 성채의 계단 위에 단단하게 자리 잡고 있는 적들을 몰아내고 올라가기가 쉽지 않았다. 성벽의 구멍으로 밀려오는 적들을 막는 것만으로도 버거운 상황이었다. 그때 라센의 귀에 익숙한 목소리가 들렸다.

"부대 사격!"

갑자기 백여 발의 화살 비가 무너진 성벽을 통해 진입하던 홉고블린들에게 쏟아졌다. 그 기습적인 공격에 수많은 적들이 비명과 함께 쓰러졌다. 화살에 맞지 않은 녀석들은 혼비백산해 엄폐물이나 죽은 동료의 시체 사이에 숨었다.

"레이놀드!"

라센은 막 나타난 친구가 그렇게 반가울 수가 없었다. 엘프 궁사 백여 명을 이끌고 레이놀드가 달려온 것이다. 덕분에 성의 구멍으로 달려들던 적들은 궁사들의 연사에 막혀 주춤할 수밖에 없었다.

"라센, 지금이야! 성채를 다시 점령해야 해!"

"알았어!"

레이놀드는 궁수들의 지휘를 부관인 벨라벨로에게 맡기고 가장 먼저 성채의 계단을 올랐다. 뒤로는 기사들과 라센이 따라왔다.

"비켜라!"

앞장선 그는 검에서 드래고닉 오러를 뽑아내 적들을 베어나갔다. 홉고블린들은 가죽을 덧씌운 라임나무방패를 들고 있었는데 그것으로 젊은 영주의 오러를 막기에는 어림도 없었다.

펔!

단번에 방패가 부서지고 손까지 잘려나갔다. 거침없이 적을 베어버리는 레이놀드의 모습에 뒤쪽에서 따르는 자들까지 사기가 올랐다. 그렇게 십여 명을 베면서 올라가자 덩치가 굉장히 큰 홉고블린 장교가 나타났다.

"크하학!"

녀석은 주저 없이 거대한 미늘창을 내리찍었고 레이놀드는 검을 머리 위로 들어 막아냈다. 손이 저릿저릿할 정도의 강렬

한 일격이었지만 젊은 영주의 완력은 보통의 전사와 차원이
달랐다.

오히려 그는 검을 쳐들어 미늘창을 위로 밀어냈다. 틈이 생
기자 왼손으로 즉시 장교의 목을 잡아 오른쪽 성벽에 밀어버
렸다.

퍽!

무언가 깨지는 둔탁한 소리가 났다. 레이놀드는 홉고블린을
성채 아래로 던져버렸다.

"우와와!"

그 모습에 뒤따르던 기사들이 너나 할 것 없이 검을 번쩍 치
켜들었다. 그는 뒤쪽의 라센에게 부탁했다.

"라센! 궁수 열 명만 올라오라고 해! 성채를 수복한 후 방어
를 하려면 궁수가 필요해!"

거대망치를 어깨에 걸치고 따라오던 그는 레이놀드의 말에
뒤쪽에다 대고 크게 소리쳤다. 곧 엘프 궁사들이 움직이자 레
이놀드는 앞으로 나아갔다.

세인트빅터 성채는 3층 구조로 되어 있었는데 레이놀드는
어렵지 않게 2층에 도달했다. 2층에는 방어를 위해 성 앞이
보이는 공터가 있었다. 침입자들을 향해 활을 쏠 궁수들이 수
십여 명 머무를 수 있을 정도로 넓었다. 이런 구조를 위해 세
인트빅터는 성벽 가운데가 볼록 튀어나온 모양으로 지어졌다.

거기에는 농성을 준비 중인 홉고블린 백여 명이 있었다. 성

채가 점령되자 사다리를 타고 올라온 모양이었다. 그 많은 수
에 호기롭게 뒤따라오던 기사들도 놀란 기색이었다. 그러나
빨리 제거해야만 했다. 적의 궁사들 일부가 세인트빅터 성채
의 좋은 위치에 자리를 잡고 성 안쪽의 병사들을 저격하고 있
었기 때문이었다. 많은 수에도 레이놀드는 기죽지 않고 달려
들었다.

"레드포레스트를 위해!"

모두 그의 용기에 감탄했지만 너무 무모해 보였다. 백여 명
의 홉고블린들은 빽빽이 모여 있었다. 몇 번 검을 휘둘러보기
야 하겠지만 곧 붙잡힌 뒤 살해당할 게 빤했다.

하지만 모두의 걱정과는 달리 레이놀드는 거침이 없었다.
그에게는 지난 겨울 익힌 새로운 힘이 있다. 그것도 현 상황에
딱 들어맞는, 다수를 상대하는 기술이었다.

"이얏!"

이미 확실해질 때까지 몇 번이고 연습했던 용의 손톱이다.
실수 없이 정확하게 시전됐다.

펑! 퍼퍼퍼펑!

폭음과 함께 강력한 효과가 나타났다. 검에 서린 오렌지빛
오러가 다섯 갈래로 나뉘더니 5미터 이상 뻗어 나가 주변을
초토화시켰다. 석재 바닥에 길게 팬 자국이 날 정도로 위력적
인 다섯 줄기의 오러는 레이놀드 앞쪽의 모든 걸 쓸어버렸다.

그리고 갈라진 빛이 지나간 자리는 피의 향연이 펼쳐졌다.

잔뜩 모여 있던 홉고블린 전사들의 손과 발, 그리고 몸통이 분리돼 허공으로 날아다녔다. 단 한 번의 공격으로 십여 명의 적들이 목숨을 잃었다.

대단한 마력을 소모하는 일격이었지만 젊은 영주의 마력은 늙은 용이 가진 거대한 힘에 견줄만한 것이었다. 그는 다시 한 번 검을 머리 위로 올렸다.

펑펑! 펑! 퍼펑!

홉고블린들은 이번에도 참화를 피할 수 없었다. 용의 앞발이 긁어 놓은 듯한 흔적이 석재 바닥에 새겨졌고 그 위로는 피와 살점, 조각난 시체가 뒹굴었다. 레이놀드의 그 파멸적인 공격에 세인트빅터 성채 2층에 있던 인간과 홉고블린들은 모두 말을 잃었다.

압도적인 힘에 대한 전율이 그들을 사로잡았다.

그때 홉고블린 한 녀석이 비명을 지르고 도망가기 시작했다. 그리고 그게 무슨 신호라도 되는 듯 녀석들은 공황에서 깨어나 살아보겠다고 무질서하게 도망쳤다. 세인트빅터의 3층으로 올라가기 위해 안간힘을 쓰느라 넘어져 밟고 밟혔다.

레이놀드는 이때를 놓치지 않았다.

"쳐라!"

북부의 기사들은 훌륭한 갑옷과 전투도끼나 미늘창 등의 중병기로 무장하고 있었다. 그들은 공황에 빠진 적들을 마구잡이로 도륙했다. 급기야 홉고블린들은 죽음을 피해 성채 밑으로 뛰어내리기까지 했다.

레이놀드는 자비 없이 적들에게 오러를 휘둘렀다.

쾅쾅! 쾅쾅쾅!

등을 보인 홉고블린들 십여 명 이상이 육편이 돼서 공중으로 튀어 올랐다. 홉고블린들은 이 분노한 레드포레스트의 영주를 전혀 막아내지 못했다. 그렇게 2층이 거의 정리되는가 싶었을 때 3층에서 기사들을 향해 일제 사격을 퍼부었다.

캉! 카캉!

적들의 볼트와 화살이 철판갑옷을 때리면서 날카로운 파열음을 빚어냈다. 몇몇 기사들이 투사 병기에 쓰러졌지만 대부분 버텨냈다. 화이트클리프의 부유한 기사들은 거의 대부분 강화열처리가 된 갑옷을 입는다.

이 북부의 명품은 20미터 앞에서 날아온 장궁의 화살도 튕겨낼 정도로 단단하다. 레이놀드와 기사들은 쏟아지는 볼트와 화살을 묵묵히 견뎌내며 3층으로 진격했다.

"겁먹지 마!"

라센이 호탕하게 외쳤다. 그때 레이놀드의 반구투구를 어디선가 날아온 볼트가 때렸다. 캉! 하는 큰 소리가 투구 속을 울렸다.

다행히 뚫리진 않았지만 충격으로 그의 머리가 옆으로 크게 꺾였다. 젊은 영주는 뻐근한 목을 한 손으로 짚고 이를 악물었다. 분기가 피어올랐다. 그는 거침없이 드래고닉 오러가 서린 검을 휘둘러 적들을 죽여 나갔다.

"죽어!"

라센도 그의 곁에서 강력한 거대망치로 홉고블린들의 머리를 부수고 있었다. 그렇게 거의 3층에 다다랐을 무렵, 문제가 발생했다. 적들이 계단의 끝 부분에 나뭇더미로 임시 방책을 만들어 놓은 것이었다. 가까이 접근하자 갑자기 방책 너머에서 볼트가 쏟아졌다.

캉캉캉캉캉!

여러 발의 볼트가 갑옷과 부딪혔다. 레이놀드와 라센, 그리고 기사들은 모두 깜짝 놀라 무기와 손목으로 머리를 가린 채 웅크렸다.

캉캉! 창!

가장 앞에서 볼트를 받아내고 있던 레이놀드는 한 발 한 발을 맞을 때마다 심장이 주저앉는 것 같았다. 다행히 갑옷이 잘 막아주고 있었지만 운이 나쁘거나 마법 화살이 섞여 있기라도 하면 어떤 일이 벌어질지 모른다.

"넘겨! 앞으로 전달해!"

그때 뒤에서 큼직한 긴직각방패(Tower Shield)가 사람들의 머리 위로 전달되었다. 보통 참호를 구축할 때 인부들을 보호하기 위해 쓰는 크고 무거운 철제 방패였다.

레이놀드는 방패로 앞을 가리고 다시 전진했다. 홉고블린들은 발악하며 십자궁을 쏴댔지만 이제는 전혀 소용이 없었다.

“받아줘!”

거의 근접한 순간 젊은 영주는 방패를 라센에게 넘기고 앞으로 달려들었다. 자신을 향해 똑바로 날아온 볼트를 쳐내며 용의 손톱을 사용했다.

“이야야앗!”

다섯 갈래의 드래고닉 오러가 앞으로 쏘아졌다.

퍼퍼퍼퍼펑!

나무로 만든 응급 방벽의 파편이 사방으로 튀었다. 이번에는 분노를 참다 날린 일격이어서 그런지 더 강력했다. 홉고블린들이 통째로 떠올라 성채 너머로 떨어져 내렸다. 그 모습을 보며 젊은 영주는 묘한 희열을 느꼈다. 녀석들은 점령한 세인트빅터를 지키기 위해 필사적이었다. 2층의 심약한 녀석들과 다르게 그 강력한 공격을 보고도 주눅 들지 않았다.

“런들덴 부르홀란(전사들이여 응전하라)!”

오히려 고함을 치며 방진을 만들어 저항했다. 그러나 그런 노력은 드래고닉 오러 앞에 아무 소용이 없었다. 용의 손톱을 쓰기에는 몸이 거의 한계에 도달했지만 레이놀드는 억지로 힘을 짜내 적들을 향해 검을 휘둘렀다.

펑펑펑! 펑펑!

갈라진 드래고닉 오러가 계단의 일부를 부수며 날아들자 녀석들의 진형이 우르르 무너져 내렸다. 레이놀드는 그 순간을 놓치지 않았다.

“돌격!”

“우아아아아아!”

화이트클리프의 용감한 기사들은 레이놀드와 함께 적들을 밀어붙이며 3층에 도달했다. 위에는 오십여 명의 홉고블린 정예병들이 흉흉한 얼굴로 버티고 있었다. 그들에게는 도망갈 곳도 없었다. 성채를 계속 점령한 채로 농성하는 게 유일한 살길이기에 하나같이 표정이 결연했다.

“죽여라!”

기사들과 홉고블린 사이에 치열한 교전이 벌어졌다. 힘이 장사인 라센은 거대망치를 내려놓더니 성채 밖으로 녀석들을 집어던졌다.

레이놀드는 주변의 정황을 재빠르게 살피며 적들의 지휘관이 누구인지 파악하려 했다. 적의 저항이 만만치 않아서 단번에 대장을 쓰러뜨릴 작정이었다.

그러던 중 적의 무리 한가운데서 언젠가 한 번 본 녀석을 발견했다. 초록빛 얼굴에 갈색의 날카로운 눈동자, 붉은 솔이 달린 와이번 조각 투구를 쓴 그 장교는 언젠가 라날리숲 외곽에서 그와 싸웠던 정찰대장 발라도였다. 그도 단번에 레이놀드를 알아봤다.

“다시 만났구나! 잘 걸렸다!”

홉고블린 장교는 이를 바득 소리가 날 정도로 갈았다. 레이놀드가 지난번 그에게 준 굴욕을 아직 잊지 않은 것이다.

"이번에도 도망치려면 지금 가라. 홉고블린."

레이놀드의 야유에 녀석은 충실히 반응했다.

"뭐라? 이런 미친놈이!"

둘 사이에는 상당한 거리가 있었는데, 그는 단숨에 달려들어 전투도끼를 내리쳤다. 발라도의 도끼에는 하얀빛이 선명한 오러가 어려 있었다.

쿠앙! 징—.

오러와 오러가 부딪히자 끔찍하고 괴상한 소리가 났다. 발라도는 도끼를 내리누르며 말했다.

"그러고 보니 통성명도 못 했군. 난 정찰대장 발라도다. 네 놈의 천한 이름이 어떻게 되느냐?"

"난 레드포레스트의 영주 레이놀드다."

그의 대답에 발라도는 실소했다.

"뭐? 레드포레스트? 거긴 이미 불타버린 땅이 아닌가. 내가 분명 거기에 있는 허약하고 비참한 영주의 목을 쳤는데?"

"뭐?"

순간, 레이놀드는 심장이 내려앉는 것 같았다. 갑자기 목에 소름이 돋고 손이 부들부들 떨려왔다. 흥분과 분노가 치밀어 올라 어떻게 수습이 되지도 않았다. 발라도는 그의 모습이 재밌다는 듯 말했다.

"왜? 무서워서 죽을 것 같나? 킥킥킥."

젊은 영주는 대답 대신 있는 힘껏 검을 휘둘렀다.

쾅! 지징―.

그 일격에 실린 위력이 너무 강해 주변에 폭음과 함께 바람이 불 정도였다. 레이놀드는 떨리는 목소리로 말했다.

"지, 지금 뭐라고 한 거냐? 레드포레스트의 영주가 뭐?"

발라도는 상대방의 위압적인 모습에 잠깐 놀란 표정을 지었지만, 특유의 호승심을 발휘하며 미소를 지었다.

"내가 죽였다고 했다. 이 귀한 녀석을 보면 모르겠나?"

그렇게 말한 그는 눈짓으로 자신의 허리춤을 가리켰다. 녀석의 허리를 본 레이놀드는 순간 피가 식는 것을 느꼈다. 아무래도 정찰대장의 말이 맞는 것 같았다. 그의 허리에 제온 영주의 보검 썬더가 있는 것이었다.

"이 자식, 죽여 버리겠다!"

마침내 분노가 폭발했다. 그 매서운 기세에도 불구하고 발라도는 전혀 기죽지 않았다. 강자만이 가진 특유의 침착함이었다. 오히려 큰 소리로 주위의 병사들까지 독려했다.

"우루 칼라쿠 아슨다드(종족의 적에게 죽음을)!"

그의 고함에 주변의 홉고블린들은 더욱 기세를 올려 기사들과 전투를 벌여나갔다. 세인트빅터 3층에서 벌어진 전투는 이제 결과를 예측하기 어려울 정도였다. 혼돈 속에서 발라도는 잔인한 표정을 지으며 허리춤에서 썬더를 뽑아들었다.

"죽은 영주와 무슨 관계가 있나 보군? 킥킥. 그러니 이걸 보고 그렇게 발광을 하지. 그렇다면 네놈 영주의 검으로 죽여주

마. 케케켁! 이거 정말 멋진 검인데?"

무쇠도 자르는 명검 썬더가 태양을 받아 시리도록 빛났다. 순간 레이놀드는 두려움을 느꼈다. 자신의 단단한 갑옷도 썬더 앞에서는 아무 소용이 없으리라. 그는 이게 생사의 기로임을 직감하고는 모든 힘을 끌어냈다. 일단 홉고블린 장교를 도발했다.

"덤벼. 그 쓸모없는 손목 잘라줄 테니깐."

발라도는 인상을 구기며 썬더를 휘둘렀다.

퍼엉! 지잉—.

오러가 부딪치는 소리가 주위를 울렸다.

"하합!"

레이놀드는 썬더를 밀어내며 황급히 뒤로 빠졌다. 그렇게 몇 차례 공방을 벌인 그는 자신의 검술의 묘를 살려 반격을 노리기로 작정했다.

그는 일부러 위태로운 모습을 보여주어 상대의 공격을 유도했다. 그러자 발라도는 일격에 모든 걸 끝내려는 듯 검을 어깨 뒤로 넘기며 강력한 공격을 준비했다.

제온 영주와의 싸움에서도 그랬지만, 높은 기교에도 불구하고 성급함이 발라도의 치명적 단점이었다.

'이때다!'

레이놀드는 기회를 포착했다. 올라간 검이 머리 위로 내려쳐지기 바로 전의 절묘한 순간에 그는 빠르게 몸을 앞으로 숙이며 검을 찔러 넣었다.

"크아아악!"

화살처럼 쏘아진 검끝이 정찰대장의 쇄골을 정확히 찔렀고 그 충격과 고통에 발라도는 검을 머리 위로 올린 채 그대로 정지했다. 발라도는 고통에 몸부림치며 뒤로 주춤주춤 물러나다 한쪽 무릎을 꿇었다. 생각보다 상처가 컸던지 피가 울컥울컥 쏟아져 나왔다. 지금 당한 곳은 제온 영주에게 당한 그곳과 같은 부위였다.

"꼴이 아주 볼만하군."

레이놀드가 검끝의 피를 털어내며 미소 짓자 홉고블린의 눈에서 불꽃이 타올랐다.

"인간 주제에 내려다보지 말란 말이다!"

완전히 지쳐버린 줄 알았던 발라도가 고함과 동시에 일어났다. 폭발적인 속도로 달려들며 썬더를 사선으로 올려 베었다. 대단한 일격이었지만 노련한 레이놀드는 도발을 하면서도 이미 상대의 공격을 머릿속으로 그리고 있었다.

보통 무릎을 꿇었던 상태에서 바로 나올 수 있는 공격은 올려베기다. 그는 무서운 기세로 날아오는 썬더를 피해 오른쪽 뒤로 한 발을 빼며 몸을 숙였다.

덕분에 발라도의 회심의 일격은 허공을 갈랐다. 그 순간 발라도와 레이놀드의 눈이 마주쳤고 남부의 검술가는 살짝 웃었다.

"그 팔, 내가 가져가도록 하지."

레이놀드는 쭉 뻗어 있는 발라도의 손을 겨냥했다. 그리고 구부렸던 몸을 펴면서 단숨에 양팔을 잘랐다.

퍽!

가죽갑옷, 살과 뼈가 잘리는 둔탁한 소리가 나더니 허공에 발라도의 두 팔과 썬더가 날아올랐다. 그리고 팔과 검이 땅바닥에 떨어진 순간 레이놀드의 앞차기가 단숨에 발라도의 가슴팍을 걷어찼다.

"컥!"

발라도는 짧은 비명을 지르며 뒤로 굴렀다. 레이놀드는 마지막 일격을 날리기 위해 쓰러져 있는 그에게로 다가갔다. 그때 홉고블린 한 녀석이 갑자기 가로막고는 관자놀이를 노리고 망치를 휘둘렀다. 그는 고개를 숙여 피한 다음 녀석의 배때기에 검을 힘껏 박아 넣었다.

캉!

쇠미늘갑옷을 뚫고 몸을 파고든 강철의 느낌에 홉고블린은 입만 벙긋거리며 몸을 휘청했다. 미약한 숨결이 그의 머리 위로 느껴졌다. 하지만 적에게 자비를 베풀 생각은 조금도 없었다.

"꺼져."

레이놀드는 손바닥으로 검이 박힌 녀석을 밀어버리고는 근처에 있던 썬더를 집어 들었다. 그리고 발라도의 목을 밟은 채

내려다봤다. 고통스러운 얼굴의 발라도를 보며 싱긋 미소를
지었다.

“지난번에 네 녀석이 그랬던가? 다음에 만났을 때 네놈들
성채가 불타고 있을 거라고? 그런데 이 꼴이 뭔가? 성이 불타
기 전에 네놈 목이 떨어지게 생겼으니.”

발끈한 정찰대장이 입을 열어 뭔가 대답을 하려고 하자 레
이놀드는 말을 못하도록 더 세게 목을 밟았다.

“그으윽!”

그의 입에서 피와 거품이 튀었다.

“도대체 영주님께서 너 같은 놈에게 당하셨다는 게 믿기지
않는다. 아마 거짓말이거나 비열한 수를 썼겠지. 하지만 상관
없다. 이제 내가 그 원수를 갚을 거니까.”

레이놀드는 썬더를 살짝 들어 올려 발라도를 겨냥했다. 목
을 누르는 발이 사라지자 홉고블린은 절규했다.

“이럴 순 없어! 커억, 쿨럭쿨럭! 어째서 내가 너 같은 하등
한 녀석에게 죽어야 한단 말이냐!”

처절한 외침이었지만 대답은 간단했다.

“그건 말이야, 네가 약하기 때문이지.”

그는 단숨에 발라도의 이마에 검을 찔러 넣었다.

퍽!

썬더는 가볍게 이마 뼈를 부수고 머리를 관통하며 땅에 박
혔다. 머리에 검이 박힌 발라도는 입을 크게 벌린 채 몇 번 경

련을 일으키더니 더 움직이지 않았다.

레이놀드는 잠시 그 모습을 쳐다본 후 그의 목을 쳤다. 명검 썬더는 두꺼운 그의 목을 단번에 잘라냈다. 레이놀드는 구르는 그 머리를 들고 목청껏 외쳤다.

"레드포레스트의 영주인 나 레이놀드가 적장의 목을 쳤다!"

그는 성채 밑의 아군과 성벽 밖의 적군이 모두 볼 수 있도록 발라도의 머리를 흔들었다. 지켜보던 화이트클리프 병사들에게서 함성이 터져 나왔다.

"와아아아아!"

레이놀드는 목을 바닥에 내려놓고는 발라도의 몸을 들어 성채 밖으로 힘껏 던졌다. 조금 전까지만 해도 대단한 전사의 몸뚱이였지만 이젠 고깃덩이에 불과했다. 공중에서 팔다리가 아무렇게나 흔들리며 날아가더니 적들의 한가운데로 떨어졌다.

홉고블린들의 경악성이 성채 위까지 들려왔다. 여전히 저항하던 홉고블린 정예병들도 거의 정리가 되어 갈 무렵이었다

얼마 남지 않은 놈들도 화이트클리프의 강력한 기사들의 무시무시한 기세에 대부분 제압된 상태였다. 기사들은 열 명쯤 남은 놈들을 붙잡아 산 채로 성채 밖으로 내던졌다.

"끼아아악!"

떨어지는 녀석들의 비명 소리가 짧게 들렸다. 그 모습을 지켜보던 레이놀드가 주위에 있던 젊은 기사를 돌아보며 말했다.

“횃불을 가져와!”

“네!”

기사가 횃불을 가지고 오자 레이놀드는 성채 가운데 꽂혀 있는 커다란 적의 군기에 불을 붙였다. 그는 얼음귀신군단의 부대기를 뽑아들고 성채의 난간 위로 올라갔다.

“위험합니다. 영주님!”

뒤쪽에서 만류하는 목소리가 다급히 터졌다. 난간 위에서는 조금만 발을 헛디뎌도 위험한데다 적의 투사 병기의 표적이 되기 십상이다. 하지만 용기만큼은 최고인 레이놀드는 거리낌이 없었다.

“레드포레스트에 영광을!”

젊은 영주의 힘찬 목소리가 사방으로 쩌렁쩌렁 울렸다. 공성 작전 중이던 홉고블린들이 깜짝 놀라서 불타는 군기를 든 그를 쳐다보았다. 갑자기 볼트가 날아와 옆으로 쉥, 쉥 소리를 내며 지나갔지만, 레이놀드는 신경도 쓰지 않았다.

도리어 불타는 기의 깃대를 잡아 우지끈! 소리가 나도록 꺾었다. 그리고 두 동강 난 그것을 성채 밖으로 내던졌다. 얼음귀신군단의 긍지 높은 깃발이 처량하게 펄럭이며 떨어졌다. 지켜보던 자들은 그의 무용에 열광적인 함성으로 화답했다.

“와아아아아아아!”

그러나 홉고블린들은 자신들의 긍지가 불타서 바닥으로 추락하는 모습을 봐야만 했다. 레이놀드는 썬더를 머리 위로 올렸다. 제온 영주가 쓰던 검은 햇살 아래에서 마치 성검처럼 빛이 났다. 그는 자신의 승리에 기뻐하며 크게 외쳤다.

"세인트빅터는 건재하다!"

그렇게 6시간 동안 이어진 전투가 끝날 무렵, 인간들은 북부의 젊은 영웅이 탄생하는 모습을 지켜보았다. 그리고 모두들 알 수 있었다.

지금 자신들이 위대한 대서사시의 한가운데 있음을.

8장
지하묘지의 미로에서

기사들을 노래한 정형시곡에서는 그들이 말을 달려 장창숲을 헤치고 들어가는 놀라운 무용을 찬양한다. 하지만 몇 가지 점들이 이 환상적인 낭만의 허구성을 증명해준다.

첫째, 말은 지각이 있는 동물이다. 섬뜩한 창날에 가서 몸을 부딪치려 하지 않는다. 무언가 앞에 있으면 본능적으로 멈추거나 옆으로 방향을 돌려버린다. 그들은 겁이 많은 생물이어서 자신의 그림자를 보고도 놀란다. 결정적으로 말들은 기사도에 열광하지 않는다.

둘째, 기병창보다 보병장창이 더 길다. 그리고 기병창의 밀집도보다 보병장창의 밀집도가 높다. 잘 짜인 장창방진과 고도로 훈련된 장창병들을 기사들이 무너뜨리지 못한다는 사실은 이미 신성 벤타케 제국의 발달된 전장에서 수차례 증명되었다. 케스핀에서 기사들이 아직도 명예를 떨치는 이유 중 하나는 장창을 이용한 선진적인 전술이 제대로 완성되지 않은 데 기인한다.

　그리고 셋째, 기사들도 잘 만들어진 보병방진에 충돌하길 두려워한다. 일반적으로 용맹하다는 부대도 열 명이 돌격하면 두 명이 포기한다. 심지어 높은 명성을 가진 부대도 열 명 중에 네 명이 도망간다. 이 적전도주율이야 말로 기병 사령관과 기사단장들의 오랜 골칫거리다. (다만, 이런 공식으로부터 자유로운 게 광신도에 가까운 모습을 보여주는 수도기사단이다. 실제로 제4차 성전에서 '성조지 기사단'의 헨드릭 경 외, 2천8백7십5 인은 아그마부흐의 이프리트 술탄이 이끄는 17만의 락샤샤 군대에 단 한 번의 명령으로 전원 돌격했다. -물론 그들이 순식간에 분해된 건 부연할 필요 없겠지만.- 그래서 저명한 역사가 칼 에릭슨은 자신의 역사서 팔란티아르 연대기에 '가장 전설적인 기병 돌격의 영광은 수도기사들이 차지한다. 그리고 가장 끔찍한 기병 돌격의 영광도 수도기사들이 차지한다'라고 적었다.) 그 대책으로 유명한 기병 사령관 슈탈리는 아주 두꺼운 돌격대형을 만들었다. 그는 자신이 생각해낸 대형의 효과를 믿어 의심치 않았는데, 결국 대열의 가운데 낀 기병들은 도망도 못가고 울며 겨자 먹기로 돌격해야 했다.

—로드릭 경의 『케스핀 전기』 中

세인트빅터를 중심으로 벌어졌던 치열한 전투가 끝나자 전쟁은 잠시 소강상태에 빠졌다. 9월 말이 되도록 전면전은 한 번도 없었고 소규모 싸움만 계속 이어졌다. 전령들이 줄을 타고 내려와 로톤으로 향하자 숨어 있던 적이 달려들었지만 곧 격퇴되었다. 그들은 지난 전투 이후로 크게 위축된 모습이었다.

그런 이유로 홉고블린 사령부의 실망은 컸다. 총사령관 쿠룩토스의 인내는 한계에 다다르고 있었다. 그는 실패의 책임을 물어 여러 무능한 지휘관들의 목을 치고 젊은 장교들을 승진시켰다. 총사령관은 이어진 회의에서 전쟁이 절대 겨울까지 이어져서는 안 되다고 강조했다. 그때 수도에서 왕위 계승자인 조프루아 도를레앙이 북부를 지원할 군대를 이끌고 출발준비를 거의 끝냈다는 소식까지 들려왔다.

결국 지휘부는 군단의 총력을 모두 끌어내기로 결정했다. 10월 초가 되자, 얼음귀신군단은 그동안 지켜온 주간 전투의 원칙을 바꿔 밤낮을 가리지 않고 공격해왔다. 동시에 주술사가 일으킨 폭발성 파란 화염은 더 자주 날아왔고 공성 병기는 끊임없이 포격을 가했다. 덕분에 이제 성채 전체가 거의 너덜너덜해졌다.

10월의 첫 번째 일요일, 마침내 포격이 멎었다. 적은 총공세를 준비하며 웅장한 군가를 연주했다. 성 안에서는 교회의 종소리가 다급하게 울렸다. 영주와 기사, 병사, 용병과 자경대원들은 지급된 빵을 다 먹지도 못하고 성채로 달려갔다. 모두들 이번 싸움이 마지막이 될 것을 예감했다.

*　　*　　*

개전 세 시간 만에 '로나운'이라고 불리는 작은 성채가 파란 화염 폭발에 휩쓸려 통째로 무너져 내렸다. 그 외에도 공성 병기들의 집중 사격을 받아 구멍 난 성벽이 세 곳이나 되었다.

두 달 가까이 계속 공성 병기를 사용한 홉고블린들은 이미 발사의 달인이 되어 있었다. 어느 정도로 힘을 조절해야 원하는 곳으로 돌을 날릴 수 있는지 정확히 파악한 듯했다.

레이놀드는 지원을 위해 구멍 난 성벽 쪽으로 달려갔다. 이미 그곳에서는 치열한 전투가 벌어지고 있었는데, 인간과 홉고블린은 서로 밀어내고 또 밀려나기를 수차례 반복했다. 불과 세 시간 만에 지금까지보다 많은 사람이 죽어나가는 것 같았다. 그렇게 전쟁은 막바지를 향해 치닫고 있었다.

"밀어낸다!"

레이놀드는 주위의 병사들을 독려했다. 무너진 성벽의 통로에서 몰려든 인간과 홉고블린이 붙어서 상대방을 밀어대기만 하고 있는 탓에 마치 줄다리기 같은 상황이 계속되었다.

앞과 뒤로 흔들거리는 대열에 몸을 맡기던 레이놀드는 자신에게 거인과도 같은 힘이 있어서 눈앞의 녀석들을 파리처럼 날려버릴 수 있으면 좋겠다고 생각했다. 그는 한 손으로 홉고블린을 들어 던질 정도로 힘이 강했지만 이 정도의 인원 앞에서는 아무 소용이 없었다. 그저 남들과 같이 인파의 파도에 쓸려 다녔다.

그는 점점 대열 뒤로 밀려났다. 용의 손톱을 써보려고 해도 양측이 워낙 빽빽이 몰린 탓에 검을 휘두를 공간조차 없다.

"밀리지 마라! 밀리면 끝장이다!"

레이놀드는 소리를 질렀다. 방어대열이 넓은 곳까지 밀려나 적들이 본격적으로 성내로 들어오면 학살이 시작될 것이다. 악을 쓰고 있었지만 억지로 버티는 데도 한계가 있는 법이다. 점점 상황이 악화되고 있었다.

"으아아악!"

결국 한 병사가 넘어지는 것을 신호로 간신히 버티던 그들은 우르르 밀려났다. 그렇게 홉고블린들이 밀려들어오자 성 안에서 끔찍한 전투가 벌어졌다. 젊은 영주는 오러를 뿌려 수십 명을 살해했으나 적들은 수도 없이 많았다. 벨라가 다급하게 손을 잡아끌었다.

"대장! 물러나야 해!"

"안 돼!"

그는 적의 도끼를 막아내며 그 손길을 뿌리쳤다. 기사도와 적에 대한 증오는 결코 자신의 후퇴를 허락하지 않았다.

하지만 대세를 거스를 수는 없는 일이었다.

성벽에 난 구멍은 그곳 한 군데만이 아니었다. 이미 성 안의 마을 곳곳에서 싸움이 벌어지기 시작했다.

"으아아악!"

무기에 찔린 비명과 흉포한 고함 소리가 가득한 그 광경은 기괴하고 서글펐다. 부모의 눈을 피해 야밤에 몰래 젊은 연인이 키스를 하던 골목에서는 홉고블린과 병사의 시체가 얼굴을 맞대고 뒹굴었다.

또 축제 때 광대와 아이들이 쫓고 쫓기던 중앙 도로는 도망가는 인간과 도끼를 들고 따라가는 홉고블린들이 차지했다. 그리고 추운 밤, 아버지가 아이들을 위해 벽난로에 불을 지피던 집은 홉고블린이 던진 횃불에 불타고 있었다.

그렇게 사람들은 추억 위에서 싸우고 추억 위에서 죽어갔다. 전쟁이 끝난 뒤, 죽은 병사의 어머니는 자신이 오래전에 집을 떠난 아들을 기다리며 서성이던 그 골목에 쓰러져 있는 자식의 모습을 발견하고 통곡할 것이다.

"죽고 싶지 않아……."

한 어린 병사가 적의 칼날에 쓰러지면서 속삭였다. 그러나 거대한 전쟁의 소용돌이에서 그런 작은 목소리에 귀를 기울이는 사람은 아무도 없었다. 화이트클리프는 점점 화염에 휩싸여 갔다.

"레드포레스트!"

젊은 영주는 벨라와 함께 분투했다.

그의 부관은 자신의 두 배가 넘는 덩치의 홉고블린들을 향
해 경십자궁을 쏴댔다. 슬프게도 이제 싸움은 학살로 변해가
는 중이었다. 성으로 들어온 홉고블린들은 그간의 울분을 털
어내듯 닥치는 대로 사람들을 죽여 댔다.

레이놀드는 결국 적들의 공세를 견디지 못하고 벨라와 함께
빈체스 성채로 도망치듯 올라갔다. 그곳은 엘프 궁사들이 잘
틀어막아준 덕에 한동안 농성이 가능해 보였다. 마치 성 속의
작은 성과 같았다.

몇 시간이나 계속 싸웠기 때문인지 온몸에 기운이 하나도
없었다. 성채의 옥상으로 올라가 반쯤 쓰러지듯 주저앉은 그
는 숨을 헐떡였다. 그때 빈체스 성채를 맡고 있던 조르다노 파
시가 다가왔다.

"소집군주님! 괜찮으십니까?"

레이놀드는 한 병사가 건네준 수통으로 다급하게 목을 축였
다.

"괜찮습니다. 그것보다 성채의 상황은 어떻습니까?"

"아직 탄환도 충분하고 버틸 수 있습니다. 다만 성 안쪽의
주민들이 문제군요. 지금 도망도 못 가고 학살당하는 중입니
다."

이미 성 안쪽에는 여러 채의 건물이 불타오르고 있었고 죽
은 주민들이 길바닥에 아무렇게나 굴러다녔다. 하드스톤에서
한 번의 예외가 있긴 했지만 이게 홉고블린의 본모습이었다.

"젠장!"

레이놀드는 화이트클리프가 레드포레스트와 같은 끔찍한 결과를 맞이하게 될 것 같아 욕설을 퍼부었다. 북부를 유린하는 그들의 태도에 속이 터지고 화가 치밀었다. 그때 성채 밖을 살펴보던 벨라가 방방 뛰어댔다.

"왔다! 왔어!"

다급한 목소리에 뛰듯 가서 그가 가리키는 쪽을 살펴보았다. 조르다노 파시와 레이놀드는 동시에 함성을 터뜨렸다.

"마침내!"

저 멀리서 희미하게 다가오는 건 다름 아닌 왕자의 군대였다.

*   *   *

왕국의 후계자이자, 화염용이라고 불리는 조프루아 도를레앙은 휘하의 기사들을 이끌고 흡고블린들의 진영을 향해 돌격했다. 용의 모양을 본뜬 붉은 갑주를 입은 그는 당당함이 넘쳐흐르는 남자였다. 왕자는 수도에서 기사단들과 군대를 소집해 2만이 넘는 대군을 이끌고 북부로 왔다.

"앙브루아즈, 전격을!"

그는 자신의 옆에서 달리고 있는 노마법사에게 외쳤다.

"네, 전하."

마법사가 말 위에서 주문을 외우며 마법막대를 휘두르자 그의 눈이 하얗게 변하고 막대 끝이 번개에 휩싸이더니 갑자기 100미터나 앞쪽에 있던 홉고블린 무리 위로 번개가 쏟아져 내렸다.

콰아아아앙!

일순간 적들은 혼란에 휩싸여 십자궁을 채 몇 발 쏘지도 못하고 진형이 흐트러졌다. 기사들의 돌격 앞에 훤히 노출된 것이다. 요란한 소리와 함께 수도에서 온 기사들의 창이 사나운 기세로 적들의 몸을 꿰뚫었다.

적의 대열이 단번에 부서졌다.

사실 왕자군이 모습을 드러낸 지 거의 한 시간이 다 되었지만 공성에만 집중한 나머지 홉고블린 측의 대비가 소홀했다. 장창병과 십자궁병을 배치하긴 했지만 생각지 못한 번개 공격에 일이 틀어져 버린 것이었다.

"기사들이여! 서둘러라!"

그래도 왕자는 마음이 급했다. 이미 적들의 일부가 성 안으로 들어가는 걸 목격했기 때문이다. 만약 도시 안에서 난투가 벌어지면 양측 다 막대한 피해를 입게 될 것이었다.

애초에 기병 돌격으로 시원하게 몰아낼 생각이었던 왕자는 늦은 도착으로 전투의 적시를 놓치게 된 걸 안타까워했다. 그러나 왕자는 화염용이라는 별명답게 호전적이고 용맹한 전사였다.

상황이 어떻게 되든 간에 홉고블린들을 모두 섬멸할 계획이었다. 그는 예정된 작전 계획에 따라 보병들을 진격시켰다. 왕자의 군대가 동요한 적들을 무차별로 두들겨대자 홉고블린들 사이에서 하나둘 이탈자들이 나타났다.

그렇게 반 시간 동안 왕자군은 두 배가 넘는 적을 향해 기분 좋은 공세를 이어갈 수 있었다. 그러나 언제까지고 그런 기세를 유지할 수는 없었다. 수만에 이르는 홉고블린들의 진형은 무척 두터웠다. 이런 진형은 구조적으로 충격에 대한 저항력이 강하다. 당장은 기선을 빼앗기고 당황해 우왕좌왕하고 있긴 했지만 서서히 혼란을 극복하는 중이었다.

"서둘러! 시간이 없다! 반격하기 전에 완전히 무너뜨려야 한다!"

왕자는 초조한 심정을 감추지 못했다.

*　　*　　*

보르빈 성채를 지키고 있던 아리엘은 재빨리 머리를 굴렸다. 전황이 빠르게 변하고 있었기에 기민한 판단이 필요했다.

왕자군이 기세를 올리고 있었지만, 세인트빅터나 빈체스 성채 앞쪽의 홉고블린들은 여전히 잘 버텨내고 있는 상태였다. 뭔가 분수령이 될 한 수가 절실했다.

고민 끝에 아리엘은 결정했다.

“성채에 최소한의 병력만을 남기고 밖으로 나가 적들을 섬멸한다.”

“알겠습니다!”

그녀의 결정은 크게 환영받았다. 하드스톤의 사람들은 고향의 원한을 풀길 원한다. 다들 당장에라도 튀어 나갈 듯 흥분했다. 그들 맨 앞에서 아리엘이 직접 3백의 기병대를 이끌고 나섰다. 은빛 갑옷을 입고 하얀 군마에 오른 그녀는 성의 무너진 구멍으로 능숙하게 말을 몰아갔다.

“이랴!”

하드스톤의 기사들이 말을 몰아 전열을 만들었다. 홉고블린들은 자신들을 두들기러 올 기사들의 모습에 크게 동요하는 모습을 보였다. 적의 중대 장교들이 뒤늦게 소리를 지르며 부대를 통제하려고 애를 썼지만 아무 소용이 없었다.

기사들은 완벽한 장창방진 앞에서는 힘을 쓰지 못한다. 그러나 지금처럼 무질서한 보병 대열을 상대하는 경우에는 그야말로 가공할 위력을 보여준다. 실제로 전사(戰使)에 따르면 3백 명의 기사가 4만의 보병 부대를 와해시킨 전설적인 업적도 기록되어 있었다.

그런데 지금 이 자리에서 그 전설이 다시 한 번 재현될 조짐을 보였다. 1백 명씩 3열에 이르는 긴 전열이 순식간에 만들어졌다. 좌우를 살펴본 아리엘은 앙칼진 목소리로 명령했다.

“돌격한다! 하드스톤을 위해!”

풍성한 노란 솔이 달린 투구를 쓴 그녀는 기병창을 들고 가장 먼저 돌격했다. 분노한 하드스톤의 기사 3백 명이 아리엘을 뒤따랐다.

두두두두두두─.

요란한 소리와 함께 갑작스레 튀어나온 그들 덕에 수습되는 것 같았던 홉고블린들의 혼란은 다시 격화되었다.

모두 아리엘의 기민한 판단 덕이었다.

*　　*　　*

레이놀드는 빈체스 성채에서 왕자군을 반갑게 맞이했다. 이제 전투의 국면은 새로운 방향으로 흘러가고 있었다. 성 외부에 있던 홉고블린들은 왕자군의 막강한 기세와 성 밖으로 뛰쳐나온 북부군의 위력에 밀려 흩어지는 중이었다.

반면 성 안에는 왕자군, 북부의 병사들, 얼음귀신군단, 화이트클리프의 주민들이 모여서 난전을 벌이고 있었다. 레이놀드는 일단 자신이 책임지고 있는 성채의 절대적인 방어를 재차 명령했다. 어떤 경우라도 일단 성채를 지키는 게 우선이다. 만약 홉고블린들 일부가 성채를 빼앗아 농성에 들어가면 아주 난처한 상황이 닥칠 것이다.

전황을 살피던 그에게 엘프 전령이 뛰어왔다.

"소집군주님. 루시님께서 명령하신 대로 성채를 굳건히 지키겠다고 하셨습니다.”

전령에게 고개를 끄덕인 순간 어디선가 강렬한 폭음이 들려왔다. 놀라서 살펴보니 도시 안 대성당 쪽에서 화염과 함께 연기가 올라오는 모습이 보였다.

지금 대성당은 야전 병동으로 쓰이고 있었는데 성직자와 수도기사들이 지키고 있는 중이었다. 연기를 본 레이놀드는 정확히 뭔지는 몰랐지만 불길한 느낌이 들었다. 그는 즉각 대성당을 지원하기로 결정했다.

“전대장!”

레이놀드는 즉각 조르다노 파시를 불러 성채를 목숨을 걸고 지키겠다는 맹세를 받아냈다. 그리고 벨라에게 경십자궁을 챙기라고 명령했다.

눈치 빠른 파시가 다급하게 그의 팔을 잡았다.

“소집군주님. 지금 도시는 아비규환입니다. 성채에 계셔야 안전합니다.”

“말씀은 고맙습니다만, 안전을 원했으면 진즉 로톤항에서 이브스타로 떠나는 배를 탔겠죠. 대성당으로 가봐야겠습니다.”

그렇게 말한 그는 애써 말리는 파시를 뿌리치고 벨라와 함께 성채 아래로 내려갔다. 대성당까지의 길은 험난했는데 몇 번이고 홉고블린들과 싸움이 붙었다. 그러던 중 낯익은 인물을 발견했다.

“요하네스 경!”

바로 북부 최고의 검사라 불리는 질풍검 요하네스 랭턴 경이었다. 그는 명성답게 수많은 홉고블린 시체들 사이에 서 있었다. 숨을 몰아쉬고 있던 그는 미소 지으며 젊은 영주에게 손을 흔들었다.

“이게 누구신가? 북부의 영웅이 아닌가? 하하하.”

“이런 상황에서도 농담이 나오십니까.”

수성을 하면서 둘은 꽤 친해졌다.

“지금 대성당이 공격받고 있는 것 같습니다. 뭔가 이유가 있는 것 같은데 같이 가보시겠습니까?”

“알았네. 자네를 따라가지.”

레이놀드와 벨라벨로, 요하네스는 새로 합류한 병사들을 이끌고 대성당으로 향했다. 한참을 달려 도착하자 진형을 짜서 입구를 막고 있는 홉고블린 무리가 보였다. 요하네스는 살짝 웃으며 휘파람을 불었다.

“이거 뭔가 수상하기 짝이 없는데? 대문부터 지키고 서 있고.”

“대장, 돌파하자!”

옆에서 작은 호크마가 쾌활하고 용감하게 외쳤다. 그 모습에 요하네스는 즐거운 듯 웃었다.

“작은 친구의 심장이 우리 중 제일 큰 것 같군.”

그는 자신의 검날을 만지며 주문을 외웠다.

“하싸마드 라루드스…….”

주문에 반응해 요하네스의 검에서 바람이 피어올랐다. 아무도 저 힘의 근원이 무엇인지 모른다. 마법인지, 오러의 또 다른 변형인지. 다만 확실한 건 강력하다는 것이다. 저 질풍은 그를 북부 최고의 검사로 만들었다. 앞으로 튀어 나간 그는 바람이 휘날리는 검을 휘둘렀다. 조금의 용서도 없는 손길이었고 곧 홉고블린 여럿이 쓰러졌다. 그리고 그는 검을 수평으로 가슴팍 높이로 세우고 왼 손바닥을 펴 검날 쪽에 댄 후 외쳤다.

“질풍이여!”

갑자기 엄청난 바람이 그의 앞쪽에서 일어나더니 주변의 홉고블린들을 날려버렸다. 그들은 마치 알이 없는 겨처럼 날아 벽에 부딪혔다. 사나운 바람으로 성당 입구의 홉고블린들 대열이 삽시간에 무너져 내렸다. 아니, 날아가버렸다는 표현이 정확하리라. 질풍검 요하네스는 뒤를 돌아보면서 미소 지었다.

“가자고 친구들.”

레이놀드는 새삼 그의 힘에 감탄하며 뒤를 따랐다. 대성당 안으로 진입한 그들은 쓰러진 수도승 기사를 만날 수 있었다.

“지하묘지로 향했습니다…… 성물을 노리고 있는 것 같…….”

“역시 성물을 노리고 있었나? 미리 대비했어야 했는데.”

요하네스가 안타깝다는 듯 말했다.

"대성당에 무슨 성물이 있습니까?"

레이놀드의 물음에 그는 앞으로 걸어가며 대답했다.

"아르카나의 열쇠가 있다. 하지만 뭐에 쓰는 건지는 나도 몰라. 아무튼 어서 서두르는 게 좋겠어."

"네!"

지하묘지의 입구는 대성당의 뒷마당에 있었다. 그들이 우르르 그쪽으로 몰려가자 일단의 홉고블린 병사들과 장교가 이미 당도해 있었다. 레이놀드는 순간 놀라서 소리쳤다. 눈앞에 잊으려야 결코 잊을 수 없는 인물이 보였다.

"우름포프!"

까마귀 날개 장식이 붙은 검은 투구에 어깨에 푸른빛의 작은 용을 데리고 다니는 홉고블린이었다. 그는 젊은 영주를 보더니 살짝 웃었다.

"라날리숲에서 벌어진 싸움에서 자네가 살아 있는 것을 보고 상당히 놀랐네. 분명히 그때 죽을 것 같아서 내버려 뒀는데 말일세. 그 생명력이 신기하군."

우름포프가 말한 그때는 젊은 영주가 세상에서 제일 기억하기 싫은 순간이었다. 그의 마음 깊은 곳에서부터 상대를 찢어 죽이지 않고는 풀리지 않을 것 같은 분노가 치밀었다.

"이 자리에서 반드시 네 목을 자르겠다!"

그 기세에도 우름포프는 여유 있게 창을 겨눈 채 대답했다.

"진정하게 젊은 인간. 소리 지르지 않아도 전투를 피하지 않을 테니깐. 나는 입구를 지키라는 명을 받았네."

레이놀드는 흥분으로 몸을 떨었다.

"잘됐군! 네놈을 만나기를 꿈에서도 기원했다."

갑자기 그의 얼굴에 난 상처가 시려오고 눈가에는 경련이 일어났다. 그는 오렌지빛 오러가 서린 검을 앞으로 내밀었다. 우름포프도 호응해 자신의 상징과도 같은 번개창을 쥐고는 앞으로 나섰다.

그때 요하네스가 젊은 영주를 제지했다.

"비켜서도록. 아직 자네가 상대하기 버거워."

냉철한 말이었지만 레이놀드는 복수의 기회를 포기하기 힘들었다.

"저딴 녀석은 충분히 쓰러뜨릴 수 있습니다!"

그러나 요하네스는 고개를 저었다.

"아니, 아직 자네의 힘으로 무리야. 내가 저 녀석을 맡을 테니 밑으로 내려가 봐. 아래쪽에 더 강한 적이 있을지도 모르지만, 지금 눈앞의 상대랑 싸우면 죽을 게 뻔해. 자고로 게임을 할 때는 몇 수 앞을 내다보는 건 차치하고서라도 아무 이득 없이 말을 버리는 짓을 하면 안 되는 법이야."

레이놀드는 그의 말에 잠시 고민했다. 진심으로 연대장을 내버려두고 가기 싫었지만 요하네스의 말에 반박할 여지가 없었다.

‘일단은 실리에 따른다.’

그는 벨라에게 손짓한 뒤 지하묘지의 입구로 뛰었다. 지하묘지에 있는 어떤 것을 노리고 있는지 꼭 알아내야만 했다.

“지나갈 수 없다.”

우름포프는 레이놀드의 앞을 막아서려 했지만, 갑자기 그를 덮쳐오는 질풍에 황급히 몸을 피했다. 그의 어깨에 있던 작은 번개용이 놀라 신경질적으로 울며 날아올랐다. 우름포프가 바람에 찢어진 자신의 망토를 보고 인상을 찡그리자, 이를 지켜보던 요하네스가 천천히 몸을 움직였다.

“넌 내가 상대하지.”

*　　*　　*

레이놀드와 벨라는 서둘러 지하 무덤 아래로 내려갔다. 덕분에 들고 있던 횃불이 거칠게 일렁였다. 무덤 아래쪽에서는 알 수 없는 언어로 된 음울한 주문이 들려왔다. 벨라벨로는 무서운 듯 초조한 표정이었다.

“벨라, 억지로 끌고 와서 미안. 무섭다면 위로 돌아가도 좋아.”

호크마는 혀를 내밀며 야유했다.

“처음부터 데려오지 말던가!”

아옹다옹하는 사이 계단의 끝자락에 다다랐다. 그 뒤로 긴 복도가 이어졌다. 지하묘지는 복도와 방, 그리고 다시 복도가 이어진 구조였다. 그들이 첫 번째 방에 도착하자 일단의 홉고 블린 무리를 만났다.

그 가운데 양손에 칼날방패를 낀 군단전술장교 이자나곤이 있었다. 레이놀드는 만난 적 없지만, 대영주 니메드가 레이징 플레임으로 쓰러뜨렸던 자였다. 그는 젊은 영주에게 대뜸 말했다.

"지나갈 수 없다."

"난 지나가야겠다! 홉고블린인 네놈들이 인간의 무덤에서 무얼 하는 것이냐!"

이자나곤은 대답 대신 칼을 쥔 손에 힘을 주었고 주위에 있던 홉고블린 다섯 명도 무기를 빼들었다. 부딪힌 칼날이 우는 소리가 지하묘지를 가득 채웠다.

"비켜라!"

레이놀드는 예전의 그가 아니었다. 이번 전쟁을 겪으며 엄청나게 강해져 있었다. 용의 손톱을 사용하자 순식간에 홉고 블린 병사들이 쓰러졌다. 이어진 이자나곤과의 대결에서도 젊은 영주는 자신이 우위에 서 있음을 깨달았다. 그런데 양손에 방패를 낀 상대가 워낙 방어 일변도로 나와 쉽게 쓰러뜨릴 수가 없었다.

이자나곤은 지난번 레이징플레임에 당한 이후로 자신의 방패를 마법 걸린 금속으로 보강했다. 덕분에 젊은 영주의 오러를 필요한 만큼 막아냈다. 물론 조금씩 방패가 부서지는 꼴이 언제까지고 막을 수는 없어 보였지만 시간을 벌기에는 충분할 듯싶었다. 지금 이자나곤이 맡은 역할은 거기까지였다.

"이런 젠장! 비겁한 놈!"

레이놀드는 노성을 질렀지만 이자나곤은 방어에만 전념했다. 그러다 불시에 방패에 붙은 검날을 찔러와 그를 놀라게 했다.

움팔라— 움투스르—.

지하묘지 깊은 곳에서의 들려오는 주문은 한층 더 격렬해졌다. 레이놀드는 초조함이 느껴졌다.

그때 벨라가 자신의 소검을 뽑고 나서 그림자처럼 이자나곤의 뒤로 돌아갔다. 그의 기습적으로 홉고블린의 허벅지를 쑤셨다.

"컥!"

깜짝 놀란 그가 오른쪽 방패로 뒤를 후려쳤지만 작은 호크마는 재주 좋게 피해냈다. 그 틈을 놓칠 레이놀드가 아니었다. 연속적인 공세를 펼쳐 이자나곤을 밀어내자 마침내 문이 드러났다.

"대장 이때야. 안으로 들어가!"

벨라가 다급하게 소리쳤지만 레이놀드는 고개를 흔들었다.

"내가 가면 너 혼자 어떻게 하려고!"

그러자 작은 호크마는 결연한 표정으로 말했다.

"혼자 책임질 수 있어!"

젊은 영주는 벨라벨로가 솜씨 좋은 칼잡이임을 잘 알고 있었지만 걱정이 되었다. 그러나 달리 방법이 없다고 생각한 레이놀드는 용기 넘치는 작은 친구에게 고개를 끄덕이고 앞으로 나아갔다.

그가 횃불을 들고 긴 복도를 정신없이 달려 도착한 그곳에는 거대한 덩치를 가진 홉고블린 총사령관 쿠룩토스가 서 있었다. 그는 특이한 형태의 갑옷을 입고 있어 진짜 악마처럼 보였다

"젠장! 줄줄이도 막아서고 있네!"

짜증이 가득 담긴 그의 목소리에 총사령관은 어깨를 으쓱였다.

"미안하게 됐군. 이건 우리에게 중요한 일이라 말일세."

"홉고블린 장교들은 거의 다 왕국어를 하는군."

"다 주술사님의 도움이지."

그러다 문득 레이놀드는 쿠룩토스의 어깨에서 붉은색에 검은 줄무늬가 있는 작은 용을 발견했다. 그는 신기하다는 듯 말했다.

"당신도 우름포프처럼 작은 용을 가지고 있군."

"그래. 반쪽인 자네와 다르게 나와 연대장은 용을 가지고 있지. 전쟁터에서 자네가 활약하는 모습을 보았네. 꼭 한번 만나보고 싶었는데 이렇게 만나게 되는군. 물론 그 무용도 무용

이었지만, 자네가 다루는 그 드래고닉 오러 때문에 말이야.”

총사령관의 말에 레이놀드는 깜짝 놀라고 말았다.

“어떻게 내가 다루는 게 드래고닉 오러인 줄 알아? 게다가 반쪽이라고?”

쿠룩토스의 태도에는 여유가 넘쳐흘렀다. 레이놀드는 그게 거슬렸다. 하지만 지금 굉장히 중요한 이야기를 듣고 있는 중이란 생각에 애써 참았다.

“드래고닉 오러를 다룰 줄 아는 게 자네 혼자만은 아닐세.”

그렇게 말한 그는 거대한 도끼검을 꺼내 들더니 기합과 함께 힘을 주었다. 마력이 솟아오르더니 그 거대한 검신에 오렌지 빛깔의 오러가 서렸다.

“아니!”

자신과 똑같은 힘을 발현하는 상대의 모습에 레이놀드는 신음성을 흘렸다. 그러거나 말거나 쿠룩토스는 말을 이었다.

“드래고닉 오러는 오러를 다룰 능력과 용의 혈통을 가진 자면 누구나 쓸 수 있는 기술이다. 물론 그 두 가지를 가지기 힘들어서 그렇지만. 그리고 이 작은 용은 정령용이라고 불리는 친구들이지.”

“정령용?”

“그래 정령용. 드래고닉 오러를 가진 자들에게는 특권과도 같은 존재네. 그들은 순수한 원소의 화신 그 자체지. 그들은 다양한 능력을 가지고 있어. 드래고닉 오러를 다루는 자는 자

신의 정령용에게 마력을 주입해 그들을 다양한 마법으로 변형
시킬 수 있지.”

레이놀드는 그의 말을 들으며 기억을 더듬어 봤다. 그러고
보니 우름포프가 번개를 일으킬 때 그의 곁에서 푸른용이 섬
광으로 빨려 들어가는 것을 보았다. 쿠룩토스의 말을 유추해
보니 빨려 들어가는 게 아니라 용이 순간적으로 섬광 형태로
변한 게 아닌가 싶었다. 녀석은 제온 영주가 쓰러지자마자 우
름포프의 머리 위쪽에 다시 나타났었다.

“그런 이야기를 내게 해주는 이유가 뭔가?”

“솔직히 그냥 뭣도 모르고 다니는 것 같아 안타까워서 말일
세. 크하하하핫!”

한참 웃던 총사령관은 어느새 일그러지고 잔인한 표정으로
변해 있었다.

“사실 시간 좀 끌자는 의미도 있지. 지금 우리 주술사님이
묘지의 끝에서 중요한 일을 하고 계시거든.”

“그러면 더더욱 널 뚫고 지나가야겠군.”

“그럴 수 있을까? 이렇게 만난 것도 인연인데 내 친히 드래
고닉 오러의 응용을 보여주지. 스드바불!”

쿠룩토스가 자신의 도끼검을 위로 올리며 용의 이름을 부르
자 녀석은 끼엑, 하는 소리를 내더니 검으로 날아갔다. 스드바
불은 순식간에 화염으로 변해 검날 위에 달라붙었다.

“이게 바로 정령용을 다루는 드래고닉 오러 사용자의 힘이

라네. 내 조력자인 스드바불은 악마들의 차원에서 왔지. 녀석의 도움으로 난 이렇게 지옥불을 사용할 능력을 갖게 되었다. 매력적이지 않나? 악마, 그것도 고위의 악마만이 다루는 지옥불을 꺼낼 수 있다는 게 말일세.”

아닌 게 아니라 그의 칼 위에 어린 불길은 보통의 선명한 불꽃과는 달랐다. 음험하고, 검은 빛깔이 섞인 불이었다. 한눈에 봐도 세상에 속한 것이 아님을 알 수 있었다. 그건 보는 것만으로도 너무나 강렬해 레이놀드의 볼이 뜨거워지고 땀이 흘렀다. 그럼에도 그는 주눅 들지 않았다.

“아까부터 말이 많군. 알았으니 이제 덤벼!”

“안 그래도 그럴 참이었다. 조심하는 게 좋을걸? 정령용의 힘을 덧붙인 드래고닉 오러는 몇 배는 강해지니깐!”

총사령관은 자신의 면갑을 내렸다. 면갑은 악마의 얼굴 모양으로 만들어져 있어 일렁이는 검을 든 그의 모습은 악마가 따로 없었다. 쿠룩토스는 갑옷 입은 몸놀림이라고 생각할 수도 없을 만큼 재빨리 다가와 검을 휘둘렀다.

콰쾅!

그의 도끼검과 레이놀드의 썬더가 부딪혀 요란한 소리를 내며 지하를 울렸다. 그는 상대의 힘이 정찰대장 발라도와는 비교가 안 되는 것을 깨닫고 있는 힘껏 심장의 기운을 폭발시켰다.

9장
갇혀 있던 대군의 따님

　정령용들은 드래고닉 오러의 사용자들만이 부릴 수 있다고 한다. 물론 단순히 친구가 되는 건 누구나 가능하다. 다만 그들의 힘을 운용하려면 오러, 그것도 용의 혈통에게만 허락된 오러가 필요하다. 오렌지빛의 그 힘은 이 반정령 반마법 생물을 번개로 바꾸거나 뜨거운 마그마, 혹은 더 이상하고 신기한 걸로 바꾸는 능력을 가지고 있다.

　오러 사용자와 정령용이 어떻게 관계를 갖게 되는지는 각자의 유형에 따라 다르다. 가문에 수백 년간 봉사해온 용을 조상으로부터 물려받을 수도 있고 아니면 단순히 친구나, 호의에 의한 조력도 가능하며, 금전이나 그 이상의 우월한 가치를 건 계약, 강

쿠룩토스는 상대의 능력에 적잖이 놀랐다. 눈앞에 있는 인
간 애송이는 진즉 자신의 도끼검에 쓰러졌어야 했다. 하지만
여태 비슷하게 싸우고 있는 것이다.

그는 스드바불의 힘을 이용해 검에 지옥의 불을 피워 올렸
다. 덕분에 보통의 드래고닉 오러보다 배는 세진 상태였다. 그
런데 상대방은 밀리지 않았다. 그의 드래고닉 오러는 단순했
지만, 강력했다.

"놀랍군. 보통의 드래고닉 오러로 이렇게 비등하게 싸우다
니."

레이놀드는 용의 심장이 주는 막대한 마력 덕분에 지옥불을
쓰는 쿠룩토스의 힘에 밀리지 않을 수 있었다. 홉고블린의 힘
이 더 강했지만 밀리려 하면 심장에서 강력한 마력이 계속 뿜
어져 나와 그 차이를 매웠다. 덕분에 레이놀드는 자신감을 가
졌고 덩치 큰 적을 압박해 들어갔다. 그는 과감하게 승부를 보
기로 작정했다. 게다가 그에게는 아직 용의 분노라는 강력한
기술이 남아 있었다. 총사령관이 검을 운용하는 것을 보니 카
엔처럼 드래고닉 오러 자체를 열심히 개발하지는 않은 것 같
았다. 어쩌면 카엔도 정령용이 없어서 그 분야의 대가가 됐을

지도 모를 일이다.

레이놀드는 검을 겨루면서 계속 틈을 노렸다. 적의 기술을 보고 움직이는 게 그의 특징이었다. 하지만 이번만큼은 북부식 검술을 써보기로 했다. 선의 후였다.

'먼저 움직여 상태의 과실을 유도해 낸 후 공격한다.'

이미 그는 요하네스와 대결에서 하나 눈으로 익혀 놓은 것이 있었다.

"이얏!"

마침 한 차례 이어진 공격을 피했을 때 그는 사선으로 올려 베는 척을 했다. 그러나 그건 올려베기가 아니었다. 과장된 몸짓으로 어깨 위로 검을 치켜든 것뿐이다. 그 동작에 속은 쿠룩토스가 올라오는 공격을 막기 위해 검을 움직이자 한쪽 어깨가 레이놀드에게 노출되었다. 그는 그 틈을 놓치지 않고 필살의 일격을 내리쳤다.

"이얏!"

바로 카엔이 용의 분노라고 부른 기술로 심장에 운용 중인 마력을 일시에 뽑아내 몇 배나 강한 오러를 만들어 내는 방법이다.

레이놀드는 승리를 확신하며 검을 내리쳤다.

콰아앙!

소리가 난 순간 그는 자신의 오러가 총사령관의 견갑을 성공적으로 때렸다고 생각했다. 그러나 희한하게도 시야가 하얗게 변해 아무것도 보이지 않았고 몸이 붕 뜬 느낌이 들었다. 귓가에 요란한 소리가 나고서야 레이놀드는 비로소 자신이 뒤로 넘어져 구르고 있다는 것을 알았다. 주변의 사물이 다시 보일 때쯤 엄청난 통증이 그를 뒤덮었다.

"으아아아악!"

악문 입에서 침이 흘러내릴 정도의 고통에 절로 비명이 터졌다. 앞을 보니 어깨를 들썩이고 있는 쿠룩토스가 보였다.

"정말 대단하군! 그런 기술을 숨기고 있었다니! 크하하핫!"

레이놀드는 자신의 몸이 심각한 화상을 입었다는 것을 깨달았다. 다행히 온몸을 감싼 철판이 어느 정도 화염을 막아주었지만 갑옷의 틈 사이는 모조리 그을려버린 것 같았다. 달궈진 철판 덕에 숨이 막혀와 황급히 자신의 반구투구를 벗어 던졌다. 어느새 투구에 붙은 깃털 장식은 이미 재가 되어 흔적도 없었다.

"나도 그렇지만 자네도 놀란 모양이군. 설마 내가 칼이나 버리자고 지옥의 불을 피워 올린 거라 생각했던 건 아니겠지?"

젊은 영주는 자만심으로 인한 오판을 후회했다.

숨겨진 기술을 가지고 있는 건 자신만이 아니었다.

피부 껍질이 통째로 벗겨진 것처럼 화상 부위가 쓰려왔다. 그리고 끔찍하게도 자신의 의지와는 다르게 팔다리가 꿈틀거리며 튀어 올랐다. 마치 수면 위로 나온 물고기 같았는데 쇼크

증세가 나타나고 있는 것이었다.

그때 그의 앞으로 무언가가 또르르 굴러왔다.

"어?"

살펴보니 오색빛으로 빛나는 작은 알 모양의 보석이었다. 아리엘에게 돌려받은 이후로 계속 가죽 주머니 안에 넣어두고 다녔던 물건이다. 아마 불길에 주머니가 타버려 굴러 나온 모양이었다. 그건 마치 살아 있는 것처럼 꿈틀거렸다. 홀린 듯 몽롱하게 보고 있자니 쿠룩토스가 말을 걸어왔다.

"자네는 훌륭한 전사였네. 그에 대한 예우로 고통 없이 목을 쳐주지."

그가 자신의 심장을 철장갑을 낀 손으로 두 번 두들겼다. 저건 홉고블린 사이에서 쓰이는 인사로 총사령관은 레이놀드를 명예로운 적으로 인정한다는 표시였다.

거대한 도끼검이 그의 머리 위로 올라갔다. 하지만 젊은 영주는 끝까지 포기하지 않았다. 홉고블린에게 뿌리 깊은 증오를 가진 그는 '후회 없는 싸움이었다' 라 말하고 삶을 체념할 생각은 추호도 없었다.

'순순히 죽어줄까 보냐.'

그는 억지로 손을 뻗어 보석을 쥐었다. 썬더는 손이 닿을 수 없는 거리에 있었다. 급한 대로 보석에 오러를 주입해 집어던질 생각이었다. 잘하면 폭발이 일어날 것이고 파편이 쿠룩토스의 몸속 깊은 곳에 박혀 그를 불구로 만들어줄지도 모른다.

'신이시여. 미천한 제 삶의 마지막 순간에 행운을 주소서.'

적을 조금이라도 상하게 할 수 있다면 죽어가는 길의 작은 위안이 되리라. 레이놀드는 오색빛 보석에 심장에서 뽑아낼 수 있는 모든 마력을 집어넣었다.

그 순간.

세계의 빛깔이 변하고 내려오던 쿠룩토스의 검이 점점 천천히 속도가 줄더니 공중에서 멈춰버렸다.

놀랍게도 시간이 멎은 것이다.

*　　　*　　　*

아리엘이 이끄는 하드스톤군의 활약으로 홉고블린들의 혼란은 군단 전체로 번져갔다. 그녀는 기마로 돌격한 후 보병들과 소모전을 벌이는 대신 재빠르게 후열에 몰려 있던 십자궁병 사이에 뛰어들었다. 대열 속에 거대한 군마가 들어와 날뛰자 홉고블린 십자궁병들은 어쩔 바를 모르고 사방으로 도망갔다. 그러다 보병들과 한데 뒤엉켜 보병 부대인지 십자궁병 부대인지 알 수 없는 이상한 부대가 곳곳에서 만들어졌다.

"이럇!"

말에 올라탄 채로 홉고블린의 뒤통수를 부수고 있는 아리엘의 눈에 십자궁병들의 군기가 보였다. 그녀는 그걸 보고 휘하의 기사들에게 즉각 지시했다.

"군기를 탈취하라!"

"알겠습니다!"

아리엘은 힘차게 대답하고 달려간 그들이 어렵지 않게 군기를 가져올 것이라고 생각했는데 오히려 기사들이 허겁지겁 쫓겨 왔다. 거대 산양을 탄 덩치 좋은 홉고블린이 수하들을 이끌고 와서 막아선 까닭인데, 언뜻 보기에도 보통이 아니었다.

그는 검은 쇠와 노란 쇠가 일정한 패턴으로 장식된 찰갑을 착용했다. 머리에는 형형색색의 깃털과 솔로 장식한 투구를 쓰고 커다란 가시철퇴(Morning Star)를 무기로 들었다.

게다가 산양에도 갑옷을 씌운 걸 보니 상당한 지위에 있는 자 같았다. 그와 부하들은 깃발을 빼앗기지 않겠다는 듯 그 주위를 둘러쌌다. 아리엘은 재빨리 그녀를 수행하고 있는 기사대장(Knight Banneret) 윌리엄에게 명령했다.

"십여 명을 이끌고 날 따르라! 반드시 군기를 빼앗겠다!"

"네!"

그녀는 기사대장의 대답을 듣자마자 말을 몰아 적의 지휘관에게 달려갔다. 이미 그도 아리엘을 주목하고 쳐다보고 있었다. 5미터 정도 앞까지 달려간 그녀는 말을 멈추고 외쳤다.

"하드스톤의 지휘관 아리엘 아르디다. 군기를 가져가겠다!"

"분견대 사령관(General-Wachtmeister) 불발릭이다. 원한다면 어디 가져가 봐라! 크하하핫!"

그는 자신만만하게 웃으며 대답했다. 아리엘은 왕국어를 하는 홉고블린에 대한 소문을 듣긴 했지만, 막상 직접 눈으로 확인하게 되자 살짝 놀랄 수밖에 없었다.

전혀 다른 종족이며 이질적인 그들의 입에서 친숙한 언어가 튀어나온다는 게 썩 좋은 기분이 아니었다. 그녀는 망치와 방패를 다잡고 말의 옆구리를 세게 걷어찼다.

곧바로 묵직한 전투망치와 가시철퇴가 맞부딪쳤다.

캉!

두 개의 쇠뭉치가 인정사정없이 서로를 때리자 굉음이 울려 퍼졌다. 근처에서 싸우던 홉고블린들과 기사들이 놀라서 고개를 돌릴 정도였다.

"제법이군! 그런데 인간 중에는 그렇게 전사가 없나? 계집을 싸움터에 내보내고!"

"그래. 대신 네 비석에는 계집에게 죽었다고 적어주마!"

"뭐라?"

결국 분견대 사령관은 성이 나서 가시철퇴를 휘둘렀다. 팽팽했던 처음의 분위기와는 다르게 시간이 지날수록 아리엘이 상대방의 위력에 밀려나고 있었다. 아무리 그녀가 비범한 싸움꾼이라 해도 백전노장인 불발릭을 당해내긴 무리였다.

그러나 아리엘은 고대의 특별한 힘을 계승한 전사였다. 일부러 허술한 틈을 보여 상대의 공격을 유도해냈다. 두툼한 가시철퇴의 머리가 그녀의 어깨로 떨어져 내리자 재빨리 방패로 막아냈다.

불발릭은 자신의 무기가 상대의 방패를 때리는 순간 무언가 이상한 점을 발견했다. 그녀의 방패에 하늘색 빛이 서려 있던 것이었다.

의아하긴 했지만 단순히 마법이 걸린 방패려니 생각했다. 그러나 무지의 대가는 컸다. 펑! 하는 소리와 함께 그는 자신의 몸이 붕 떠오른 것을 느꼈다.

쿵!

사령관은 요란한 소리를 내며 흙바닥에 나동그라졌다. 얼굴부터 땅에 떨어지는 바람에 이빨이 깨지고 코뼈가 부러졌다. 덕분에 피와 흙이 입안에서 뒤엉켰다.

그는 경악하면서도 도대체 무슨 일이 일어난 것인지 알 수가 없었다. 홉고블린들은 인간과 다르게 무력으로 지위고하를 구별한다. 불발릭은 충분히 사령관에 오를 만큼 강력한 전사로 그에 걸맞은 긍지를 가진 자였다. 그런데 아직 어린 티가 팍팍 나는 인간, 그것도 지금껏 싸움터에서 구경도 못 해본 여자에게 당해 볼썽사납게 흙바닥에 구른 것이다. 그는 고통도 잊고 벌떡 일어났다. 눈앞에서는 아리엘이 여유롭게 말을 몰아 다가오고 있었다.

"이 개 같은 년! 요사스러운 힘을 부리는구나!"

"요사스러운 것이 아니다. 상대의 힘을 튕겨낼 뿐이지. 그렇지만 정말 강한 힘은 나도 튕겨내지 못해. 그러니 이번 건 단지 네놈 힘이 약해서 그럴 뿐이다."

"뭐어라?"

상대의 분노를 보고도 아리엘은 빙그레 미소를 지었다.

"왜? 그럼 이 방패, 다시 한 번 때려볼래?"

그녀의 도발에 불발릭은 이성을 잃었다. 그는 괴성을 지르며 가시철퇴를 양손으로 잡고 말 위에 올라 있는 그녀를 향해 휘둘렀다.

아리엘은 그 강력한 일격을 이를 악물고 받아냈다. 여유만만한 척하고 있었지만 이 홉고블린의 공격은 덩치 큰 오거와 비슷한 위력을 가지고 있었다. 팔이 끊어지는 것 같았지만 이를 참아낸 아리엘은 왼팔에 힘을 줘 고대의 힘을 불러냈다.

카앙! 텅!

강력한 충격이 방패를 때렸지만 이번에도 그녀의 힘이 공격을 온전히 튕겨냈다. 흉흉한 가시철퇴는 공중으로 날아올랐고 불발릭은 큰 타격을 받은 듯 코피를 흘리며 한쪽 무릎을 꿇었다. 강렬한 충격파가 몸을 훑고 지나간 탓에 팔다리에 힘이 들어가지 않았다.

"크으으……."

그와 동시에 주변을 이미 장악하고 있던 기사들이 달려들어 분견대 사령관을 붙잡았다. 지휘관이 당하자 깃발을 지키던 홉고블린들은 망설이지 않고 발을 뺐다.

곧 부대기가 내려졌고, 십자궁병들은 줄줄이 도주했다. 곁에 있던 부대도 그들의 도주에 영향을 받았는지 기를 버리고 뒤따랐다.

간신히 전열을 회복해 나가던 홉고블린군은 완전히 무너져 내렸다. 때마침 화이트클리프군의 일부가 하드스톤군의 모습에 용기를 얻어 성벽의 구멍으로 몰려나왔다.

"모두 밀어내라!"

사기가 오른 병사들은 함성을 질렀다. 이제 전세는 인간 쪽으로 완전히 기울었다. 그리고 그 흐름을 바꾸는 데 가장 큰 공훈을 세운 이는 모두에게 손가락질 받던 아리엘 아르디였다.

＊　　＊　　＊

레이놀드는 눈앞의 광경을 믿을 수 없었다.

자신의 주위 몇 미터, 정확히는 알 모양의 보석을 중심으로 빛의 장막이 펼쳐져 있었는데 그 너머의 공간은 색깔이 없는 회색이었다.

쿠룩토스는 얼어붙은 듯 멈춰 서서 움직이지 않았다. 그의 얼굴은 찡그려져 있었고, 무거운 도끼검을 쥔 손에는 힘이 들어가 있었다. 그럼에도 움직이지 않았다.

모든 게 멈춰버린 것만 같았다.

그가 당황해 입만 벙긋거리고 있을 때 눈앞의 보석에 금이 가기 시작했다. 그 틈으로 하얀 빛이 새어나왔다. 무언가 눈부신 빛을 비집고 나오려 꿈틀대는 게 보였다. 그건 파충류의 얼굴이었는데 아직 작지만 뿔이 달려 있었다.

"이건⋯⋯."

잠시 뒤 알 전체가 깨지더니 그 생명체가 바닥에 툭 떨어졌다. 발라당 뒤집힌 채 꿈틀거리는 녀석의 몸은 점액질로 뒤덮여 있었다. 땅바닥에 몸을 비비던 녀석은 몇 번의 시도 끝에 간신히 땅에 섰다. 바른 자세를 잡자 어깨 위에 있는 날개가 점점 펴졌다. 끈적거리는 게 마르고 좀 더 선명하게 드러난 날개의 모습에 레이놀드는 이 작은 생물의 정체를 알아봤다.

'이건 용이다. 틀림없어.'

녀석은 곁에 있는 인간은 신경 쓰지도 않고 이리저리 몸을 틀면서 끽끽 소리를 냈다. 새끼용의 성장 속도는 비상식적이리만큼 빨랐다. 레이놀드가 쩍 벌린 입을 채 다물기도 전, 점점 제 몸을 불리던 녀석은 순식간에 쿠룩토스의 악마용만 해졌다. 녀석의 주위에서만 시간이 빨리 흐른 것 같았다. 대체 지금 무슨 일이 벌어지고 있는 건지 레이놀드는 알기 힘들었다.

그 용의 비늘은 특이하게도 오색빛이었다. 각도에 따라 빨간색이나 초록으로 보였고 배와 어깨, 머리의 색깔이 전부 제각각이었다. 빛에 반짝이는 그 아름다운 모습이 마치 커다란 보석으로 만든 용 조각상을 보는 것 같았다. 그렇게 주위를 전혀 신경 쓰지 않는 듯 행동하던 녀석은 그를 보며 가지런한 자세로 앉았다. 젊은 영주는 그 눈빛에서 알 수 없는 신비와 지성을 느꼈다.

"고마워. 언젠가는 이런 일이 일어날 거라고 생각했어. 결국 네가 날 구했구나."

녀석이 아무렇지 않게 사람의 언어를 구사하는 바람에 레이놀드는 깜짝 놀라고 말았다. 어지간히 담이 세다고 자부하는 그였지만 이번만큼은 놀라지 않을 수 없었다. 작은 용은 그의 표정을 보더니 살짝 웃음소리를 흘렸다.

맑고 아름다운 여성의 목소리였다.

"당황했어? 하긴 그럴 수밖에. 너에게 설명해줄 게 참 많은데 어디서부터 해야 할지 모르겠어. 일단 한 가지만 말하자면 난 너를 잘 알아. 금화 속에 박혀 있던 날 신기한 듯 쳐다보던 거나 방금 저 흉흉한 홉고블린과 싸우던 모습까지 계속 널 지켜봤으니까."

"뭐라고?"

"미안, 놀라지 마. 난 조금 전까지 알이었어. 의식이 있는 알이었지. 그게 왜 그렇게 된 거냐면……."

"잠깐! 이게 다 무슨 소린지 난 전혀 모르겠다고."

당황한 레이놀드의 모습에 용은 그 작은 머리를 흔들며 말했다.

"정신없어도 설명을 듣지 않으면 영원히 그렇게 멍청한 표정만 짓고 있어야 할걸?"

"……."

그가 대답이 없자 작은 용은 자신의 이야기를 꺼냈다. 그녀는 알로 돌아가기 전에 이미 한 번 태어났던 존재였다고 한다. 정령용들의 대군(Crown Prince)인 '란 하르디움'의 딸로, 이름은 아르디오넬이었다. 란 하르디움의 궁전은 '끝이 없는 성계'란 대차원에 위치해 있는데 호기심 가득했던 그녀는 주물질계로 여행을 나왔다고 한다.

한동안 즐겁게 돌아다니며 여러 일을 겪은 것까진 좋았다. 그런데 문제는 사악한 붉은용 우르케론에게 사로잡힌 것이다. 일단 그녀를 탈취한 그는 수십 년 동안 아무도 찾을 수 없는 곳에 숨어버렸다. 그는 그녀의 아름다움에 반해 수차례 결혼을 종용했지만 매번 거절당했다. 결국 화가 난 우르케론은 자신의 강력한 마법으로 그녀를 알로 만들어버렸다.

그건 용들 사이에서 굉장히 유명한 '우르케론의 강제퇴행'이란 주문으로, 나이가 곧 힘인 용들의 시간을 거꾸로 돌림으로써 종지에는 알 상태로 봉인해버리는 마법이었다.

이 사악한 술법은 많은 용들이 우르케론을 두려워하게 만든 원인이었다. 불행히도 이 대군의 따님은 그렇게 몇백 년간 갇혀 지냈다는 것이었다. 처음 백 년 동안은 우르케론이 해방을 미끼로 집요하게 설득해봤지만 대답은 한결같았다. 마침내 포기한 우르케론은 그녀를 보석 더미에 던져두었고 아예 기억에서 지워버렸다.

이 강제퇴행 주문이 무서운 이유는 오직 시전자만이 봉인을 풀 수 있다는 점이다. 물론 그 기술보다 더 고등한 주문을 만

돌 수 있다면 어찌 될지 모르겠으나 서대륙에서 우르케론보다 높은 수준의 마법 사용자는 별로 없었다.

결국 아르디오넬은 죽은 우르케론을 원망하며 알이 된 채로 오랜 세월을 외롭게 보냈다. 그나마 이성을 잃고 미쳐버리지 않았던 건 심원한 용의 정신을 가졌기에 가능한 일이었다. 그러던 어느 날 동굴의 폭포수로 레이놀드가 떨어져 내렸을 때 아르디오넬의 심장은 오랜만에 그 박동을 빨리했다. 그녀는 거의 비명을 지르는 심경으로 그가 우르케론의 심장을 삼키는 모습을 지켜봤다.

그때부터 오랫동안 멈춰 있던 그녀의 시간이 돌아가기 시작했다. 그녀에게 있어 레이놀드는 하늘에서 떨어진 구원자와도 같았던 것이다. 그 뒤 레이놀드는 홀린 듯 알 형태의 그녀를 집어들고 둥지를 빠져나왔다. 이때 아르디오넬은 직감했다고 한다. 자신이 봉인에서 풀릴 날이 머지않았음을. 우르케론의 마력은 자신을 소유한 청년에게로 고스란히 옮겨졌다. 즉 레이놀드만이 강제퇴행 마법을 풀 수 있는 유일한 존재가 된 것이다.

그 후로 그녀는 여러 가지 일을 지켜봤다. 레이놀드의 동분서주, 아리엘의 좌절, 화이트클리프에서의 전투 등을 말이다.

쿠룩토스와 레이놀드의 전투에서는 그가 죽어버리는 게 아닐까 온몸이 찌릿할 정도로 놀라기도 했다. 그렇게 언제 봉인이 풀릴지를 기다리며 긴박한 시간을 지내다가 오늘이 온 것이다. 레이놀드가 마력을 주입한 덕분에 아르디오넬은 강제적인 퇴행을 극복하고 원래의 상태로 돌아왔다.

"네 마력, 정확히는 그 붉은용의 마력이 갑자기 주입된 탓에 정신을 잃었었어. 다시 눈을 떴을 때 네 모습이 보이더군."

그녀가 눈을 뜬 그 순간, 레이놀드는 죽임을 당하기 일보 직전이었다. 자신을 구해준 인간을 눈앞에서 죽게 놔둘 수는 없었기에 마법으로 시간을 멈춰버린 것이다. 그리고 그녀는 보답을 하기로 결심했다. 어디까지 도울지는 모르겠지만 적어도 이 홉고블린에게 죽게 만들지는 않겠다고 다짐했다.

레이놀드는 머뭇거리다가 질문했다.

"저기 그러니까…… 그 거대한 붉은용에게 꽤나 고초를 당하신 거군요?"

레이놀드는 작은 정령용이 자신보다 한참이나 연배가 많았기에 조심스럽게 물었다. 어쩌면 자신을 한주먹에 때려눕힐 힘이 있을지도 모른다. 원래 용이란 인간의 관념으로는 알 수 없고 이해하기도 힘든 종족이니까.

"어. 그런 거지. 제대로 복수도 못했는데 그 교활한 녀석이 늙어 죽을 줄이야. 뭐, 정령용과 다른 보통의 용들은 거대하고 강한 대신 세월의 힘에는 견디지 못하니까."

"정말 새삼 느끼는 거지만 나와 당신과 관련된 그 붉은용, 안하무인의 극치군요."

아르디오넬은 잠시 몸을 부르르 떨었다.

“최악이야. 죽어서 정말 기뻐.”

레이놀드는 한 가지 궁금한 게 생겼다.

“저, 제가 알기론 정령용들은 작고 말을 하지는 않던데요? 그쪽 분께서는 아무래도 좀 특별해서 말도 하고 그러시는 건 가요?”

그녀는 그 순진한 질문에 즐거운 표정이 되었다.

“정령용들은 반절은 정령이야. 우리는 정령들처럼 계급을 가지고 있어. 난 왕족의 계급에 속해 있지. 인간과 계약을 맺고 말이 없는 그 녀석들은 대부분 투사 계급이야. 이 몸과 근본적으로 다른 천한 녀석들이지. 호호호호!”

세상에! 조막만 한 얼굴을 가진 용이 짓는 풍부한 표정에 레이놀드는 넋이 나갔다. 그의 얼굴은 마치 성탄절에 잘 만들어진 기사 인형을 선물 받은 사내아이의 그것과 비슷했다.

“그런데 말입니다. 그쪽 분께서는 체구가 작은 듯한데, 왜 우르케론이 구혼을 한 것이죠? 아마 애완동…… 아, 아닙니다.”

레이놀드는 깜짝 놀라 입을 막았지만 다행히 그녀는 마지막 말에 대해 별로 신경 쓰지 않았다.

“음? 아. 그거 말이야? 나 정도 되면 외형은 별로 중요하지 않아. 필요하면 아름다운 암컷 붉은용으로 변할 수 있어. 옳지. 지금 이 자리에서 보여줘야겠다.”

그렇게 말한 작은 용은 양발을 위로 올려 씰룩거리면서 중

얼중얼 주문을 외웠다. 그러자 갑자기 등이 쩍! 갈라지고 몸이 찢어져갔다.

그뿐만이 아니라 팔이 부풀어 오르고 꼬리가 늘어나 두 갈래로 갈라졌다.

찰나의 순간, 한 번도 본 적 없는 고풍스러운 옷을 입은 미녀가 레이놀드의 눈앞에 나타났다. 그녀는 양쪽으로 예쁘게 땋은 머리를 찰랑거리며 웃었다. 머릿결은 각도에 따라 다채로운 색으로 반짝였다.

"어때?"

그는 잠시 말을 잃었다. 레이놀드는 그 신기한 변형과 그녀의 미모에 진심으로 놀라고 말았다. 인간의 모습을 한 작은 용은 절세가인이라는 아리엘에 비해서도 전혀 밀리지 않는 아름다움을 지니고 있었다.

'그 정도의 미녀가 또 있을 줄이야. 아니면 그냥 마법의 속임수인가?'

그는 눈앞의 아름다움을 보며 생각에 잠겼다. 그런데 둘의 느낌은 한참 달랐다. 아리엘이 마치 조용한 곳에 외롭게 핀 한 송이의 장미라면 그녀는 화려하게 포장된 커다란 꽃다발 같았다.

아르디오넬의 표정은 쉴 새 없이 변했고 눈동자와 입꼬리 끝에는 갖가지 감정들이 묻어났다. 분명히 주변의 인물을 압도하는 매력을 가진 여자였다.

"너 많이 놀랐구나? 호호호."

레이놀드는 멍한 표정을 쉽사리 지우지 못하고 있었다.

"저 그런데……."

그런 그의 태도에 그녀는 기분 좋은 표정이었다. 자신의 아름다움에 넋이 나간 남자를 보는 건 여자들 중 일부만이 누릴 수 있는 특권이었다.

"이봐. 계속 그쪽이란 표현도 그러니깐 넬이라고 불러."

"네?"

"넬이라고 부르라니까. 안 그러면 안 도와준다?"

그는 지금 상황 자체가 많이 혼란스러웠다. 그가 용에 대해 아는 것은 옛날 얘기에서 들은 게 전부다. 그들은 대체로 나이가 많고, 사고방식이 다르다. 아마 눈앞의 작은 용도 이미 죽어버린 용과 얽혀 있던 걸 보니 엄청나게 나이가 많은 것 같았다. 아직 모든 걸 이해하기에는 무리였지만 일단은 숙이기로 했다.

"네. 넬님."

"님자는 빼고."

어쨌든 도와준다는 말에 레이놀드는 반색했다. 어느 정도의 힘을 가지고 있는지 알 수 없었지만 지금 눈앞에 있는 건 분명 용이다.

"도와주실 겁니까?"

"물론이지. 내 은인인걸. 그리고 이미 한 건 했다."

그녀는 손가락으로 그를 가리켰다. 레이놀드는 어리둥절한 표정을 짓고 있다가 자신의 몸이 더 이상 아프지 않음을 깨달았다.

"와! 회복 주문이라도 거신 겁니까?"

그러자 넬은 손가락을 까딱까딱해 보였다.

"아니. 이 몸의 기술은 그런 것과는 차원이 다르지. 회복이 아니라 복원 주문이다."

"복원이요?"

"그래. 네 갑옷을 봐."

레이놀드는 자신의 마상철판갑옷에 생겼던 화염으로 인한 그을음이 없어진 걸 알 수 있었다. 놀랍게도 불타서 사라졌던 반구투구 위의 깃털 장식도 붙어 있었다.

"대체 이건?"

"이건 극도로 고급 주문이라 나도 1년에 한 번밖에 못 써. 혹시라도 복원 주문을 믿고 아무한테나 달려들지 말라고."

믿기 어려운 현실과 마주치게 되자 레이놀드는 아연실색해졌다. 복원 주문이라니, 들어본 적도 없다. 그래도 일단 냉정을 되찾고 입을 열었다.

"그럼 얼마나 절 도와주실 건가요?"

그녀는 호탕하게 선언했다.

"까짓것! 네가 사는 동안 도와줄게. 어차피 긴 시간은 아닐 테니까."

과연 용다운 말이었다.

"이왕 도와주시기로 한 거면 당장 저 흉흉한 홉고블린을 물리쳐 주셨으면 합니다만."

그의 말에 넬은 조금 심각한 표정을 지었다.

"그건 말이야. 간접적 지원은 가능해도 직접적으로 도울 수는 없어. 왜냐하면 차원우주 전체의 권세들은 하늘의 신성협정에 묶여 있거든."

"신성협정이요?"

그녀는 처음으로 골치 아프다는 표정을 지었다.

"자세히 설명하긴 골치 아프고 예를 들어 말하자면 악마들이 계약한 마법사에게 힘을 빌려주잖아? 마법으로 간접 지원하는 거지. 녀석들은 대가를 지불하고 소환 마법을 하지 않는 이상 직접 싸워주지는 않는단 말이야. 이게 다 신성협정 때문에 그래. 그 협정은 완벽하게는 아니더라도 힘을 가진 존재들이 주물질계에 개입하는 걸 제한하는 장치거든."

"그런 사정이 있군요."

영민한 레이놀드였기에 대충 뜻은 이해할 수 있었다. 아직 궁금한 것이 많았지만 지금은 적당한 때가 아니었다.

"그럼 절 어떤 식으로 도와주실 겁니까?"

"나도 저 투사 계급의 녀석처럼 곁에서 네가 날 이용하도록 해줄게. 물론 나를 맘대로 다루려면 지금 실력으로는 어림도 없어. 그래도 나름대로 도움은 될 거야."

그러고 보니 총사령관은 그에게 정령용이 없는 반쪽짜리 드래고닉 오러의 사용자라고 했다. 그녀가 함께해준다면 자신도 화염검을 꺼내거나 폭발을 만드는 등의 강력한 힘을 쓰는 게 가능해질 것 같았다.

"저도 저 녀석처럼 검에 불을 일으킬 수 있을까요?"

"아니. 아직 어림도 없다."

그녀의 단호한 말에 레이놀드는 좀 실망하고 말았다. 아르디오넬의 설명에 의하면 그녀는 한 가지 원소를 가진 투사 계급의 용과는 다르게 다섯 가지나 되는 원소 특질을 가지고 있다고 했다. 가능성의 차이부터가 다른 것이지만, 그걸 다루려면 따로 공부와 연습이 필요하다고 한다.

"너무 실망하진 마. 네 노력 여하와 운에 따라 언젠가는 가능할지도 모르니깐. 너도 알잖아? 세상에는 공짜란 없어. 그리고 공짜란 놈들은 단발성이거나 성능이 불량하지."

"알겠어요, 넬."

친근하게 넬이라고 부르려니 레이놀드는 어색해서 얼굴이 뒤틀리는 기분을 느껴야만 했다.

"넬. 일단 가능한 만큼이라도 절 좀 도와주시면 좋겠는데. 어떻게 안 될까요?"

"있어. 주변이 정상화되면 내게 마력을 넣어줘. 아마 도움이 될 거야. 어서 검을 들어. 이제 시간을 멈추는 마법이 한계에 도달했어."

　레이놀드가 검을 집어 쿠룩토스 앞에 서자, 그녀는 용으로 변해 그의 어깨 위에 내려앉았다. 앞을 보니 레이놀드의 주위에만 있던 빛과 색채들이 회색 공간 쪽으로 점점 퍼져 나가고 있었다.

　"준비해. 시간이 흐른다."

　"네!"

　그리고 얼어붙었던 공간이 다시 돌아왔다.

　"하핫!"

　기합 소리와 함께 쿠룩토스의 검이 허공을 갈랐다. 하지만 검끝에 걸리는 건 아무것도 없었다. 그는 잠시 어리둥절한 표정이 되었다. 게다가 쓰러져 있던 레이놀드가 멀쩡한 모습으로 자신을 노려보는 모습은 더욱 당황스러웠다. 조금 전까지만 해도 불에 그슬린 자국으로 가득했던 갑옷이 무슨 영문인지 말끔해져 있었다.

　잠깐이지만, 쿠룩토스는 상대가 귀신이 아닌가 의심했다. 악마 얼굴 모양으로 만들어진 면갑 아래서 그는 신음을 터뜨렸다. 어느새 상대방의 어깨에 정령용으로 생각되는 작은 용이 올라타 있었던 것이다.

　"대체?"

　짧고 많은 것을 담은 물음이었다. 그러나 대답해줄 생각도, 시간도 없었다. 이미 쿠룩토스에게 잡혀 시간을 많이 끌었다. 레이놀드는 짧게 대답하고 달려들었다.

“글쎄!”

젊은 영주가 달려들자 쿠룩토스는 재빨리 지옥의 화염을 발사했다. 그는 자신의 승리를 자신했다. 비록 쉽게 이해할 수 없는 상황이 발생했지만 지옥불을 정면으로 받으면 저 인간은 숯덩이가 되어버리리라.

레이놀드는 앞을 뒤덮는 화염에 이를 악물고 정령용의 말대로 그녀에게 마력을 전달했다. 그러자 용은 빛으로 변해 그를 감쌌다.

화르르륵!

순식간에 레이놀드는 화염에 휩싸였다. 마치 불로 만들어진 돌개바람이 그를 감싸 안은 것 같았다. 그 모습을 지켜보던 총사령관은 광기 어린 웃음소리를 냈다. 적이 자신의 힘에 휩싸인 모습을 보자 호탕한 기분이 되었던 것이다.

“크하하하핫!”

그다음 순간 그는 잠시나마 방심했던 대가를 톡톡히 치렀다. 불 속에서 번개 같이 튀어나온 레이놀드가 그의 배를 찌른 것이다.

“커헉!”

놀라움에 쿠룩토스의 두 눈이 커졌다. 지옥불이 아무런 피해도 입히지 못하다니 믿을 수가 없었다.

“어, 어떻게?”

“이제 나도 반쪽짜리가 아니라서 말이야.”

쿠룩토스는 레이놀드의 몸이 처음 보는 빛에 쌓여 있는 걸 깨달았다. 그러나 무슨 변화인지는 정확히 파악할 수 없었다.

"쿨럭!"

총사령관의 입에서 피가 쏟아져 나왔다. 화염으로 변했던 스드바불은 주인의 부상에 놀라 날카로운 소리를 질러댔다.

"이 녀석!"

쿠룩토스는 분노가 치밀었다. 그러나 상대는 대답 대신 검을 더 깊게 쑤셔 넣었다. 강인한 그였지만, 두꺼운 장검인 썬더가 두 차례나 배를 헤집자 더 이상 견딜 수가 없었다.

"커헉……."

짧은 신음을 마지막으로 그는 무너져 내렸다. 차가운 돌바닥을 때리는 강철의 소리가 요란했다. 홉고블린족의 위대한 전사 쿠룩토스가 죽은 것이다. 스드바불은 충격으로 울부짖었다. 그리고 점멸하는 빛과 함께 어디론가 사라졌다.

"저 녀석은 어디로 간 거죠?"

"주인이 죽었으니 고향으로 달아났겠지."

어느새 나타난 아르디오넬은 쓰러진 홉고블린 총사령관 위에 내려앉아 담담한 목소리로 말했다. 레이놀드는 자신의 승리가 믿기지 않았다.

"어떻게 하신 거죠?"

방금 쿠룩토스의 화염이 자신을 감싼 순간 모든 게 끝났다고 생각했다. 하지만 그는 멀쩡히 불을 뚫고 적의 배를 헤집었다.

"난 기본적으로 원소에 대한 내성이 있어. 화염이 날 태울 수 없는 거지. 그걸 네게 잠시 빌려 준 것뿐이야."

그는 마법에 대해 문외한이었지만 원소로부터 보호를 받는다는 그녀의 짧은 설명만으로도 충분히 그 대단함을 짐작할 수 있었다. 레이놀드는 새삼 존경의 눈빛을 담아 작은 용을 쳐다보았다. 우쭐한 표정이 된 그녀는 생각났다는 듯 물었다.

"이봐. 안쪽에 중요한 문제가 있지 않아?"

"맞다!"

그는 바닥에 떨어진 횃불을 집어들고 재빨리 복도를 따라 무덤의 끝으로 달려갔다. 갈수록 뭔가 음험하고 수상한 기운이 감돌았다. 그리고 목적지에 다다랐을 때 자신의 예감이 틀리지 않았음을 알 수 있었다.

그곳은 작은 방이었는데, 가운데 작은 제단이 보였다. 그곳은 지금 불경함으로 얼룩져 있었다. 단 위는 막 바쳐진 산 재물의 피와 장기로 가득했고 근처에는 배가 갈려 쓰러진 시체가 뒹굴었다.

그 죄악의 한가운데, 홉고블린들의 주술사 스르굴이 보였다. 그는 거대한 산양 해골로 만든 가면을 쓰고 부정한 느낌의 마법지팡이를 들고 있었다. 주술사는 낮게 웃으며 레이놀드에게 인사했다.

"어서 오게. 친구."

그의 목소리는 늦은 밤 정체불명의 소음처럼 소름 끼쳤다.

마치 비가 많이 오는 밤 꾸는 악몽속에 등장할 것 같았다.

"나는 네놈의 친구가 아니다."

레이놀드는 일부러 고압적으로 말했다. 상대방의 기에 눌리기 싫어서였다. 그러나 스르굴은 그런 것들에 대해 별로 상관하지 않았다.

"내가 여기서 무얼 하려는 줄 아나?"

"모른다."

"모른다고? 그럼 뭣 때문에 그렇게 다급하게 달려온 건가?"

그의 물음에 젊은 영주는 잠깐 망설이다 대답했다.

"느낌."

"뭐라? 느낌? 크하하하핫!"

스르굴은 무척 유쾌한 듯했다. 그리고 손을 크게 한 번 휘두른 다음, 가슴에 대고 고개를 숙였다. 과장된 치하의 동작이었다.

"자네의 직감에 경의를 표하네. 그러나 이미 모든 게 늦고 말았어. 난 이미 봉인을 풀었네. 일을 다 끝냈으니 총사령관과 돌아갈 계획이었지만, 자네가 그를 쓰러뜨려버리더군. 정말로 재밌다는 생각에 자네와 그 작고 고귀한 용을 기다리지 않을 수 없었네."

어깨 위의 아르디오넬은 아무 말도 하지 않고 있었다. 마치 처음부터 말을 하지 못하는 것처럼 말이다. 레이놀드는 주저없이 썬더를 빼들고는 횃불을 상대방에게 들이밀었다.

“봉인이라니?”

주술사는 손사래를 쳤다.

“내가 무슨 짐승이라도 되는 줄 아나? 횃불부터 들이대게? 하하핫!”

“넌 살아 돌아가지 못해. 내 검이 레드포레스트와 북부의 인간들이 당한 고통의 대가를 물을 거니깐. 것보다 질문에 답이나 하시지.”

스르굴은 손에 쥐고 있던 걸 앞으로 내밀었다. 그건 희한하게 생긴 커다란 열쇠로 어두운 빛깔의 뼈를 금실로 연결해 모양을 잡은 형태였다. 열쇠는 질겨 보이는 노끈에 묶인 채로 그의 목에 걸려 있었다.

“이건 성(聖) 뱅상의 뼈로 만든 아르카나의 열쇠지. 재밌지 않나? 이 작은 물건이 북부에서 일어난 전쟁의 중요한 이유 중 하나였다는 게?”

“설마 그 열쇠 하나를 얻으려 너희들이 쳐들어왔다고 말할 셈이냐?”

“왜? 그러면 안 되나?”

갑자기 레이놀드는 분통이 터졌다.

“말이 되는 소리를 해라! 그깟 열쇠가 뭐라고!”

스르굴은 그의 분노를 차가운 웃음으로 무시했다.

“전쟁은 끝났어, 레이놀드.”

그는 상대가 어떻게 자신의 이름을 알고 있나 의심스러웠지만 앞의 말이 더 신경 쓰였다. 너무 확정적인 선언이었다.

"전쟁이 끝나다니?"

"말 그대로다. 화이트클리프를 불태우고 이것을 얻었으니 이제 전쟁이 끝난 거지. 크하하핫! 물론 이 정도로 만족해야 하는 게 아쉽긴 하지만 망할 왕자 놈이 참전하는 바람에 어쩔 수 없게 되었다."

"그게 무슨 말도 안 되는 궤변이냐! 그것보다 네 녀석, 내 이름을 어떻게 알고 있지!"

그가 당황하는 모습을 보며 스르굴은 참으로 기괴한 모양새로 미소 지었다.

"아직 어린 그대에게 이런 충격을 줘서 안타깝게 생각하네. 난 자네가 참 마음에 들었는데 말이야. 아, 물론 그건 지금도 변함없어."

주술사의 알 수 없는 말에 레이놀드는 왠지 모골이 송연해지는 것을 느꼈다. 그러고 보니 처음 만난 상대인데도 어딘지 모르게 익숙한 느낌이었다. 본능이 경고를 보내왔다.

'뭔가 잘못됐어.'

그때 주술사의 몸이 스르르 허물어졌다. 마치 도료가 녹아 흐르는 것처럼 그의 형상이 흐릿해지더니 믿을 수 없는 인물이 레이놀드의 앞에 나타났다. 멋지게 수염을 기른 덩치 큰 늙은 남자였다.

"대영주님!"

젊은 영주는 경악에 찬 외침을 터뜨렸다.

놀랍게도 지금 눈앞에 하드스톤의 대영주 스랭도르 아르디가 나타난 것이다. 레이놀드는 너무 놀라 숨이 턱 막히는 것 같았다. 하지만 이내 마음을 다잡았다. 이 모든 건 주술사가 부리는 환영이리라. 간교한 적은 아무래도 자신이 혼란에 빠지길 원하는 것 같았다.

"이 무슨 요사스러운 수법이냐! 이딴 속임수에 내가 넘어 갈 것 같나?"

그러나 스랭도르는 차분하게 가라앉은 말투로 반문했다.

"속임수? 이게 정말 속임수라고 생각하나? 사위?"

레이놀드는 상대가 너무 진짜 같아 소름이 돋았다. 가슴이 쿵쾅쿵쾅 뛰고 나쁜 예감이 들었다. 믿을 수 없지만 직감은 그가 진짜 스랭도르 경이라고 말하고 있었다. 하지만 그는 애써 그걸 부인했다.

"대영주님께서는 라날리 회전에서 돌아가셨다. 이 가짜야!"

주름 많은 그의 입꼬리가 살짝 올라갔다.

"누가 내가 죽었다고 했나? 나의 죽음을 목격한 병사가 있나? 아, 설마 그 작은 삼각깃발 때문에 그런 결론에 도달한 것인가? 내가 일부러 탈영하는 병사에게 쥐여 준? 크하하하하!"

레이놀드의 혼란은 점점 가중되어 갔다. 그러거나 말거나 그는 말을 계속 이어갔다.

"애초에 젊은 자네가 나에 대해 무얼 알고 있었나? 그저 유랑과 사냥에 빠져 사는 호탕한 대영주 정도로 여겼겠지. 혹시 그건 알고 있나? 레드포레스트가 불타버릴 때 내가 하드스톤에 없었다는 것을. 그리고 생각해봐. 라날리숲에서의 패배 후 하드스톤이 포위되었을 때 그곳에는 푸른 화염이 한 발도 떨어지지 않았지. 게다가 나중에 하드스톤이 홉고블린에게 함락되었을 때 유독 그곳 사람들만 학살당하지 않고 도시도 파괴되지 않았다는 게 의아하지 않았나?"

레이놀드는 도저히 그의 말을 믿을 수가 없었다. 너무나 충격적이었던 것이다. 사실 이상하다고 생각하긴 했다. 잔혹한 약탈자들인 그들이 하드스톤에서는 신사라도 되는 것처럼 얌전하게 군 것이다.

"아니. 이건 말도 안 돼. 당신이 어떻게 그런 마법을 부릴 수가……."

"하하하. 안 될 건 또 뭐가 있나? 난 내 위대한 신격께 권능을 받은 이후로 화염을 다루고, 모습을 변화시키는 것쯤은 우습게 해내게 되었는데 말이야. 그날 불타는 도시에서 내가 쓰러졌을 때 아무도 내 기도를 들어주지 않았지만, 그분만은 내 기도를 듣고 능력까지 주셨어."

젊은 영주는 상대가 무슨 뚱딴지같은 소리를 하는지 의아했다. 도대체가 그가 말하는 걸 하나도 알아들을 수가 없었다. 기도를 들어줬다니 그건 또 무슨 소린가.

"그분이란 게 누군지?"

"그건 알 것 없다."

"정말로 당신이 대영주가 맞는다면 왜 이런 짓을 하는 거야? 명망 높은 대영주가 북부 전체를 피의 소용돌이로 몰아넣다니. 당신은 북부의 기둥 중 하나가 아니었나?"

"레이놀드, 가련한 젊은 영주! 넌 아직 어려서 일을 처리하는 방식을 잘 모르는 것 같군. 보다 원대한 목표를 위해서라면 북부의 작은 혼란 따위는 아무것도 아니야."

갑자기 그의 눈에서 불꽃이 튀었다.

"작은 혼란이라고?"

"그래. 작은 혼란이지!"

그는 형용할 수 없는 분노에 사로잡혔다. 이번 일은 자신에게서 모든 것을 앗아갔다. 그런데 스랭도르는 그의 전부였던 것을 작고 사소하다고 치부하는 것이었다.

"뭐? 작다고 했나? 제온 영주와 그분의 딸이 살해되고 북부의 여러 도시가 한 줌의 재가 된 일이 지금 작다고 했나!"

너무 분통이 터진 나머지 레이놀드의 음성은 갈라져 울부짖는 것처럼 들렸다. 그러나 스랭도르는 젊은 영주의 분기 어린 말을 무심하게 넘겼다.

"그래. 수도를 불태우고 도를레앙 왕가의 종말을 보고 싶다는 원대한 목적에 비하면 북부의 촌도시 몇 개가 불탄 건 작은 일일 뿐이지."

"뭐? 수도를 불태운다고?"

"그렇다. 하지만 그걸 자네에게 일일이 설명할 이유는 없지. 내가 수십 년 전 당한 잊을 수 없는 치욕과 상처에도 불구하고 무엇 때문에 이 북부의 대영주 자리를 지키고 있었는지 네놈이 알 수 있을 것 같으냐! 내가 왜 아르카나의 열쇠를 강취하고 니메드의 도시를 불태우고 싶어 했는지 너 같이 새파란 녀석이 이해할 수나 있겠느냐!"

그의 말에서 헤아리기 힘든 사연과 은원이 느껴졌다. 스랭도르는 계속 이야기를 이어갔다.

"멍청한 니메드 놈. 그런 놈을 선동하는 건 쉬웠지. 그 녀석은 젊은 시절부터 늘 내게 열등감을 가지고 있었으니까. 녀석의 의견에 조금 반대를 하는 척하면 그놈은 죽어라 자기 뜻대로 우길 게 뻔했거든. 그 얼간이의 오만으로 북부군 전체를 손쉽게 사지에 밀어 넣었다. 홉고블린 군대는 마치 어부처럼 그물만 올리면 되었다고. 크하하하핫!"

레이놀드는 전율을 느꼈다.

"그, 그게 다 당신의 계획이었다는 말인가? 이럴 수가. 당신은…… 너는 북부인이 아닌가!"

"이봐. 장인에게 '너'가 무슨 말버릇이냐? 그리고 북부, 북부 쫑알쫑알 잘도 짖어대는데 내게 있어 그 말은 불쾌하기 짝이 없는 하나의 낱말에 지나지 않는다. 애착은커녕 증오의 대상일 뿐이다! 일찍이 내 부모와 아내가 참화를 당할 때 북부는 그 모든 걸 알고 있으면서도 방조했었다. 오히려 이 기회에 그런 쓸모없는 놈들이 모조리 죽어버려 얼마나 기분이 좋은지 모른다."

웃고 있었지만 그 얼굴은 잔뜩 일그러져 있었다.

"대…… 대체!"

"라날리숲으로 올라갈 때 아리엘이 따라오려고 해서 상당히 당황했지만 자네가 잘 막아줬지. 그건 지금도 고맙게 생각하네."

"……."

결국 젊은 영주는 질려서 아무런 말도 잇지 못했다. 대영주는 여전히 기세등등했다.

"내가 왜 지난 오랜 세월 동안 방랑에 미친 척 들판을 쏘다니며 성을 버려두고 있었는지 아나? 내 복수를 도와주시기로 한 위대한 그분의 힘을 이용해 홉고블린 사회에 녹아들기 위해서였다. 그 뇌가 없는 놈들은 주술사라고 하면 껌뻑 죽더군. 여기까지 오는 데 시간이 걸리긴 했지만 멍청한 놈들의 왕을 부추기는 건 일도 아니었지. 머리는 나쁘지만 야망만은 일류였거든. 결국 왕은 인간들을 치기 위해 군대를 소집했지. 그 모든 게 내 계획이었다. 나는 복수를 위해 대영주와 주술사라는 이중의 삶을 계속 살아온 것이다."

"어…… 어떻게 그런 일이."

"가능하냐고? 하하하하. 난 화염을 쏘아내고 공간을 뛰어넘으며 외형을 변형할 힘을 가지고 있다. 홉고블린의 왕국은 이 북부에서도 몇 달을 가야 나올 만큼 멀리 떨어져 있지만 마법을 부린다면 얘기는 다르지. 그저 다른 방으로 몇 걸음 내딛는 거나 다를 바가 없다.”

레이놀드는 혼란스러웠다. 그가 이 자리에서 하는 말만으로는 사건의 전말이라든지, 인과관계를 파악할 도리가 없었다. 무수한 정보들이 맥락 없이 레이놀드의 머릿속으로 파고들었다.

하지만 레이놀드 자신이 겪어야 했던 불행들이 대영주의 증오와 복수에서 비롯되었다는 건 확실했다. 그는 제온 영주와 에이드리를 떠올렸다.

“죽, 죽여 버리겠다. 절대 네놈을 용서할 수 없다!”

스랭도르의 입꼬리가 살며시 올라갔다.

“뭐라? 날 용서하지 않겠다고 했나 사위?”

“그래! 네놈의 피를 뿌려 레드포레스트의 원혼들을 위로하겠다!”

섬뜩할 정도의 분노를 보이고 있는 레이놀드의 태도에도 스랭도르는 전혀 주눅 들지 않았다.

“이봐, 사위. 용서란 건 힘을 가진 자만이 할 수 있는 것이야.”

“그렇다면 내 힘을 보여주겠다!”

분노에 몸을 떨면서 그는 썬더에 마력을 있는 힘껏 집어넣었다. 격앙된 마음에 그 어느 때보다도 강력한 드래고닉 오러가 검날 위에 피어올랐다.

　그 기세가 어찌나 강한지 오렌지빛의 불길이 넘실거리는 것 같았다. 레이놀드 자신조차 그런 모습은 처음 보았다. 지켜보던 스랭도르조차 감탄하고 말았다.

　"오호라? 그 드래고닉 오러라는 건 그 정도로 강력해지기도 하는 건가? 제법이군."

　"닥쳐라!"

　무시무시한 기세로 넘실거리는 오렌지빛 오러의 화염이 스랭도르를 노리고 덤벼들었다. 그 순간 스랭도르는 한 손에서 강력한 파란 화염을 일으켜 쏘아냈다. 그러나 레이놀드는 처음부터 이럴 것임을 예상하고 있었다.

　젊은 영주는 자신의 새로운 조력자를 부르며 심장의 마력을 움직였다.

　"넬!"

『드래곤 나이트』 3권에서 계속

임무성 신무협 장편소설
ORIENTAL FANTASYSTORY & ADVENTURE

검황도제

한국 장르 문학계의 신화가 된
『황제의 검』 작가 임무성!
그의 손끝에서 열리는 무협의 새로운 지평!

『검황도제』

검과 도가 합일을 이루는 그날,
피로 얼룩진 난세가 끝나고 천하에 드리워진 그림자가 걷혀
다시없는 광명의 시절이 도래하리라.

dream
books
드림북스

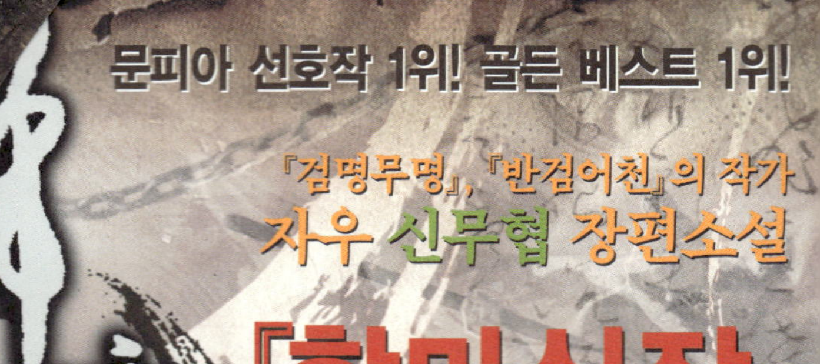

문피아 선호작 1위! 골든 베스트 1위!

『검명무명』, 『반검어천』의 작가
자우 신무협 장편소설

『항마신장』

항마신장
자우 신무협 장편소설

ORIENTAL FANTASYSTORY & ADVENTURE

아버지와 스승의 유언을 가슴에 새기고
십수 년 만에 중원 강호에 돌아온 필부.

소림사(少林寺) 불가옥(不可辱),
천하무종 소림, 누가 그 이름을 욕보일 수 있는가!

dream books
드림북스

다크스타
DARKSTAR
김현우 판타지 장편소설
FANTASYSTORY & ADVENTURE
『레드 데스티니』, 『골든 메이지』의 작가!
김현우 판타지 장편소설
『다크스타』
천오백 년 전 영마대전은 재현될 조짐을 보이니……,
전대미문의 폭군이 출현할 것이라.
dream books
드림북스

마인정전

김현영 신무협 장편소설

ORIENTAL FANTASYSTORY & ADVENTURE

강호의 은원은 그 끝이 없는 법!
마인이라 명명될 능운백의 무림 원정이 펼쳐진다!

김현영 신무협 장편소설
『마인정전』

dream
books
드림북스